Alex Smith schrieb sein erstes Buch im Alter von sechs Jahren. Es war nicht gerade gut, aber es kamen übernatürliche Monster darin vor. Später veröffentlichte er Horror-Romane unter seinem vollen Namen Alexander Gordon Smith. Seine drei Töchter inspirierten ihn dazu, über einen Detective zu schreiben, der ebenfalls kleine Kinder hat. In den Thrillern mit DCI Robert Kett geht es wieder um Monster, die sind jedoch menschlicher Natur und daher umso furchteinflößender. Alex Smith lebt in Norwich mit seiner Frau und seinen Kindern.

Alice Jakubeit übersetzt Romane, Sachbücher und Reportagen aus dem Englischen und Spanischen, u. a. Alexander McCall Smith, Greer Hendricks & Sarah Pekkanen, Brian McGilloway und Eva García Sáenz. Sie lebt in Düsseldorf.

ALEX SMITH

EIN SCHREI, DEN NIEMAND HÖRT

THRILLER

Aus dem Englischen
von Alice Jakubeit

Rowohlt Taschenbuch Verlag

Die englische Originalausgabe wurde 2019
unter dem Titel «Paper Girls»
von Relentless Media weltweit veröffentlicht.

3. Auflage September 2025
Deutsche Erstausgabe
Veröffentlicht im Rowohlt Taschenbuch Verlag,
Kirchenallee 19, 20099 Hamburg, April 2025
Copyright © 2023 by Rowohlt Verlag GmbH, Hamburg
«Paper Girls» Copyright © 2019 by Alex Smith
Redaktion Jan Karsten
Die Nutzung unserer Werke für Text- und Data-Mining
im Sinne von § 44b UrhG behalten wir uns explizit vor.
Covergestaltung zero-media.net, München
Coverabbildung FinePic®, München
Satz aus der DTL Documenta
bei CPI books GmbH, Leck
Druck und Bindung Nørhaven A/S, Viborg
ISBN 978-3-499-01673-8

Kontaktadresse nach EU-Produktsicherheitsverordnung:
produktsicherheit@rowohlt.de

Für meine eigenen, ebenso wundervollen,
ebenso nervigen Töchter.
Hab euch lieb!

PROLOG

Dienstag

Alle erinnerten sich an diesen Regen. Sie erinnerten sich daran, weil es makellos schöne, beinahe unerträglich heiße Tage gewesen waren. Die Straßen waren zu aufgeheizt, um darauf zu laufen, daher waren die Kinder in Scharen auf zwei Rädern unterwegs. Ihre Reifen surrten über den Asphalt, und ihr Lachen trug, wie es das eigentlich nur im Sommer tut.

Dann wurde der Himmel schlagartig so dunkel wie ein blauer Fleck, und er öffnete seine Schleusen. Es ging so schnell, dass selbst die Wetterfrösche überrascht wurden und ihre Mittagsberichte beinahe entschuldigend vortrugen. Eigentlich hätte das Unwetter das Land gar nicht treffen dürfen, sagten sie, sondern draußen vor der Ostküste vorbeiziehen müssen, wo es sich dann über der Nordsee totgelaufen hätte. Stattdessen hatte es Norfolk ins Visier genommen und war mit solcher Wucht darüber hereingebrochen, dass die Fenster erbebten und die Bäume sich bogen. Keine Menschenseele war an diesem Tag draußen gewesen, außer jemand hatte keine andere Wahl. Norwich hatte sich in eine Galerie gespenstischer Gesichter verwandelt, die durch beschlagene Fenster den Wolkenbruch betrachteten.

Alle erinnerten sich hinterher an diesen Regen, so hieß es in jeder Stellungnahme und in jeder Sendung. *Sie hätte nicht arbeiten dürfen. Ihre Mutter muss verrückt gewesen sein, sie vor*

7

die Tür zu lassen. Der Regen war so stark, dass er sie ins Meer geschwemmt haben muss.

Alle erinnerten sich an diesen Regen. An den Regen, der die ganze Stadt zu Hause festgehalten hatte.

Keine Menschenseele war an diesem Tag draußen gewesen, keine Menschenseele bis auf dieses eine arme Mädchen.

Und den Mann, der sie verschleppte.

* * *

«Mum, bitte!»

Mit elf – bald zwölf – war Maisie Malone eigentlich zu alt, um mit dem Fuß aufzustampfen, aber ihr waren einfach die Alternativen ausgegangen. Sie hatte immer wieder neue Argumente ins Feld geführt, bis ihre Mutter sich tatsächlich die Finger in die Ohren gesteckt hatte, von einem Fuß auf den anderen getänzelt war und ganz laut «La, la, la» geträllert hatte. Sie hatte es bereits damit versucht, sich in ihrem Zimmer einzuschließen, doch da hatte ihre Mutter damit gedroht, ihr das Handy wegzunehmen. Sie hatte es mit der Drohung versucht, die sie immer einsetzte: wegzulaufen und niemals zurückzukommen. Aber ihre Mutter hatte bloß die Achseln gezuckt und sie nicht ernst genommen, denn in diesem bescheuerten Streit ging es ja schließlich darum, dass Maisie nicht nach draußen *wollte*. Wohin sollte sie also weglaufen? In den Schrank unter der Spüle?

Was also blieb ihr anderes übrig, als mit dem Fuß aufzustampfen?

«Guck doch einfach mal raus, Mum, es regnet in Strömen!»

Das stimmte. Von einem Moment zum anderen war der

Sonnenschein einem Monsunregen gewichen, und es goss so stark, dass ein regelrechter Fluss den Hang hinabströmte.

«Ich weiß, wie Regen aussieht, Maisie», sagte ihre Mutter und verließ die winzige Küche. Obwohl es bereits Mittag war, trug sie Schlafanzug und Morgenmantel. In der Hand hielt sie ein Päckchen Mayfair und das gelbe Einwegfeuerzeug, das schon in ihrem Besitz sein musste, solange Maisie lebte. «Aber ich weiß auch, dass er einem nichts anhaben kann. Außer man ist ein Gremlin.»

Sie musterte Maisie von oben bis unten.

«Wobei, vielleicht *bist* du ein Gremlin. Das würde einiges erklären.»

«Mum!»

Ihr war danach, das Haus zusammenzuschreien, aber einen Wutanfall hinzulegen, war die beste Garantie dafür, dass ihre Mutter ausrastete. Maisies Telefon war ein brandneues iPhone 7 – na ja, für sie war es brandneu; ihre Mutter hatte es billig im Facebook Marketplace bekommen, weil das Display einen Kratzer hatte –, und sie hatte es schon einmal abgeben müssen, weil sie sich geweigert hatte, beim Staubsaugen zu helfen. Sie durfte nicht riskieren, es noch einmal hergeben zu müssen, nicht jetzt, wo sie endlich herausbekommen hatte, wie man die Minecraft-App installierte.

«Bitte, ich mach es morgen», bettelte sie. «Mr Walker stört es bestimmt nicht, wenn wir zu spät dran sind.»

«Doch, es stört ihn», sagte ihre Mutter und zündete sich eine Zigarette an. Maisie sah sie bitterböse an und wedelte sich den Rauch aus dem Gesicht. «Und es geht auch gar nicht um ihn, es geht um seine Kunden. Sie erwarten ihre Zeitung pünktlich.

Wäre nicht sehr sinnvoll, sie erst nach einer Woche zu bekommen, oder? Dann stünden ja keine Neuigkeiten mehr drin, sondern *Altigkeiten*.»

Sie lachte über ihren eigenen Witz, und Maisie ächzte.

«Es ist die Gratiszeitung. Die liest doch eh kein Mensch.»

Ihre Mutter inhalierte den Rauch tief und behielt ihn lange in der Lunge. Schließlich drehte sie sich um und stieß ihn in die Küche aus – eigentlich der einzige Raum, in dem sie sich eine anzünden durfte –, aber der Qualm breitete sich trotzdem überall aus, so stark, dass Maisie Kopfschmerzen bekam. Sämtliche Wände im Haus waren gelb, und sie fragte sich, ob ihre Lunge wohl genauso aussah.

«Was habe ich dir gestern gesagt, Maisie?», fragte ihre Mutter aufreizend ruhig.

Maisie zuckte die Achseln, aber sie wusste es nur allzu gut.

«Ich habe dir gesagt, du sollst deine Zeitungen austragen, oder? Ich habe gesagt, wenn du es aufschiebst, wirst du es bereuen. Und hier stehen wir nun, um Viertel nach drei am Dienstagnachmittag, und – bereust du es? Ja. Du wolltest diesen Job, du wolltest das zusätzliche Geld. Niemand hat dich dazu gezwungen, und wenn du kündigen möchtest, kannst du Mr Walker gleich jetzt anrufen.»

Wieder stampfte Maisie mit dem Fuß auf, erreichte damit aber nur, ihrer Mutter ein selbstgefälliges Grinsen in die Visage zu zaubern. Kurz erwog sie, genau das zu tun: Mr Walker anzurufen und ihm zu sagen, wo er sich seinen Job hinstecken konnte. Doch er zahlte ihr drei Pfund die Stunde, und der Zehner, der pro Woche dabei herauskam, half ihr, sich all das zu kaufen, wofür Mums Stütze nicht reichte.

Ganz zu schweigen von dem zusätzlichen Geld, das sie dafür bekam, dass sie noch *anderes* verkaufte.

Außerdem hatte ihre Mutter recht, es war bloß Regen.

Sie seufzte und sah zur Tür.

«Bitte?», versuchte sie es noch einmal.

Zu ihrer Überraschung legte ihre Mutter die Arme um sie und zog sie an sich, die Zigarette hoch über den Kopf erhoben, damit sie ihr nicht ein Auge ausbrannte.

«Ich bin stolz auf dich, Maisie, mein Faultierchen», sagte ihre Mutter. «Du wächst so schnell heran, du bist schon ein richtig großes Mädchen.»

Sie ließ sie los und gab ihr einen Klaps auf den Po.

«Na los, bring's hinter dich. Ich schiebe ein paar Fischstäbchen in den Ofen, dann können wir uns Sandwiches machen, wenn du wieder da bist. Okay?»

Maisie seufzte noch einmal.

«Na gut.»

Es war gar nicht so schlimm – nach den ersten Sekunden. Der Regen war nicht kalt, sondern fast angenehm warm, so als stünde man unter der Dusche. Er war auch so stark wie eine Dusche, womöglich sogar stärker, verglichen mit ihrem eigenen verkalkten Ding, aus dem nur ein kläglliches Rinnsal floss. Tausende von Regentropfen peitschten ihr ins Gesicht, aber nach dem anfänglichen Schock genoss Maisie das Gefühl sogar fast.

Die Fahrt durch die Siedlung führte beinahe die ganze Zeit bergab, aber sie hatte eine Hand an der Bremse, damit sie nicht ins Rutschen geriet. Das Wasser strömte in die Gullys und bildete an einigen Stellen so tiefe Pfützen, dass sie wie kleine Strudel waren. Jedes Mal, wenn sie durch eine Pfütze radelte, spritzte das Wasser auf den verlassenen Gehweg, und bei dem Gedanken, imaginäre Menschen nass zu spritzen – ihre Mutter allen voran –, hätte sie fast gelacht. Die Zeitungstasche hing tonnenschwer an ihrer Schulter, aber sie war daran gewöhnt und nahm die Kurven vorsichtig, damit es sie nicht vom Rad schleuderte.

Hin und wieder fuhr ein Auto vorbei, beinahe im Zeitlupentempo und mit hell leuchtenden Scheinwerfern, obwohl es mitten am Tag war. Ein paar Leute winkten ihr zu, ein paar andere zeigten auf sie und lachten. Eine alte Dame ließ sogar das Fenster herunter und fragte sie, ob sie mitfahren wollte. Maisie antwortete ihr nicht, sie hütete sich, mit Fremden zu sprechen – selbst wenn sie freundlich waren und geblümte Kleider trugen. Sie stellte sich einfach in die Pedale und kämpfte sich auf der anderen Seite der Siedlung den Hügel hinauf, bis sie in die erste kleine Sackgasse auf ihrer Tour schnaufte.

Die Straße war so verlassen, als wäre irgendeine Zombie-Apokalypse über sie hereingebrochen – was eigentlich gar keine so abwegige Vorstellung war, wenn man bedachte, dass alle, die hier wohnten, circa hundert Jahre alt waren und sich genau wie Zombies bewegten. Maisie stellte ihr Fahrrad vor dem ersten Häuschen ab und kämpfte mit dem Gartentor. Dann rannte sie so schnell, dass sie auf den Steinen ausrutschte, durch den strömenden Regen zur Tür. Sie schlug sich die Fingerknöchel am Holz an und zuckte zusammen, so weh tat es. Kurz drückte sie die Knöchel an die Lippen. Die Zeitung war nass, sowie sie sie aus der Tasche zog, doch es gelang ihr, sie durch den widerspenstigen Briefschlitz zu stecken. Eine Ecke ragte noch hervor, und sie drückte sie weiter hinein, bis die Zeitung drinnen zu Boden fiel.

Für die erste Straßenseite benötigte sie nicht einmal acht Minuten, für die andere ein wenig länger, weil es in Nummer vier einen gemeinen alten Hund gab und sie immer Angst hatte, er könne ihr den Daumen abbeißen. Dann schnappte sie sich ihr Fahrrad, radelte die Hauptstraße entlang und in die nächste Sackgasse, die fast genauso aussah wie die erste. Hier und da entdeckte sie ein paar runzlige Gesichter hinter den Scheibengardinen und winkte ihnen halbherzig zu. Falls sie zurückwinkten, sah sie es nicht. Der Regen strömte ihr in die Augen und verwandelte die Welt in ein Kaleidoskop aus verschwommenen Formen und Farben.

Nachdem sie mit dieser Straße fertig war, stellte sie sich an einer Bushaltestelle unter, strich sich das nasse Haar aus dem Gesicht und blies die Regentropfen von ihren Lippen. Der Wolkenbruch trommelte wie mit Fingern aufs Dach, prasselte unablässig auf die Straße und schloss sie in einen Käfig aus Glas und herabfallendem Wasser ein. Sie trocknete sich so gut es ging die Hände ab und zog ihr Telefon aus der Jeans. Als sie sah, wie nass das Display war, blieb ihr fast das Herz stehen. Doch es funktionierte noch und zeigte ihr, dass eine halbe Stunde vergangen war, seit sie von zu Hause aufgebrochen war. Wieder ging ihr dieser reizvolle Gedanke durch den Kopf: Sie konnte jetzt auf der Stelle Mr Walker anrufen, diesen doofen Job kündigen, die Zeitungen liegen lassen und nach Hause fahren.

Aber dann würde sie auch ihre Samstagstour verlieren. Die

Tour, die sie nach Mousehold Heath führte, ein Naherholungsgebiet, teils Heide, teils Wald. Wo sie *richtig* Geld verdiente. An manchen Tagen zwanzig Ocken.

Maisie schüttelte den Kopf und steckte das Telefon in die wasserdichte Zeitungstasche, um es zu schützen. Sie hatte nur noch drei Straßen vor sich, und noch nasser konnte sie ja nicht werden.

Sie atmete tief durch, trat wieder hinaus in den Regen und überquerte die verlassene Straße. Das Wasser reichte ihr bis zu den Knöcheln, lief ihr in die Sneakers und machte sie unglaublich schwer. So platschte sie zum ersten Haus und lehnte das Rad an die abbröckelnde Ziegelmauer. Auf halbem Weg zur Haustür, die Zeitung schon in der Hand, blieb sie stehen.

Die Haustür stand offen. Und zwar nicht nur einen Spalt, sondern *sperrangelweit*. Von da, wo sie stand, konnte Maisie sehen, dass sich auf dem Teppich im Flur bereits eine Pfütze bildete. Regentropfen fielen auf einen Telefontisch aus Holz. Es war absurd dunkel im Haus, und als sie zu den beiden großen Fenstern sah – eins vermutlich das Wohnzimmer, das andere das Schlafzimmer –, stellte sie fest, dass die schweren Vorhänge zugezogen waren.

Sie ging ein paar Schritte weiter. Die Zeitung in ihrer Hand war schon klatschnass. In ihrem Kopf schlug irgendetwas an – nicht direkt ein Geräusch, eher ein *Gefühl*. Es war ein Warnsignal, instinktiv, unverkennbar. An diesem Haus war etwas komisch. Hier *stimmte* etwas nicht. Maisie wischte sich das Wasser aus den Augen und merkte, wie mühsam es war zu blinzeln. Die Straße hinter ihr lag still und verlassen da, fast wie eine Theaterkulisse, die jeden Moment zusammenklappen konnte. In diesem wütenden Unwetter fühlte sich nichts richtig echt an. Das Haus wartete einfach.

Es ist nur ein Haus, sagte sie sich. Und damit verschwand das mulmige Gefühl. Wenn sie noch länger stehen blieb, würde die Zeitung sich noch komplett auflösen, also rannte Maisie zur Tür, warf sie ins Haus und wollte gleich wieder zur Straße zurückrennen.

Doch eine Stimme hielt sie auf. Eine Stimme von drinnen. Eine dünne, verzweifelte Stimme.

«Bitte.»

Es war, als wäre sie mit Regenwasser vollgelaufen, das nun gefror. Einen beängstigenden Augenblick lang war Maisie unfähig, sich zu rühren. Dann trat sie einen Schritt zurück. Ihre Haut kribbelte, ihre Kopfhaut schien sich so schnell zusammenzuziehen, dass sie sich fragte, ob ihr das Haar ausfallen würde.

«Bitte?» Die Stimme klang alt, *uralt*.

Mit einem Mal schämte Maisie sich dafür, dass sie einfach hatte gehen wollen. Vielleicht war da jemand gestürzt und kam nicht mehr hoch? Alte Leute fielen ständig hin und brachen sich etwas, das wusste sie, weil sie mit ihrer Mutter immer die Krankenhausserie *Casualty* guckte.

«Ähm …», sagte sie und stockte. «Hallo? Brauchen Sie Hilfe? Ich, ähm, ich habe ein Telefon.»

Sie griff in die Zeitungstasche und tastete danach. Aus dem Haus kam keine Antwort – oder falls doch, hörte sie sie im prasselnden Regen nicht –, und so ging sie zur Tür, streckte den Kopf hinein, wagte sich aber nicht weiter als nötig vor. Drinnen roch es komisch, stärker noch als die vom Regen aufgeweichte

Erde. Es roch nach Verdorbenem, so als hätten sie mitten im Sommer den Müll nicht rausgetragen, aber irgendwie auch nach Krankenhaus. Der Geruch setzte sich in ihrem Hals fest.

«Hallo?», rief sie, lauter diesmal. Drinnen war nichts zu erkennen, es war einfach nicht hell genug. Die Welt hätte auch in der Mitte dieses Flurs zu Ende sein können. «Ich rufe einen Krankenwagen, Moment.»

Nichts.

Sie fand ihr Telefon und hätte beinahe einen Triumphschrei ausgestoßen. Ihre Hände zitterten, und ihr Daumen war so nass, dass es ihr nicht gelang, es zu entsperren.

«Einen Augenblick», sagte sie und gab ihre PIN ein. «Alles wird gut.»

Immer noch keine Antwort.

«Komm schon, verdammt», knurrte sie ihr Telefon an. Endlich war es entsperrt. Sie besah sich die Hausnummer aus Kupfer neben der Tür und überlegte, nach welcher Blume diese Sackgasse benannt war. Hieß sie Geranium Close? Gerbera Close? Sie war so nervös, dass ihr ganz kurz nicht einmal die Nummer des Notrufs einfiel.

Es ist 999, du Idiotin!

Sie wählte, hielt sich das Telefon ans Ohr und hörte es läuten.

Na, macht schon!

Im Haus rührte sich nicht das Geringste, da war nur eine schwere, stille Dunkelheit, bei der sie ein mulmiges Gefühl im Bauch bekam. Angestrengt versuchte Maisie, irgendetwas zu erkennen, einen Umriss oder einen Rand, an dem sich ihr Blick festhalten konnte.

Da – war da nicht doch etwas? Ein noch dunklerer Schatten, der sich vor der allgemeinen Dunkelheit abzeichnete? Groß, dünn. Eine Uhr vielleicht? Ein Garderobenständer? Sie fixierte den Schatten, während es läutete und läutete und …

Auf einmal bewegte sich der Schatten, und zwar *schnell*. Es war, als ob da plötzlich ein Zug durch einen Tunnel auf Maisie zuraste, ein Ansturm von Finsternis, so schnell und so unvermittelt, dass der Schrei sich aus ihr herausbrannte, noch bevor sie auch nur wusste, dass er kam. Diese Finsternis stürmte wie eine Wand auf sie zu, füllte den Türrahmen aus, und eine Hand legte sich wie eine Klammer über ihren Mund.

Im Telefon ertönte ein Klicken, jemand fragte, um was für einen Notfall es sich handele, aber sie schaffte es nicht mehr zu antworten.

Eine zweite Hand packte ihr Haar, verdrehte ihr den Kopf und zerrte sie ins Haus. Und dort, verborgen vom prasselnden Regen, wurde Maisie schwarz vor Augen.

KAPITEL EINS

Mittwoch

«Sind wir bald da?»

Es verlangte Robert Kett jedes noch verbliebene Quäntchen Geduld ab, nicht auf die Bremse zu treten, auszusteigen und schreiend davonzurennen. Zugegebenermaßen war ihm schon seit drei Stunden danach – seit sie ihr Haus in Stepney verlassen und sich mit dem zehn Jahre alten, taubenscheißegrünen Volvo auf die nervenaufreibende Fahrt nach Nordosten gemacht hatten. Alle zehn Minuten stellten zwei der drei Kinder auf der Rückbank dieselbe Frage. Das dritte war erst achtzehn Monate alt, zu klein, um in ganzen Sätzen zu reden, doch sein unaufhörliches Geschrei machte das mehr als wett.

Die Welt draußen glühte. Das gestrige unvorhergesehene Sommerunwetter schien dem Himmel jedes Tröpfchen Flüssigkeit entzogen zu haben, und die Sonne brannte gnadenlos herab. Sie lag wie eine Flüssigkeit auf Ketts Windschutzscheibe und verwandelte den Asphalt in eine flirrende Fata Morgana. Er kniff schon so lange angestrengt die Augen zusammen, dass es sich anfühlte, als steckte seine Stirn in einem Schraubstock.

«Dad? Sind wir bald da?»

Er überholte einen Lastwagen und zog wieder hinüber auf die linke Spur der A11, ehe er in den Rückspiegel blickte. Alice sah ihn finster an. Ihre Wangen blähten sich, während sie auf dem Kaugummi kaute, den sie schon seit Beginn der Fahrt im

Mund hatte. Als ein weißer Lieferwagen sie überholte, fiel ein blendend heller Blitz aus Sonnenlicht ins Auto, und für einen Moment sah die Siebenjährige exakt aus wie ihre Mutter, so als säße Billie dort hinten auf dem Rücksitz. Es war eine so eindringliche Vision, dass Kett ganz schwindlig wurde. Es fühlte sich an, als trudelte sein Gehirn vollkommen losgelöst durch seinen Schädel, und er umklammerte das Lenkrad wie ein Astronaut in der Schwerelosigkeit sein Halteseil.

Kett richtete den Blick wieder auf die Straße und schluckte, doch sein Mund war staubtrocken.

«Dad?», fragte Alice.

«Dad? Ich hab Hunger», fügte ihre dreijährige Schwester Evie hinzu.

«Dad?»

«Äd», machte die Kleinste, bevor sie ein weiteres hupengleiches Wutgeheul ausstieß. Es war so laut, dass Kett kurz die Augen schließen musste und dabei fast die Ausfahrt verpasst hätte. Er blinkte, fuhr ab, und jetzt fiel ihm die Sonne zum Glück über die Schulter. Sofort schien es im Wagen zehn Grad kühler zu werden.

«Ich hab Hunger!», quengelte Evie. «Ich muss Aa.»

«Sind wir bald da?», fragte Alice.

«Ja», sagte er, und zum ersten Mal an diesem Tag war das nicht gelogen. «Sind wir. Nur noch zehn Minuten. Versprochen.»

Allerdings würde es wohl doch etwas länger dauern, weil er sich nicht mehr genau erinnerte, wie er fahren musste. Er hatte die ersten zwölf Jahre seines Lebens hier verbracht, aber das lag jetzt dreißig Jahre zurück, und die Straßen hatten sich seitdem ziemlich verändert. Er erwog, anzuhalten und das Navi einzuschalten, bloß bestand die Möglichkeit, dass die Mädchen dann mit oder ohne seine Erlaubnis aus dem Auto kletterten und die Intensität von Moiras Geschrei sich vervierfachte.

Er suchte den Schilderwald vor sich ab, entdeckte einen Wegweiser in den Norden der Stadt und wechselte abrupt die Spur. Dabei schnitt er ein anderes Auto, und der Fahrer lehnte sich auf die Hupe. In einem Anfall blinder Wut erwog Kett, auszusteigen, den Fahrer aus dem Auto zu zerren und gleich hier auf der Standspur festzunehmen.

Bloß bist du nicht mehr im Dienst, rief er sich in Erinnerung. *Streng genommen. Der Sinn dieses Umzugs ist es doch, von allem wegzukommen.*

Von London. Von seiner Arbeit. Von allem, was ihn an Billie, seine Frau, erinnerte.

Nur um den Mann hinter sich zu ärgern, bremste er unvermittelt ab und kroch auf die Ampel vor sich zu. In dem Moment, als sie auf Rot schaltete, trat er aufs Gaspedal, und der alte Volvo brauste über die Ampel auf die Ringstraße. Im Rückspiegel sah er, dass der andere Wagen quietschend zum Stehen kam und ihm ein rotes Gesicht wütend hinterherstarrte.

Er mochte nicht im Dienst sein, aber nichts hinderte ihn daran, ein Arschloch zu sein.

«Ich kann Aa rauskommen fühlen», sagte Evie.

«Um Himmels willen», knurrte er. «Halt es ein, wir sind gleich da.»

Glücklicherweise war es zwischen Mittagessen und Schulabholung, und die Straßen waren relativ frei. Er raste die Ringstraße entlang und sah auf eine Stadt, die er zum großen Teil vergessen hatte – und die ihn komplett vergessen hatte. Abgesehen von der in goldenes Sonnenlicht getauchten Kathedrale, auf deren Turm er kurze Blicke erhaschte, konnte er sich an nichts aus seiner Kindheit mehr erinnern. Hin und wieder begegnete ihm ein Streifenwagen, dann winkte er den Kollegen automatisch zu, und als einmal ein Rettungswagen in vollem Konzertmodus an ihm vorbeiraste, musste er den Impuls bezwingen, ihm hinterherzujagen. Er bewahrte die Ruhe und fuhr in gleichmäßigem Tempo weiter den Hügel hinauf.

«Evie hat Aa gemacht», sagte Alice mit einem höhnischen Lachen.

«Hab ich nicht! Du warst das!», konterte Evie.

«Du hast dir in die Hose gemacht!»

«Ich mache *dir* in die Hose!», kreischte Evie.

Das brachte Kett beinahe zum Lächeln. Er fuhr langsamer, las die Straßenschilder, fand das gesuchte und bog von der Hauptstraße ab. Erst als er ein Stück voraus ihr neues Haus entdeckte, gestattete er sich aufzuatmen, und es fühlte sich an wie der allererste Atemzug des Tages. Erleichterung überkam ihn. Die Mädchen schienen das zu spüren, denn sie verstummten alle drei.

Auf beiden Seiten der belebten Straße standen die Autos dicht an dicht, und Kett musste eine Weile suchen, bis er einen Parkplatz fand. Er fuhr hinein und stellte den Wagen halb auf dem Gehweg ab. Dann schaltete er den Motor aus, und einen glückseligen Augenblick lang war das einzige Geräusch, das er hörte, das sanfte Wispern des Windes in den Bäumen.

«Ist es das?», kreischte Alice mit tausend Dezibel. «Sind wir endlich da?»

Er nickte, und sie brachen in ein Jubelgeschrei aus, bei dem eigentlich jedes Fenster in der Nähe hätte zerspringen müssen. Moira gab einen Laut von sich, der sowohl Freude als auch Panik bedeuten konnte – Kett war sich da nicht sicher. Er öffnete seine Tür, und sie knarrte fast genauso wie seine Gelenke, als er ausstieg und sich aufrichtete. Alice hatte ihren Sicherheitsgurt bereits allein gelöst und kletterte auf den Beifahrersitz.

«Nein!», brüllte Evie und kämpfte mit ihrem Kindersitz. «Warte auf mich!»

Kett schloss die Augen und unterdrückte eine jähe Anwandlung von Panik. Was würde er nicht dafür geben, jetzt Billie bei sich zu haben, ihre besänftigende Stimme, ihr Lächeln. Sie hätte die Mädchen im Handumdrehen beruhigt.

Aber sie ist weg, rief er sich in Erinnerung. *Sie ist weg.*

Er öffnete die Augen, und das grelle Sonnenlicht brannte sich in seinen Kopf.

«Na kommt», sagte er und half Alice aus dem Auto. «Lasst uns unser neues Leben beginnen.»

KAPITEL ZWEI

Wie sich herausstellte, wollte ihr neues Leben nicht so ohne Weiteres beginnen.

«Komm schon, du *verflixtes Ding*.» Kett ruckelte mit dem Schlüssel im Sicherheitsschloss. Moira wand sich auf seinem Arm, so kräftig wie ein Bärenjunges. Mit ihren pummeligen Händchen traf sie ihn mehrfach im Gesicht, was ihm das Aufschließen unnötig erschwerte. Hinter ihm saß Alice auf der niedrigen Mauer des Vorgartens, und Evie versuchte nach Kräften, zu ihr hinaufzuklettern.

Der Schlüssel ließ sich einfach nicht drehen. Kett fluchte und wechselte Moira auf den anderen Arm.

«Daddy, ich muss wirklich dringend Aa», sagte Evie, ließ von der Mauer ab und hielt sich den Po.

«Ich arbeite daran, Schätzchen», erwiderte er mit zusammengebissenen Zähnen. «Gib mir noch eine Sekunde. Halt es ein und sag: *Du kannst nicht vorbei!*»

Er ging ums Haus herum. Es war eine Doppelhaushälfte mit drei Schlafzimmern, grauem Kieselrauputz und Fensterrahmen, an denen die Farbe abblätterte, als hätten sie Schuppen. Irgendjemand, vermutlich jemand von der Vermietungsagentur, hatte die Sträucher notdürftig gestutzt, aber Kett hätte trotzdem eine Machete brauchen können, um durch das klapprige Tor in den Garten hinter dem Haus zu gelangen. Er hielt es den Mädchen auf, die gleich darauf wie aufgedreht im Kreis über den vergilbenden Rasen rannten und wie Hunde bellten.

Da es ihm hier einigermaßen sicher erschien, setzte er Moira auf dem Rasen ab, und sie watschelte ihren Schwestern hinterher. Hier hinten war eine weitere Tür, die vermutlich in die Küche führte, und er probierte den Griff, wohl wissend, dass das ein bisschen zu optimistisch gedacht war. Und natürlich, die Tür war abgeschlossen. Allerdings erbebte das ganze Ding im Rahmen, als er daran rüttelte.

«Daaaaddy!», schrie Evie, offensichtlich in großen Nöten.

Kett zog sein Telefon aus der Tasche, ignorierte das Foto auf dem Sperrbildschirm – es zeigte Billie und ihn selbst, wie sie ihn auf der Hochzeit eines Freundes zwei Jahre zuvor grinsend auf die Wange küsste, in blauer Seide, ein Gänseblümchen im honigfarbenen Haar – und suchte in seinen E-Mails nach der Telefonnummer der Vermietungsagentur. Hinter ihm schrie Moira jetzt wieder, und Evie stimmte rasch mit ein. Der Lärm trieb die Nadel auf seiner Stressskala auf elf hoch, und ehe ihm bewusst wurde, was er da tat, trat er vor, hob den Fuß und pflanzte seinen Polizeistiefel Größe fünfundvierzig neben dem Schloss auf die Tür.

Sie hatte ihm nichts entgegenzusetzen, sondern schlug drinnen so heftig gegen die Wand, dass das alte Holz splitterte, und prallte dann wie ein angeschlagener Boxer zurück. Kett sah sich um. Alle drei Mädchen beobachteten ihn mit weit aufgerissenen Augen und offenen Mündern. Lachen sprudelte aus ihm heraus, und es tat ihm gut.

«Das ist nie passiert», sagte er. «Kommt.»

Er nahm die Kleinste auf den Arm und hielt Alice und Evie die Tür auf. Im Haus war es erfreulich kühl. Die Rollos in der Küche waren halb heruntergelassen, und die Luft roch abgestanden. Er war im Lauf der Jahre in vielen Häusern gewesen und wusste instinktiv, dass dieses schon seit einer ganzen Weile vor sich hin schlummerte. Die Oberflächen waren abgewischt und der Boden gefegt worden, doch auf den Schrankgriffen lag Staub, so lange waren sie nicht benutzt worden, und an der Kette des Rollos hingen alte Spinnweben. Es war seit Wochen nicht hochgezogen worden.

Dennoch, es war trocken. Es war leise.

Es war ein Zuhause.

«Schnell, Daddy!» Evie wand und krümmte sich.

«Na, dann kommt, sucht die Toilette.»

Er drehte den Hahn an der Spüle auf, damit das abgestandene Wasser aus dem Rohr laufen konnte, und sah Alice und Evie hinterher, die aus der Küche in den Flur stürmten. Moira strebte erneut nach Freiheit, aber er hielt sie fest, während er mit seinem Telefon kämpfte, bis er schließlich die Nummer der Vermietungsagentur fand. Als es läutete, verließ er ebenfalls die Küche und entdeckte einen kurzen Flur, von dem aus eine Treppe hinauf ins Sonnenlicht führte. Alice und Evie waren im Wohnzimmer und hüpften die Couch zu Klump.

«Vorsichtig», sagte er, doch sein Wort hatte genauso viel Gewicht, wie er befürchtet hatte. Die beiden hüpften einfach weiter, und Kett ging wieder hinaus. Unter der Treppe fand er eine kleine Toilette. Das Haus war winzig, und er verfluchte sich dafür, dass er den Fotos geglaubt hatte, die er online gesehen hatte. Die Tricks, mit denen sie bei Immobilienangeboten arbeiteten, waren die reinste Zauberei, alles aus der Froschperspektive und gut ausgeleuchtet. Das war schon fast kriminell.

«Evie», rief Kett. «Toilette, komm schon! Ich will nicht, dass dir im neuen Haus ein Malheur passiert.»

«Ich muss nicht mehr», rief sie zurück.

«Natürlich nicht», knurrte er. «Verfluchte …»

«Shackley's, guten Tag, Dawn am Apparat, wie kann ich Ihnen helfen?»

Dem schönen Namen zum Trotz klang die junge Stimme unfassbar gelangweilt. Moira hörte sie auch und quiekte Kett ein «Hi!» direkt ins Ohr. Er gab sich geschlagen und setzte sie ab.

«Hallo», sagte er. «Hier spricht Robert Kett, ich habe eines Ihrer Häuser gemietet. 8 Morgane Street.»

«Haben Sie die Postleitzahl?», fragte Dawn.

«Nein, aber ich bin mir ziemlich sicher, dass Sie keine zwei Häuser mit der Adresse 8 Morgane Street haben. Mein Schlüssel funktioniert nicht.»

Dawn ließ eine Kaugummiblase platzen.

«Okay. Eigentlich müsste er funktionieren.»

«Mir ist sehr wohl bewusst, dass er *eigentlich* funktionieren müsste», erwiderte er, bemüht, nicht die Geduld zu verlieren. «Das tun Schlüssel normalerweise, was sollte man sonst mit ihnen anfangen? Aber dieser hier tut es nicht.»

«Ich kann Ihnen noch heute einen Schlüsseldienst schicken.»

«Wir sind schon im Haus», sagte er. «Aber Sie werden jemand herschicken müssen, der die Tür repariert.»

«Sie dürfen sich nicht selbst Zugang verschaffen.» Dawn klang so monoton wie eine Computerstimme. «Sie müssen warten, bis …»

«Dawn», unterbrach Kett sie. «Ich will mich noch einmal vorstellen, und diesmal richtig. Ich bin Detective Chief Inspector Robert Kett von der Metropolitan Police.» Die Kaugeräusche verstummten, und Kett fuhr fort. «Das Haus muss bis heute Abend sicher sein. Der Zustand dieser Tür … Sie haben da eindeutig Ihre Pflichten als Vermietungsagentur vernachlässigt. Wenn Sie wollen, kann ich das melden, vielleicht auch ganz allgemein mal die Sicherheit Ihrer Mietobjekte untersuchen lassen?»

«Ähm …», sagte Dawn. «Ich sorge dafür, dass innerhalb einer Stunde jemand bei Ihnen ist.»

«Davon gehe ich aus», sagte er.

Während sie noch eine Erwiderung stammelte, beendete er das Telefonat. Er hasste es, seine Position auszuspielen, doch manche Menschen brauchten einfach hin und wieder einen Schuss vor den Bug, und die gelangweilte Dawn gehörte definitiv dazu.

«Hey», sagte er, als er merkte, dass Moira die Treppe hinaufkletterte. «Wir haben noch jede Menge Zeit, das Haus zu erforschen, Kleine.»

Er nahm sie auf den Arm. Da klingelte sein Telefon, und er nahm den Anruf an, ohne aufs Display zu blicken.

«Ich hoffe, Sie wollen sich nicht mit mir anlegen, Dawn», knurrte er.

«Nicht doch», erwiderte eine raue Stimme, die Kett Haltung annehmen ließ. «Nicht einmal die Morgenröte selbst würde sich mit Ihnen anlegen wollen, DCI Kett.»

«Sir.» Beinahe hätte Kett die sich windende Moira fallen lassen. Er setzte sie wieder ab, und sobald er sie losließ, krabbelte sie wie eine Aufziehpuppe Richtung Wohnzimmer. Superintendent Barry «Bingo» Benson lachte dröhnend, und das machte Kett eigenartig nostalgisch.

«Noch unterwegs?», fragte Bingo.

«Nein, gerade angekommen.» Kett dehnte für einen Augenblick den Rücken. «Kommt mir vor, als wären wir drei Wochen unterwegs gewesen.»

«Wundert mich nicht, Norwich liegt am Arsch unserer altehrwürdigen Nation, nicht wahr? Der runzlige Anus am Rumpfe Großbritanniens.»

«Das ist ein bisschen hart.» Kett ging zur Haustür und sah durch die Milchglasscheibe. «Wir haben hier zwei Kathedralen und etwa hundert Pubs.»

«Dann wären die Grundbedürfnisse ja abgedeckt.»

Kett hörte seinen Stuhl knarren und sah vor sich, wie Bingo sich zurücklehnte und die Füße auf den Schreibtisch legte. Superintendent Benson hatte diesen Spitznamen, seit er eines Samstagabends zu einem Dreifachmord nach Angel Islington gerufen worden war und vergessen hatte, die Fliege und das Mikro abzulegen, die er als Conférencier beim Bingo trug. Wie sich herausstellte, war das seine Art, sich zu entspannen, und sein Bariton war perfekt für Bingohallen. Anscheinend liebten ihn die alten Damen, und da waren sie nicht die Einzigen. Was Superintendents betraf, war er einer der besten.

«Geht's den Kindern gut?», fragte Bingo. Kett hielt das Telefon in Richtung Wohnzimmer, aus dem Geschrei herüberdrang. Bingo lachte. «Ich könnte nicht sagen, ob sie Spaß haben oder gefoltert werden.»

«Sie haben Spaß. *Ich* werde gefoltert. Aber sie halten sich wacker. Ich glaube, der Umzug wird ihnen guttun. Er muss ihnen guttun.»

Bingo seufzte.

«Das wird er», sagte er. «Den Kindern und Ihnen. Sie haben Sonderurlaub, Robbie, Sie brauchen diese Zeit für sich und damit Ihre Familie heilen kann. In London geht das nicht.»

Kett nickte.

Frag nicht, sagte er sich. *Frag nicht*, befahl er sich noch einmal, aber dann tat er es doch.

«Irgendwas Neues?»

«Sie wissen so gut wie ich, dass Sie der Erste wären, den ich anrufe, sollten wir etwas Neues erfahren.» Bingo räusperte sich. «Wenn sie irgendwo da draußen ist, finden wir sie.»

Das war eine aufschlussreiche Formulierung, dachte Kett. In den ersten Tagen hatte es geheißen: *Wir bringen sie nach Hause.* In den darauffolgenden Wochen: *Keine Sorge, sie wird schon wieder auftauchen.* Kett hatte gewusst, dass es nur eine Frage der Zeit war, bis das Wörtchen «wenn» fiel, er hatte nur nicht so bald damit gerechnet. Vierzehn Wochen waren keine lange Zeit.

Und doch war es eine Ewigkeit.

Bingo schien seinen Fehler zu bemerken.

«Wir finden sie», sagte er. «Überlassen Sie Billie uns. Sie kümmern sich um sich und die Mädchen.»

Kett hörte es rascheln und vermutete, dass sein Vorgesetzter über seinen dichten Schnurrbart strich, wie immer vor einer wichtigen Ankündigung. Es verriet ihn. Bingo mochte ein guter Bingo-Conférencier sein, aber er war einer der schlechtesten Pokerspieler der Welt.

«Was?», fragte Kett

«Ich meine es ernst, dass Sie in diesem Urlaub nicht arbeiten sollen», sagte Bingo. «Aber da Sie schon mal da oben sind, müssen Sie mir einen kleinen Gefallen tun.»

Er sprach weiter, doch seine Worte verloren sich in dem Getöse, mit dem die Mädchen aus dem Wohnzimmer marschiert kamen. Die drei zogen hysterisch kichernd in einer Polonaise zur Treppe. Kett hob die Hand und lenkte sie in die Küche um.

«Verzeihung, Sir, Sie müssen noch mal von vorn anfangen.»

Bingo lachte, aber es klang nicht allzu freudig.

«Ich sagte, ich brauche Ihre Hilfe. Seit gestern werden in Norwich zwei Mädchen vermisst.»

Kett runzelte die Stirn. Zwei vermisste Mädchen waren kein Stoff für Schlagzeilen und nichts, womit die örtliche Kripo nicht fertigwürde.

«Beides Zeitungszustellerinnen», fuhr Bingo fort. «Beide sind elf, und beide wurden auf ihren Zustelltouren entführt.»

Kett spürte ein unangenehmes Kribbeln über sein Rückgrat laufen, und ein mulmiges Gefühl breitete sich in seinem Magen aus.

«Entführt?»

«Das glauben wir jedenfalls.» Bingo seufzte. «Der Superintendent, der die Ermittlungen leitet, ist hochkompetent – er ist ein … ein *interessanter* Mann –, aber das hier liegt jenseits von allem, womit sein Team es bisher zu tun hatte. Norwich ist eine ruhige Stadt. Er braucht Hilfe.»

«Ich dachte, ich hätte Urlaub», sagte Kett und sah vor sich, wie Bingo die Achseln zuckte.

«Ihre Unterlagen liegen noch auf meinem Schreibtisch», erwiderte der Superintendent. «Bin irgendwie noch nicht dazu gekommen, sie einzureichen. Bitte, Robbie, schauen Sie da einfach mal vorbei, stellen Sie sich ihm vor. Er wird es zu schätzen wissen.»

Kett atmete langsam aus und schnalzte mit den Lippen. Er spähte am Treppenpfosten vorbei und sah die Kinder durch die Küche marschieren. Moira versuchte, mit ihren pummeligen Beinchen auf einen Stuhl zu klettern. Es gab eine Million Gründe, Nein zu sagen, und drei davon befanden sich direkt vor seiner Nase. Der vierte war der letzte Vermisstenfall, an dem er gearbeitet hatte, der einzige in seiner Laufbahn, den er nicht hatte aufklären können.

Der Fall, der ihn gebrochen hatte.

Was soll ich tun, Billie?

Er brauchte ihre Antwort nicht zu hören. Er wusste bereits, was er sagen würde. Schließlich wurden zwei Mädchen vermisst. Zwei Mädchen, die ihn brauchten.

«Klar», sagte er. «Mach ich.»

KAPITEL DREI

«Ist es auch wirklich in Ordnung?»

Kett war nur gedämpft zu hören, denn er hatte Moiras Latzhose im Gesicht. Sie versuchte gerade, ihm auf den Kopf zu klettern. Ihre Hände lagen auf seinen Ohren, und so war er nicht nur blind, sondern auch taub und hörte die Antwort nicht, doch nachdem er Moira von seinem Gesicht geklaubt hatte, sah er, dass die Frau nickte.

«Sie ist uns herzlich willkommen, Mr Kett.» Sie deutete durch die Tür in den Kindergarten hinter ihr, ein kleines, gedrungenes grünes Gebäude, das auf dem Pausenhof von Alice' neuer Grundschule stand. Drinnen machten zwanzig Kinder Lärm für hundert. Evie stand neben Kett, eine Hand auf seinem Bein, und spähte halb aufgeregt, halb angstvoll hinein. Sie ertappte ihn dabei, dass er sie beobachtete.

«Das wird schon», sagte er. «Denk dran, es ist nur für einen Vormittag. Deine Schwester ist gern reingegangen.»

Das stimmte fast. Am Morgen hatte es einen Mini-Ausraster gegeben, weil Alice in den Koffern ihren neuen Schulpullover nicht hatte finden können. Aber es war heiß, und Kett hatte sie als Kompromiss ohne Pullover gehen lassen.

«Alice würde staunen, was für ein großes Mädchen du schon bist.»

Evie antwortete nicht, sie stand bloß da, die kleinen Fäuste so fest geballt, dass es Kett das Herz zerriss. Sie hatte so viel durchgemacht, und in gewisser Weise hatte Billies Verschwinden sie tiefer getroffen als die anderen beiden. Alice war älter, aber sie war ein bisschen anders programmiert als die meisten Menschen, die er kannte. Auf ihrer letzten Schule hatten sie immer wieder von ASS und ADHS gesprochen, und sie standen auf der Warteliste für einen Termin beim Facharzt, doch die Wahrheit war, dass sie einfach Alice war, an manchen Tagen entzückend einzigartig, an anderen ein frustrierender Plagegeist. Eigenwillig war das Wort, mit dem sie am häufigsten beschrieben wurde. Außer natürlich, man war Robert Kett, dann war das häufigste Attribut *nervig*.

Evie dagegen nahm alles auf, beobachtete, dachte nach. Im Moment blinzelten ihre großen blauen Augen nicht einmal, und Kett wusste, dass sich in ihrem Kopf die Gedanken überschlugen.

«Nur ein paar Stunden», sagte er. «Ich kaufe dir Smarties.»

Welche Befürchtungen sie auch gehegt haben mochte, die Aussicht auf Smarties fegte sie einfach hinweg. Mit einem strahlenden Lächeln reichte sie der Frau die Hand, und die ergriff sie mit einem amüsierten Glucksen.

«Smarties», sagte Kett. «Crack für Kinder, was?»

Die Frau runzelte missbilligend die Stirn, aber nur für einen Augenblick. Dann sah sie Moira an, die erneut versuchte, Ketts Kopf zu erklimmen wie ein Bergsteiger den Everest.

«Keine Mrs Kett?», fragte sie, zum Glück so leise, dass Evie es nicht hörte.

«Ich bin ganz bald wieder da», sagte Kett und ignorierte die Frage. «Hab dich lieb, meine Schöne.»

«Hab dich auch lieb, Dad», rief Evie zurück und zerrte die Erzieherin praktisch hinter sich her. Kett wartete, bis die Tür sich hinter ihnen geschlossen hatte, dann klaubte er sich Moira aus dem Gesicht und hielt sie vor sich.

«Zwei von dreien ist nicht schlecht», sagte er zu ihr. «Hoffentlich mögen die Kollegen in Norwich kleine Kinder.»

Die Kollegen in Norwich hassten kleine Kinder.

Sie hassten sie mit einer Inbrunst, die deutlich wurde, sobald Kett durch die Tür der Wache geschlendert kam.

«Sie machen Witze», röhrte ein Mann. Glücklicherweise meinte er nicht Moira. Seine Wut richtete sich gegen eine junge Frau, deren kleines Kind im Empfangsbereich auf dem Boden lag, alle viere von sich gestreckt, und versuchte, allein mit der Kraft seiner Stimme ein Loch in die Decke zu bohren. «Sie wissen schon, dass das hier keine Krabbelgruppe ist, ja? Sie wissen, dass Sie sich in einer Polizeiwache befinden?»

Die Frau – eigentlich eher ein junges Mädchen, sie konnte kaum älter als sechzehn sein – zuckte zusammen, als hätte der Mann sie mit einem Schlagstock angegriffen. Mit Tränen in den Augen nahm sie das plärrende Kind auf den Arm. Kett war empört. Moira hatte sich ein bisschen beruhigt, doch sie zappelte wie ein Sack Aale. Er verfluchte sich dafür, dass er den Buggy nicht aus dem Auto geholt hatte. Noch immer, nach all den Wochen, ging er davon aus, dass Billie es tat. Er schnappte sich das Kind, Billie den Buggy. So hatten sie es immer gemacht.

Der zornige Mann ging übertrieben umständlich um die Mutter mit ihrem Kind herum und drückte einen Stapel Papiere an die Brust, als befänden sich darauf die Lotterieergebnisse der nächsten zehn Jahre. Er war ein unangenehmer Zeitgenosse, das war auf der Stelle klar. Manche Leute strahlten einfach eine negative Energie aus, als hätten sie Magneten unter der Haut, die jeden, dem sie begegneten, abstießen. Es hatte etwas mit seinem ergrauenden Kraushaar zu tun, den verkrusteten Augenwinkeln, den nicht getrimmten Augenbrauen und dem Wildwuchs in der Nase – von den gelben Fingernägeln ganz zu schweigen. Er trug einen billigen grauen Anzug, der ihm zwei Nummern zu groß war und von einem braunen Gürtel um die magere Leibesmitte zusammengehalten wurde.

Aber er hatte auch etwas Imposantes. Er war Ende fünfzig und hochgewachsen, ein paar Zentimeter größer als Kett mit seinen eins achtzig, und er hatte einen schnellen, schweren Gang, der Kett an ein Rhinozeros erinnerte. Ein zorniges Rhinozeros. Kett hatte bereits mit Männern wie ihm zu tun gehabt – auf beiden Seiten des Gesetzes –, und er wusste, dass man sie niemals unterschätzen durfte.

Der Mann trug eine Kette mit einem Ausweis um den Hals, die Vorderseite war seinem ungebügelten Hemd zugewandt. Also arbeitete er hier.

«Noch eins», knurrte der Mann, während er auf Kett zukam und dabei Moira mit einem bösen Blick bedachte. «Das ist kein Ort für ein Kind, also tun Sie mir einen Gefallen: Wenn Ihre Kleine nicht unbedingt hier sein muss, werden Sie sie los.»

Kett blieb unerschütterlich stehen und verstellte dem Mann den Weg zwischen zwei Stuhlreihen hindurch. Am Empfang der Polizeiwache von Norwich war nicht viel los – eine Handvoll traurig dreinblickender Leute war gleichmäßig auf die

Stühle verteilt, und am Schalter saß ein junger Sergeant –, und der zornige Mann hatte die Aufmerksamkeit aller.

«Wie wär's, wenn Sie sich ein bisschen locker machen?», sagte Kett und verkniff sich das runde Dutzend Kraftausdrücke, die ihm auf der Zunge lagen. «Es sind doch nur Kinder. Glauben Sie mir, sie wollen genauso wenig hier sein wie wir anderen auch.»

Der Mann schnaubte, dann versuchte er, sich vorbeizudrängen. Kett rührte sich nicht vom Fleck und machte sich möglichst groß und breit. Der Mann stach mit dem Finger nach ihm.

«Glauben Sie mir, Jungchen, ich bin nicht in Stimmung, es mir von Ihnen besorgen zu lassen.»

«Es sich *besorgen* zu lassen?», fragte Kett und hätte sich fast daran verschluckt. «Ich bin mir ziemlich sicher, dass Sie das nicht …»

«Setzen Sie sich hin und warten Sie, bis Sie an der Reihe sind, es sei denn, Sie wollen, dass ich Sie mit nach hinten nehme, bis Sie sich abgekühlt haben.»

Kett atmete tief durch und fragte sich, ob er einfach kehrtmachen und wieder gehen sollte. Er brauchte nicht hier zu sein, er musste ihnen seine Hilfe nicht anbieten. Wenn das der Empfang war, den die Norwicher Kollegen ihm bereiteten, was sollte er dann hier?

Als er gerade den Mund öffnete, um genau das zu sagen, fiel sein Blick auf die Papiere, die der Mann in der Hand hielt: Die körnige Kopie eines Fotos war zu sehen, ein Mädchen in Schuluniform, grinsend und mit Zahnlücke. Kett erkannte sie sofort, da er gestern Abend noch ein bisschen recherchiert hatte, nachdem er seine Töchter zu Bett gebracht hatte.

Maisie Malone, eines der vermissten Zeitungsmädchen.

«Tatsächlich hätte ich nichts dagegen, wenn Sie mich mitnehmen. Ich muss mit Ihrem Superintendent sprechen.»

Der Mann runzelte die Stirn, was sein Gesicht noch unerfreulicher aussehen ließ.

«Ihretwegen», führte Kett aus und deutete mit einem Nicken auf das Foto. «Ich bin DCI Robert Kett von der Met. Mein Super, Bingo ... ähm, *Barry* Benson, hat mich gebeten, bei Ihnen vorbeizuschauen.»

«Ach, hat er das?» Der Mund des Mannes bewegte sich, als kaute er Tabak. Er wischte sich etwas Weißes von den Lippen, musterte Kett von oben bis unten und wandte seine Aufmerksamkeit dann Moira zu.

«Kinderbetreuung», erklärte Kett. «Fehlende. Wir sind gerade erst hierhergezogen.»

«Aus *London*», sagte der zornige Mann höhnisch. Kett seufzte und war sich ziemlich sicher, was er gleich zu hören bekommen würde: fünfzig Pfund darauf, dass es etwas mit *hohes* und *Tier* sein würde.

«Irgend so ein hohes Tier, ja?», fragte der Mann. «Einer, der in die hinterste Provinz hinabsteigt, um den Fall aufzuklären, den wir Bauerntrampel mit unseren Rübenköpfen nicht auf die Reihe bekommen.»

«So was in der Art.» Kett hatte das Verhalten dieses Mannes allmählich satt. «Bringen Sie mich jetzt zu Ihrem Superintendent, oder muss ich einen Ihrer Sergeants am Empfang um Erlaubnis bitten?»

Der Mann beugte sich so dicht zu Kett vor, dass seine Nasenhaare ihn fast an der Lippe gekitzelt hätten.

«Ich *bin* der Superintendent», sagte er. «Superintendent Colin Clare. Und ich bin mir ziemlich sicher, dass wir Sie hier nicht brauchen, DCI Kett. Oder Ihr Kind.»

Wenn Kett geglaubt hätte, er könne in diesem Fettnäpfchen versinken, hätte er es vielleicht versucht. Stattdessen atmete er noch einmal tief durch, verlagerte Moira auf den anderen Arm und streckte die rechte Hand aus.

«Es tut mir leid», sagte er. «Fangen wir noch mal ganz neu an.»

Eine Sekunde lang sah es so aus, als würde Clare sich einfach an ihm vorbeidrängen. Doch dann nickte er, packte Ketts Hand mit seiner riesigen Pranke und pumpte zweimal, als zapfte er sich im Pub ein Ale.

«Ich sollte mich entschuldigen», sagte er und schien ein bisschen in sich zusammenzusacken. «Sie haben mich in einem ungünstigen Augenblick erwischt. Pressekonferenz zu den vermissten Mädchen.»

«Kann ich irgendwas tun?»

«Nicht jetzt, aber fahren Sie mir doch hinterher, die Pressekonferenz findet im Haus der Malones statt. Ich weiß, wer Sie sind, DCI Kett, ich kenne die Fälle, die Sie berühmt gemacht haben. Vielleicht können Sie tatsächlich helfen.»

Kett trat beiseite und ließ den Mann vorbei.

«Und meine Tochter?», rief er ihm hinterher. Clare wandte sich nicht um, sondern rief nur über die Schulter.

«Die können Sie mitbringen, wenn Sie versprechen, dass sie keinen Krach macht.»

KAPITEL VIER

In den gesamten achtzehn Monaten und vier Tagen ihres bisherigen Lebens hatte Moira Kett noch nie so viel Krach gemacht wie in diesem Augenblick.

Genauer gesagt machte sie einen solchen Krach, dass praktisch alle sie anstarrten.

«Komm schon», sagte Kett beschwörend. «Bitte, Moo-Moo, du bist doch todmüde.»

Er blickte hoch. Sein Publikum bestand fast ausschließlich aus Journalisten. Etwa dreißig von ihnen standen über die gesamte Breite der Wohnstraße verteilt. Einige lehnten an ihren Übertragungswagen, andere machten sich an ihren Mikrofonen zu schaffen, wieder andere fotografierten Kett mit ihren Telefonen oder Kameras. Er erwog, ihnen den Mittelfinger zu zeigen, konnte sich aber gerade noch beherrschen. Außerdem war es schwer, den Mittelfinger in die Höhe zu recken, wenn man beide Hände voll mit zehn Kilo zappelndem Kind hatte.

«Nein!», schrie Moira – ihr Lieblingswort. «Nein! Schuhe!»

Das sagte sie immer, wenn sie laufen wollte, und sie veranschaulichte es, indem sie Kett mit ihren Mini-Kickers ins Gesicht trat, als er versuchte, sie im Buggy festzuschnallen.

«Gottverdammtes …», setzte er an.

«Hier, probieren Sie's damit», hörte er hinter sich.

Gleich darauf stand eine Uniformierte neben ihm, eine Police Constable. Sie hielt eine altmodische Polizeipfeife in der Hand, blies ein paarmal leise hinein und reichte sie dann Moira.

Moira war auf der Stelle still und untersuchte mit großen, staunenden Augen dieses eigenartige, glänzende neue Spielzeug. Kett schnallte sie fest, ehe sie merkte, was geschah.

«O Gott, danke», sagte er und drehte sich zu der Polizistin um. Sie mochte Anfang zwanzig sein, allerdings ließ sie der pechschwarze freche Kurzhaarschnitt, der unter ihrer Melone hervorlugte, noch jünger aussehen. Sie konnte noch nicht lange bei der Polizei sein, niemand sah nach einem Jahr Polizeiarbeit noch so frisch aus – nicht einmal auf den ruhigen Straßen von Norwich. «Ich dachte ganz ehrlich, sie würde mir einen Suplex verpassen.»

Sie runzelte die Stirn.

«Wahrscheinlich sind Sie zu jung für die WWF», sagte er. «Wrestling. Egal.»

«Sie heißt jetzt WWE», erwiderte sie lächelnd. Sie reichte ihm die Hand, und er schüttelte sie. «Ich bin PC Kate Savage und helfe gern.»

«Savage?», fragte Kett. «Nett. Sind Sie so wild?»

«Es wirkt», erwiderte sie. «Besonders bei Befragungen. ‹Holt Savage her!› Da werden die bösen Jungs gleich ganz gesprächig.»

«Das möchte ich wetten. Ich bin DCI Kett. Robert.»

«Einer von hier, ja?», fragte sie, und nun war es an Kett, die Stirn zu runzeln. «Ihr Name. Kett. Das ist ein echter Norfolker Name. Es gibt hier diese Straße, Kett's Hill. Es bedeutet Milan, glaube ich, wie der Raubvogel. Und da ist natürlich Robert Kett. Der *andere*. Ein Rebell, der die ein oder andere Schlacht gegen die Regierung geschlagen hat.»

«Klingt wie ein toller Typ», sagte Kett.

«Wurde auf der Burg aufgehängt.»

«Oh. Ich erinnere mich dunkel aus der Schule daran. Ja, meine Eltern kommen von hier. Meine Mutter lebt immer noch in Norfolk, allerdings haben wir schon sehr lange nicht mehr miteinander gesprochen. Eigentlich seit dem Tod meines Vaters nicht mehr. Ich bin am anderen Ende der Stadt aufgewachsen. Mile Cross.»

«Im Ghetto.» Savage zischte.

«Ist die Gegend immer noch so übel?»

«Nicht so schlimm, wie sie mal war, aber ich würde mitten in der Nacht nicht allein da herumlaufen.»

Moira blies so fest sie konnte in die Pfeife, erzeugte dabei kurze furzähnliche Trillerlaute und lachte sich kaputt.

«Die geben Ihnen hier in der Gegend immer noch Pfeifen?», fragte Kett mit erhobener Augenbraue. Savage nickte.

«So kommunizieren wir. Ich meine, sie haben es mal mit Funkgeräten probiert, aber die sind einfach zu neumodisch für uns Landeier.»

Kett verstand die Ironie nicht auf Anhieb, und Savage grinste breit.

«Mein Opa hat sie mir gegeben», erklärte sie. «Er war damals auch bei der Truppe, es war seine Pfeife. Sie hat ihm Glück gebracht, jedenfalls hat er das behauptet.»

«Sie wird Ihnen kein Glück bringen, wenn Sie versuchen, sie ihr wieder abzunehmen.»

«Fürs Erste kann sie sie behalten. Sie sind zu uns abgestellt, ja? Um uns zu helfen, diese Mädchen zu finden?»

«Na ja, nicht offiziell», setzte er an, doch für eine genauere Erklärung blieb keine Zeit, denn Superintendent Clare trat aus dem schmalen Reihenhaus der Malones. Er stellte sich neben

41

den Gartenweg und winkte eine zierliche Frau zu sich, die die Schultern hochgezogen hatte und auf den ersten Blick circa tausend Jahre alt wirkte. Erst als sie den Kopf hob und dem Superintendent zunickte, sah Kett, dass sie zwischen dreißig und vierzig sein musste. Ihre Augen waren gerötet von alten Tränen und ihre Wangen feucht von neuen. Selbst wenn er Maisies Gesicht nicht in dem der Frau erkannt hätte, hätte er gewusst, dass sie die Mutter des vermissten Mädchens war. Nur Trauer kann einen so altern lassen.

Sie waren noch nicht am Gartentor, da stürzten die Reporter vor und bestürmten sie mit Fragen.

«Haben Sie irgendwelche Spuren?»

«Sind Verdächtige in Gewahrsam?»

«Vermuten Sie, dass Maisie und Connie ermordet wurden?»

So feinfühlig wie immer, dachte Kett. *Idioten.*

«Los geht's», sagte PC Savage und stürzte sich ins Getümmel. «Ich komme nachher zurück.»

Sie gesellte sich zu den übrigen uniformierten Constables, die die Journalisten so weit zurückdrängten, dass Colin Clare und Maisies Mutter den Gehweg betreten konnten. Im Haus sah Kett weitere Personen – Kripo Norfolk, vermutete er.

«Danke», sagte Clare so laut, dass seine Stimme von den Häusern gegenüber widerhallte und die Reporter übertönte. «Bitte, ich gehe davon aus, dass Sie hier sind, um die Ermittlungen zu unterstützen.» Das war eine ziemlich wohlwollende Einschätzung, fand Kett. «Aber denken Sie daran, dies ist eine schwere Zeit für Ms Malone und ihre Familie, und ich erwarte von Ihnen, dass Sie ihr respektvoll begegnen.»

Zu Ketts Überraschung kamen daraufhin zunächst keine

weiteren Fragen. Clare hatte etwas Autoritäres an sich, das Auftreten eines Schuldirektors, der einen ohne Weiteres mit dem Rohrstock Gehorsam lehren würde.

«Ich bin Superintendent Colin Clare von der Polizei Norfolk, und ich muss Sie nicht daran erinnern, dass es sich um eine laufende Ermittlung handelt und ich daher viele Fragen nicht werde beantworten können. Wir wollen heute lediglich Ms Malone Gelegenheit geben, sich an ihre Tochter zu wenden und sie zu bitten, nach Hause zu kommen. Haben wir uns verstanden?»

Wieder bloß Nicken und Gemurmel. Verglichen mit der Londoner Presse waren diese Leute die reinsten Heiligen. Der Superintendent trat zur Seite, legte der Frau die Hand auf die Schulter und führte sie ein paar Schritte weiter nach vorne.

«Ms Malone.»

Maisies Mutter wirkte so zerbrechlich wie Glas, als könnte sie zerspringen, sobald sie den Mund öffnete. Sie stand mit hochgezogenen Schultern und ein wenig gebeugt da, als lastete das ganze Gewicht der Welt auf ihr. Die Hände hatte sie vor dem Bauch verschränkt und den Kopf zu dem Mann neben sich erhoben. Der nickte freundlich lächelnd, und sie wandte sich den Reportern zu.

«Maisie?» Ihre Stimme bebte. Wieder sah sie den Superintendent an, und er drückte sanft ihre Schulter. Das schien ihr Kraft zu geben.

«Maisie, ich weiß nicht, ob du mich hören kannst, ob du das hören wirst. Du hast die Nachrichten nie gemocht, nicht wahr?» Sie brachte ein trauriges Lachen zustande, das sich in einen trockenen Husten und dann in ein Schluchzen verwandelte. «Aber ich möchte, dass du weißt, dass ich dich liebe, über alles. Es tut mir leid, dass ich dich gezwungen habe, bei diesem Regen loszuziehen.» Ihr entfuhr ein Laut, der klang, als würde sie ertrinken. «Ich hätte das nicht tun dürfen. Aber ich liebe dich, und falls … falls du wütend auf mich bist, falls du deshalb weggelaufen bist, dann komm bitte nach Hause. Ich bin dir nicht böse. Ich bin dir niemals böse. Ich liebe dich.»

Kett tat einen tiefen, stockenden Atemzug und sah Moira an. Er dachte an sie, Alice und Evie und fragte sich, wie er damit zurechtkäme, wenn eine von ihnen verschwinden würde. Wenn eine von ihnen *entführt* würde. Eine Ehefrau zu verlieren, war das eine – war schrecklich –, aber ein Kind zu verlieren, war eine Million Mal schlimmer.

Ms Malone verstummte und stand wieder reglos da wie ein Aufziehspielzeug, das abgelaufen war. Clare behielt seine Hand auf ihrer Schulter, als er sich wieder an die Reporter wandte.

«Ich nehme jetzt ein paar Fragen entgegen. Bis ich etwas höre, was mir nicht gefällt. Dann sind wir weg. Also stellen Sie gute Fragen. Alan.»

Er nickte einem mittelalten Mann in einem hellbraunen Anzug zu, der sein iPhone hob.

«Glauben Sie, die vermissten Mädchen wurden beide vom selben Mann entführt?», fragte er.

«Wir wissen noch nicht, ob sie entführt wurden, und falls es so ist, wissen wir nicht, ob von einem Mann, geschweige denn, ob beide Male vom selben», erwiderte Clare. «Sarah.»

«Seit Jahren gibt es jetzt schon Klagen über die verminderte Polizeipräsenz auf den Straßen der Stadt», sagte eine junge Frau in Jeans und gelber Bluse. «Sind wir durch die Einsparungen bei der Polizei alle weniger sicher?»

«Darauf werde ich nicht antworten», knurrte Clare. «Hauptsächlich deshalb, weil selbst ein Kind diese Frage beantworten könnte. Noch eine. Doug.»

«Ich?», fragte ein Mann ganz vorn und deutete auf sich. «Ich heiße Jim.»

«Doug, Jim, wie auch immer, stellen Sie einfach Ihre Frage.»

«Ähm, okay, beide Mädchen haben für denselben Zeitungshändler gearbeitet.» Er sah auf einen Notizblock. «Walker's. Steht David Walker unter Verdacht?»

«Was an den Worten *laufende Ermittlung* verstehen Sie nicht? Letzte Chance.»

Eine Frau im hinteren Teil der Gruppe hob die Hand und hüpfte dabei fast auf der Stelle, als benötigte sie die Erlaubnis, zur Toilette zu gehen. Clare grunzte ihr zu.

«Sie sagen, es handele sich nicht notwendigerweise um eine Entführung», sagte die Frau. «Und doch haben Sie Hilfe von der Met hinzugezogen. Das dort ist Robert Kett.»

Sie deutete über die Straße direkt auf Kett, und alle Augen richteten sich auf ihn.

«Vor zwei Jahren hat er die Miller-Zwillinge gefunden, die entführt wurden. Und er hat Albert Shipton gefasst, der 2015 diesen Khan-Jungen ermordet hat. Wenn er hier ist, dann ist das doch wohl mehr als ein Vermisstenfall, dann muss es Entführung oder Mord sein.»

Clare verzog angewidert das Gesicht.

«Bescheuert», sagte er, und sein Ärger schien sich gleichermaßen gegen die Reporter wie auch gegen Kett zu richten. «Das war's für euch. Versuchen wir es morgen noch mal.»

Damit führte er Ms Malone zurück zum Haus. Die Reporter

brachen in einen weiteren misstönenden Chor von Fragen aus, aber sie wussten, dass es das gewesen war.

Kett sah zu Moira und hätte beinahe laut gejubelt, als er feststellte, dass sie eingeschlafen war – ihre feuchten Hände hielten noch immer die Pfeife an ihre Lippen. Sicherheitshalber rüttelte er am Buggy.

«Hab Ihnen doch gesagt, sie bringt Glück.» PC Savage kam wieder zu ihnen. Sanft löste sie die Pfeife aus Moiras Händen und steckte sie in die Tasche.

«Die letzte Frage war ziemlich unglücklich», sagte er. «Vielleicht hätte ich doch auf Abstand bleiben sollen.»

«Früher oder später hätten sie es sowieso herausgefunden. Das Major Investigation Team will drüben im Haus mit Ihnen sprechen.»

Die Abteilung für schwere Verbrechen – Kett seufzte und fragte sich, wie er die Kleine auf so engem Raum so lange still halten sollte. Savage schien seine Gedanken zu lesen. «Überlassen Sie sie mir, Sir», sagte sie.

«Oh, wirklich?» Kett grinste. «Das wäre toll, falls es Ihnen nichts ausmacht?»

«Das ist kein Problem. Obwohl ich gern sehen würde, wie Clare Sie dafür zusammenstaucht, dass Sie ein Kleinkind mit zu einer Ermittlung genommen haben. Aber ich glaube, für einen Tag sind Sie genug zur Sau gemacht worden. Ich sorge dafür, dass sie aus der Sonne bleibt.»

Kett küsste Moira auf den Kopf, dann zog er das Verdeck des Buggys hoch und machte sich auf den Weg zum Haus der Malones. Hoffentlich hatte Savage recht damit, dass er für heute genug zur Sau gemacht worden war.

KAPITEL FÜNF

«Meinen Sie, Sie hätten es denen nicht vielleicht noch ein bisschen leichter machen können?»

Superintendent Colin Clare machte ihn zur Sau, nach allen Regeln der Kunst. Sie standen im winzigen Flur der Malones, und zwar beinahe Brust an Brust, so eng war es hier. Noch näher, und sie würden sich küssen, anstatt miteinander zu reden.

Nicht dass Kett viel zu Wort kam.

«Schlimm genug, dass man Sie überhaupt hier raufgeschickt hat, aber Sie müssen doch nicht auch noch vor der Presse herumstolzieren. Das ist jetzt alles, was wir morgen in den verdammten Zeitungen lesen werden: hohes Tier aus London geholt, um verschwundene Mädchen zu finden.»

Clare atmete tief durch und schüttelte den Kopf.

«Dass ich herumstolziert bin, würde ich jetzt nicht sagen», wandte Kett ein. «Dafür fehlen mir die Hüften.»

Der Superintendent knurrte, ging aus dem Flur – blieb dann aber noch einmal stehen und drehte sich zu Kett um.

«Es ist unser Fall, Kett. Sie können sich dranhängen, wenn Sie wollen, aber vergessen Sie nie, wo Sie sind. Klar?»

Kett nickte und hob kapitulierend die Hände.

«Machen Sie nach Belieben Ge- oder Missbrauch von mir, *Sir*.» Er erntete einen weiteren angewiderten Blick.

Er folgte dem Superintendent durch eine schmale Tür in ein briefmarkengroßes Wohnzimmer. Alles erschien zu klein, so als hätte ein Riese die gesamte Häuserreihe genommen und wie ein Akkordeon zusammengequetscht. Wahrscheinlich lag es jedoch eher daran, dass sich hier bereits drei Kollegen befanden, ein Constable in Uniform und zwei Detectives, ein Mann und eine Frau. Der Constable und die Detective musterten Kett flüchtig und beachteten ihn dann nicht weiter.

«DS Spalding, PC Turner und DC Raymond Figg, unser FLO», stellte Claire vor. «Das ist DCI Kett.»

Der FLO – Family Liaison Officer, kurz Opferbetreuer – nickte Kett zu. Er hatte ein rundes Gesicht und freundliche Augen und kam Kett mit seinem gepflegten Kinnbart und seinem hellen, bereits zurückweichenden Haar beinahe vertraut vor. Obwohl es draußen dreißig Grad sein mussten, trug er ein dunkelblaues Sakko über einem unaufdringlichen karierten Hemd. Er kleidete sich wie ein älterer Mann, konnte aber höchstens Mitte dreißig sein. Figg reichte Kett die Hand, und der schüttelte sie.

«Kett. Wow. Schön, Sie wiederzusehen.»

«Wiederzusehen?»

«Entschuldigung. Ja, wir sind uns schon einmal begegnet. Ich war unten in London Assistent, hab einen anderen Opferbetreuer begleitet – bei der Khan-Entführung. Zwei Jahre ist das jetzt her, nein, *drei.*»

«Sie meinen den Khan-Mord», korrigierte Kett ihn und schüttelte den Kopf, als könnte er so die Erinnerung daran vertreiben.

«Stimmt. Aber solange ich dabei war, war es noch kein Mord. Damals wurden Mutter und Sohn nur vermisst. Ich habe alle Ihre Fälle verfolgt. Sie waren der beste Vermisstenfahnder, den ich je bei der Arbeit erlebt habe.»

Aber nicht gut genug, um Billie zu finden, dachte Kett und brachte ein mattes Lächeln zustande.

«Ich bin froh, dass Sie hier sind.» Figg reichte ihm erneut die Hand, und Kett schüttelte sie nochmals. Clare schien mittlerweile kurz vor einem Schlaganfall zu stehen. Er marschierte die fünf, sechs Schritte vom Wohnzimmer in die Küche, wo am Spülbecken ein weiterer Detective stand, ein großer, kräftiger Mann, und sich leise mit Ms Malone unterhielt, die am offenen Fenster rauchte. Sogar aus dieser Entfernung erkannte Kett ihn sofort – mit seiner Statur war er unverwechselbar – und konnte sich nur mit Mühe ein Lächeln verkneifen.

«Das hier ist DI Porter», sagte Clare, der in der Mitte des kleinen verqualmten Raums stand und sich sichtlich unwohl fühlte. Porter drehte sich um, lächelte, wandte sich wieder ab, doch dann fuhr sein Kopf so ruckartig herum, dass Kett befürchtete, er könne abreißen.

«Robbie!» Porter grinste. «Ich habe schon gehört, dass sie dich zu uns raufgeschickt haben.»

«Herrgott», knurrte Clare in Ketts Richtung. «Gibt es irgendjemanden, den Sie *nicht* kennen?»

«Pete», sagte Kett und schüttelte Porter die an ein Hammelkotelett gemahnende Hand. «Schön, dich zu sehen. Das Letzte, was ich über dich gehört habe, war, dass sie dich irgendwo in den Norden versetzt hatten.»

«Genau, nach *Cornwall*.» Porter lachte, und Kett zuckte die Achseln. «Ich war eine Weile da, dann wurde der Frau eine Stelle in Norwich angeboten, also habe ich mich versetzen lassen. Wie geht's dir? Wie geht's deiner …»

Die Frage erstarb ihm auf den Lippen, und es wurde so

schlagartig still im Raum, wie Porters Lächeln erlosch. Kett erlöste ihn von seinem Elend.

«Den Kindern? Denen geht's gut.»

Porter nickte dankbar. Kett freute sich aufrichtig, ihn zu sehen. Er war mit Porter zusammen bei der Polizei aufgerückt, von der ersten Streife an. Sie hatten gemeinsam die Ausbildung zum Detective abgeschlossen und waren beide bei der Kriminalpolizei untergekommen. Erst als Porter wegzog, hatten sich ihre Wege getrennt. Es hatte irgendetwas mit der Gesundheit seiner Mutter zu tun gehabt. Kett wollte sich gerade nach ihr erkundigen, da räusperte sich der Superintendent, sichtlich unglücklich darüber, dass die beiden Männer sich von früher kannten.

«Ms Malone, das ist DCI Robert Kett. Er ist aus London hier, von der Met.»

Das schien die Frau aus der Reserve zu locken. Sie drehte den Kopf wie eine Schnecke ihre Augenstiele und sah Kett blinzelnd an, den Schatten eines Lächelns im Gesicht.

«Stimmt das?», fragte sie. «Sie haben doch diese vermissten Zwillingsmädchen gefunden?»

«Ein Mädchen und einen Jungen», erwiderte Kett so ruhig wie möglich. «Joshua und Bethany Miller. Zwillinge. Ja.»

«Kett hat diverse vermisste Kinder gefunden», ergänzte Clare. «Er ist einer der besten Detectives im Land. Wir haben doch gesagt, wir würden nichts unversucht lassen, Jade. Das habe ich ernst gemeint.»

Clare lobte ihn nur, damit seine Abteilung gut dastand, das wusste Kett, aber er hörte es trotzdem gern.

«Und Sie werden meine Maisie finden?», fragte Ms Malone. Ihr Gesicht sah verlaufen aus, als wäre es auf nasse Pappe gemalt worden, aber die Hoffnung in ihrem Blick war unübersehbar. Es zerriss ihm das Herz.

«Wir tun alles, was wir können, um sie nach Hause zu holen, Ms Malone. Darauf haben Sie mein Wort.»

Sie nickte und zog an ihrer Zigarette. Gleich darauf zog sie sich wieder in sich selbst zurück.

«Gut», sagte Clare. «Alles, was wir brauchen, ist auf der Wache. Wir werden …»

«Ich würde mich gern noch ein bisschen mit Ms Malone unterhalten, falls das okay ist», sagte Kett.

Clare sah aus, als wollte er widersprechen, doch die Frau nickte. Kett rieb die Hände aneinander und lächelte den Superintendent an.

«Aber falls Sie sich nützlich machen wollen, Sir, setzen Sie doch Wasser auf.»

In der Küche war nicht viel Platz, daher verbannte Kett die Kollegen aus dem Wohnzimmer. Figg, der Opferbetreuer, bot an zu bleiben, und Kett schickte ihn mit einem Nicken in eine Ecke, wo er nicht stören würde. Ms Malone sackte in einen Sessel, der ihr zehn Nummern zu groß zu sein schien, und Kett nahm sich einen Augenblick Zeit, um sich im Raum umzusehen: ein Sofa, das nicht zum Sessel passte, ein Gaskamin aus Walnussimitat und Messing mit Zierschürhaken und passendem Handfeger und Schaufel, Raufasertapete, die teils sonnenblumengelb und teils cremeweiß gestrichen war, an der Decke große Wirbel aus Strukturputz, die nur Spinnweben anzogen. Neben dem Fernseher und der Sky-Box gab es noch ein weißes Billy-Regal mit verstaubten DVDs und Fotos in billigen Rahmen.

«Jade – habe ich das richtig gehört?», fragte Kett, während er zum Regal ging. Ein Foto kannte er schon – das von Maisie in ihrer Schuluniform, das jemand für die Polizeiakte kopiert hatte. Er nahm es in die Hand. Maisie lächelte ihn mit ausgebreiteten Armen und himmelwärts deutenden Daumen an.

«Ja.» Sie fummelte eine weitere Zigarette aus der Packung und brauchte mehrere Anläufe, um sie anzuzünden. «Jade.»

«Sie und Maisie stehen sich nahe», sagte Kett, stellte das Foto zurück und nahm ein anderes in die Hand. Dieses zeigte Maisie und ihre Mutter einander umarmend vor einem riesigen Zirkuszelt, wie es sie in Butlin's Ferienklubs gab. Jade schniefte und wischte sich mit dem Arm übers Gesicht.

«Ja, sie war mein Ein und Alles.» Dann fiel ihr auf, was sie da gesagt hatte, und sie schnappte nach Luft. «*Ist*. Sie *ist* mein Ein und Alles. Ihr Vater starb, als sie noch klein war, an Bauchspeicheldrüsenkrebs. Blöder Idiot, mit dreiundzwanzig Bauchspeicheldrüsenkrebs bekommen, das konnte auch bloß er. Seitdem sind wir nur zu zweit.»

«Sie könnten Zwillinge sein», sagte Kett. «Das gleiche Lächeln.»

Dieses Lächeln erschien auch jetzt, oder jedenfalls etwas Ähnliches. Kett nahm auf dem Sofa Platz und strich über die Bartstoppeln, die abzurasieren er sich seit der Abreise aus London nicht die Mühe gemacht hatte.

«Ich will so ehrlich zu Ihnen sein, wie ich kann, Jade. Die meisten Fälle von vermissten Kindern klären sich sehr schnell auf. Kinder werden wütend, Kinder laufen weg, Kinder wollen klarmachen, dass sie unabhängig sind. Vor allem Mädchen. Glauben Sie mir. Ich habe drei.»

Er sah zum Fenster und versuchte, durch die Scheibengardine PC Savage zu erspähen, konnte sie jedoch nicht entdecken und musste einen Anfall von akuter Sorge unterdrücken. *Was, wenn Kate Savage gar kein echter Cop ist? Was, wenn sie Moira entführt hat?* Er war daran gewöhnt, so funktionierte ein Polizistenhirn. Er könnte seine Arbeit nicht machen, wenn er nicht in der Lage wäre, sich die Worst-Case-Szenarios auszumalen.

«Aber bei Maisie ist es anders», fuhr er fort. «Da zwei Mädchen unter genau den gleichen Umständen verschwunden sind, deutet alles darauf hin, dass hier mehr dahintersteckt.»

Jade sah aus, als würde sie gleich in Tränen ausbrechen.

«Ich weiß.» Sie sah zu Figg. «Er ist das alles mit mir durchgegangen. Er war sehr lieb, sehr ehrlich.»

Figg schenkte ihr ein mitfühlendes Lächeln.

«Das bedeutet aber nicht, dass Maisie nicht doch in Sicherheit ist», fuhr Kett fort. «Und es bedeutet nicht, dass wir sie nicht finden. Es bedeutet nur, dass wir klug vorgehen müssen und dass wir schnell arbeiten müssen. Okay?»

Jade nickte, ließ den Kopf hängen und zog an ihrer Zigarette.

«Kannte Maisie das andere Mädchen?» Er durchforstete sein Gedächtnis. «Connie Byrne. Sie hatten ähnliche Touren.»

«Das habe ich den anderen schon gesagt», murmelte Jade so leise, dass er sich zu ihr vorbeugen musste. «Sie kannte sie vom Sehen, hat aber nie mit ihr geredet. Sie gingen auf verschiedene Schulen.»

Kett suchte nach seinem Notizblock. Dann fiel ihm ein, dass er keinen hatte. Er zog das Telefon aus der Tasche und öffnete die Notiz-App. Unbeholfen tippte er mit den Daumen etwas, woraus selbst die Autokorrektur nicht schlau wurde.

«Aha, und ihr Arbeitgeber, Mr Walker. Hat sie über den mal gesprochen?»

«Ja, natürlich.» Jade blies Rauch auf den Teppich. «Sie mochte ihn. David ist ein netter Mann. Alt. Er würde keiner Fliege was zuleide tun, hat die Mädchen anständig bezahlt und immer dafür gesorgt, dass sie mindestens zehn Jahre alt waren. Noch Jüngere hat er nicht für sich arbeiten lassen.»

«Und Maisie hat sich immer an ihre Tour gehalten? Ist nie davon abgewichen, um eine Freundin zu besuchen oder sich Chips zu kaufen?»

«Sie ist ein gutes Mädchen. Sie konzentriert sich und erledigt es dann einfach, sie ist immer schnell, immer in nicht mal zwei Stunden zurück. Ich habe Fischstäbchen für sie gemacht. Sie sind … sie sind kalt geworden.»

Sie richtete sich auf und rieb sich mit der freien Hand übers Gesicht, als wollte sie sich die Haut abziehen.

«Ich hätte sie nicht zwingen sollen zu fahren, das Wetter war scheußlich, es ist meine Schuld, dass sie losgezogen ist, meine Schuld, dass jemand sie entführt hat.»

«Sie hat nichts Ungewöhnliches gesagt, bevor sie ging?», fragte Kett, als sie verstummte. «Hat nicht von irgendetwas Neuem erzählt, oder von *jemand* Neuem?»

Jade schüttelte den Kopf.

«Ich habe das alles schon mal erzählt. Ich habe es Raymond gesagt und dem anderen Polizisten, dem großen, Peter.»

«Und ihr Telefon?», fragte Kett.

«Das hatte sie bei sich», antwortete Porter, der mit zwei Tassen unglaublich milchigen Tees in den Händen hereinkam. Er stellte sie auf den Couchtisch, und der Tee schwappte über.

«Wir haben es am Tatort gefunden, die Kriminaltechnik sieht es sich gerade an.»

Kett nahm die Tasse und starrte in ihre anämischen Tiefen. Dann sah er Porter an, verzog das Gesicht und formte mit den Lippen die Worte: *Das ist Tee?* Porter zuckte die Achseln und zog sich an die Tür zurück, wo auch der Superintendent stand und alles mitverfolgte.

«Okay», sagte Kett. Er trank einen Schluck und verzog das Gesicht. Es schmeckte wie warme Milch. «Es tut mir leid, dass ich das alles noch einmal mit Ihnen durchgehe, aber es ist wichtig, dass wir sämtliche Details kennen. Seit wann trug Maisie die Zeitungen aus?»

«Seit einem Jahr», erwiderte Jade. «Nicht ganz. Sie wollte das Geld, es ist ja nicht so, als hätten wir es zu dicke. Drei Pfund in der Stunde klingt nicht nach viel, aber es sind drei Stunden die Woche, also zehn Pfund. Zehn Pfund sind nicht zu verachten, besonders für eine Elfjährige.»

«Hat Maisie je erzählt, dass ihr jemand gefolgt ist, oder ein Auto erwähnt, das sie immer wieder gesehen hat? Irgendetwas, das sie nervös gemacht hat?»

Jade schüttelte den Kopf.

«Da sind nur alte Leute, kleine Häuser mit alten Leuten, und die meisten gehen kaum vor die Tür. Sie kannte ein paar von ihnen, aber meist bleiben die für sich.»

Kett nickte.

«Okay, danke», sagte er, trank den widerlichen Tee aus und stand auf. «Ich bin gerade erst angekommen, ich muss mich also erst einmal zurechtfinden. Falls mir noch etwas einfällt, melde ich mich.»

Er drehte sich um und nickte dem Superintendent zu, dann runzelte er die Stirn.

«Jade.» Er wandte sich noch einmal um. «Sie sagten, Maisie hätte zehn Pfund verdient. Ich dachte, sie hätte nur zwei Stunden für ihre Tour gebraucht. Drei Pfund die Stunde, das macht sechs Pfund pro Woche, oder?»

«Ja.» Jade ließ ihre Zigarette in ihren unangetasteten Tee fallen. «Aber samstags hat sie noch eine Tour, oben bei Mousehold Heath, am Wald. Eine kurze.»

Kett notierte sich das, und sein Telefon machte aus Mousehold *mouse hole*, Mäuseloch.

«Für denselben Chef? Für Walker?»

Jade nickte und fummelte eine weitere Zigarette aus der Packung.

«Nur die beiden Touren?», fragte Kett nach. «Sonst nichts?»

«Nein», erwiderte sie. Sie wirkte völlig erschöpft, wie eine Hüpfburg, aus der alle Luft entwichen war.

«Versuchen Sie, ein bisschen zu schlafen, Jade», sagte Kett. «Überlassen Sie das alles uns.»

Er steckte das Telefon wieder ein, während er bereits zur Tür ging, dann hielt er inne. Er wusste sehr wohl, dass er das nicht sagen sollte, und er wusste sehr wohl, dass er es trotzdem tun würde.

«Wir finden sie.»

KAPITEL SECHS

«Es wird nie leichter.»

DI Porter sprach leise und schloss die Haustür hinter ihnen. Kett rieb sich die Augen, atmete die heiße Sommerluft
ein und hatte unvermittelt das Verlangen nach einer Zigarette. Seine Kopfschmerzen kehrten schleichend zurück, wahrscheinlich weil er nur einen Fingerhut voll Schlaf bekommen
hatte. In ungewohnten Betten hatte er noch nie gut schlafen
können, und heute Nacht war es noch schlimmer gewesen,
weil er es irgendwie und irgendwo fertiggebracht hatte, die
Tasche mit dem Bettzeug zu verlieren. Es hatte genügend
Handtücher gegeben, um die Kinder damit zuzudecken, aber
er selbst hatte die Nacht auf einem nackten Doppelbett verbracht, und nur der Mondschein war seine Bettdecke gewesen. Vorhänge gab es auch keine, sodass sich heute Morgen um
Viertel nach *verpisst euch* die ersten Sonnenstrahlen in seine
Augäpfel gebohrt hatten.

«Hm?», machte er, damit Porter wusste, dass er ihn gehört
hatte.

«Das hier.» Porter zupfte die Revers seiner Jacke zurecht.
Seine Bizepse drohten die Ärmel seines Tom-Ford-Anzugs zu
sprengen. «Mütter und Väter.»

Kett nickte. Er hatte schon sehr viele Eltern vermisster Kinder erlebt und sehr viele Eltern toter Kinder. Jade Malone hatte
sich erstaunlich gut gehalten, aber es dauerte auch erst ein paar
Tage. Bei Vermisstenfällen waren die Betroffenen in den ers-

ten Tagen jedes Mal wie benommen vom Schock und zugleich voller Hoffnung. Nach einiger Zeit spürten sie jedoch die Kälte und stürzten ab, und zwar schnell, so als hätte jemand die Leinen durchgeschnitten, die sie auf einem tiefen, dunklen Ozean über Wasser gehalten hatten. Kett kannte das von der Arbeit mit anderen Familien.

Und er kannte es aus eigener Erfahrung.

Er erschauerte und fühlte sich zurückversetzt in die zweite, dritte und vierte Woche nach Billies Verschwinden, hatte das Gefühl, wieder am Rand dieses Abgrunds zu taumeln.

Hinter ihnen ging die Haustür auf – eine willkommene Ablenkung, selbst wenn es Clares haarige Nasenlöcher waren, die da erschienen.

«Das war überflüssig, Kett», flüsterte er. «Wir hatten schon mit Ms Malone gesprochen, mehrfach. Es bestand keine Veranlassung, sie noch einmal zu quälen. Ich will Sie nicht mehr in ihrer Nähe haben.»

Kett nickte und hob ergeben die Hände, und der Superintendent verschwand wieder im Haus.

«Er ist …», setzte Kett an, da öffnete sich die Tür erneut.

«Und ich will auch nicht, dass Sie mit Connies Familie sprechen, kapiert?», sagte der Chef. «Wir machen das schon.»

Clare knallte die Haustür zu, aber nach nur einer Sekunde ging sie wieder auf, und das zornige Gesicht des Superintendent erschien zum dritten Mal.

«Und wenn ich es recht bedenke, können wir Sie an den Tatorten auch nicht brauchen. Die Kriminaltechnik ist schon vor Ort, und dass Sie uns irgendwelche Spuren zertrampeln, ist das Letzte, was wir brauchen können. Kapiert?»

Ohne eine Antwort abzuwarten, schlug er die Tür erneut zu, und der Knall hallte durch die ganze Straße.

Kett zuckte zusammen. «Was für ein Charmeur. Ich wollte nur ein Gespür für sie bekommen. Für die Mutter.»

«Logisch», erwiderte Porter. «Bei Entführungen von Kindern ist es meistens jemand aus der Familie. Meinst du, sie weiß etwas?»

«Nein. Es sei denn, sie wäre die beste Schauspielerin der Welt. Und ich weiß, dass sie nicht die beste Schauspielerin der Welt ist, denn die würde nicht in einem Schuhkarton am Arsch von Norwich wohnen.»

«Da ist was dran.» Porter ging zur Straße. Die meisten Reporter waren abgezogen, aber ein paar lungerten noch vor dem Grundstück herum, wie Hunde, die auf Speisereste hofften. Sie beobachteten Kett und Porter mit großen hungrigen Augen. Kett warf ihnen nur einen finsteren Blick zu.

«Meinst du, es lohnt sich, wenn ich mir die Tatorte trotzdem ansehe? Die Häuser, in denen Maisie und Connie überfallen wurden? Und vielleicht sollte ich doch mit Connies Mutter sprechen?»

«Würd ich nicht machen», erwiderte Porter. «Wir haben da alles getan, was wir können, und das ist es nicht wert, dem Chef mehr als nötig auf den Sack zu gehen.»

«Genau deshalb will ich es ja machen», gab Kett zurück. Porter lachte und schüttelte den Kopf.

«Norwich, was? Wer hätte das gedacht?»

«Hm?»

«Wir zwei, du und ich, zwei der Besten bei der Met, und hier sind wir, beide in Norwich. Die Welt ist schon komisch.»

«Dir gefällt's hier nicht?», fragte Kett. Porter zuckte die Achseln.

«Gegen die Stadt habe ich nichts, mir gefällt nur nicht, dass man in jeder Richtung schon nach fünf Minuten mitten in der Pampa ist. Bei diesen ganzen Feldern und Bäumen und Kühen läuft es mir kalt den Rücken runter.»

«Pete Porter und Angst vor Kühen», bemerkte Kett grinsend. «Wäre ich nicht drauf gekommen, wenn man bedenkt, wie viel Milch in diesem Tee war.»

Porter runzelte die Stirn.

«Mein Tee ist völlig in Ordnung, besten Dank», sagte er. «Na komm, fahren wir zurück zur Wache. Unterwegs bringe ich dich auf den aktuellen Stand.»

Kett suchte die Straße ab und entdeckte PC Savage mit dem leuchtend orangefarbenen iCandy-Buggy auf halber Höhe. Nach einigen Schritten machte sie kehrt und kam zurück. Als sie Kett sah, winkte sie ihm lächelnd zu.

«Klingt gut», sagte Kett. «Aber das muss noch etwas warten. Die Kleine schläft, und wenn ich jetzt versuche, sie ins Auto zu bugsieren, schreit sie mir die ganze Straße zusammen. Sie ist ein vermaledeiter Albtraum.»

Porter antwortete nicht, und als Kett sich zu ihm umdrehte, sah er, dass sein Kollege angewidert das Gesicht verzog.

«Was?», fragte Kett.

«Du hast *vermaledeit* gesagt.»

«*Wie bitte?*», fragte Kett noch einmal.

«*Ein vermaledeiter Albtraum*, genau das hast du gerade gesagt.»

«Habe ich nicht.»

«Doch. Du wolltest *beschissener* Albtraum sagen, aber heraus kam *vermaledeit*. Was ist mit dir los, verdammt noch mal? Ist es das, was Kinder mit einem Mann machen?»

Kett prustete los.

«Du musst deine Ohren untersuchen lassen, Pete», sagte er. «Und jetzt verpiesel dich.»

Diesmal musste Porter lachen. Er hatte ein dröhnendes, weithin hörbares Lachen, an das Kett sich noch gut aus ihrer Zeit auf der Polizeischule erinnerte. Nach zwei Sekunden gelang es Porter, sein Lachen zu unterdrücken, und sie sahen sich beide zu Malones Haus um, weil sie damit rechneten, dass Clare herauskommen und sie erneut zusammenstauchen würde. Glücklicherweise schien ihn etwas anderes in Anspruch zu nehmen. Als Kett wieder zur Straße sah, hatte Savage sie fast schon erreicht.

«Immer noch ausgeknockt», sagte sie. «Alles klar, Porter?»

«Savage.» Porter nickte. «Hat man Sie zum Babysitten verdonnert, ja?»

«Das ist hier ernsthafte Polizeiarbeit», erwiderte sie, wie aus der Pistole geschossen. «Mit Ihnen zu arbeiten, das ist Babysitten.»

«Soll ich aus dem Weg gehen?», fragte Kett, und als es so aussah, als würde Porter gleich wieder sein dröhnendes, kinderweckendes Lachen ausstoßen, hätte er dem großen Mann beinahe die Hand auf den Mund geschlagen. Porter fing sich gerade noch rechtzeitig.

«Dann sehen wir uns also in der Zentrale?», fragte er. «Sobald die Kleine beschließt aufzuwachen.»

«Genau», erwiderte Kett. «Aber da ich zu Fuß bin, kann

ich auch gleich beim Zeitungshändler vorbeischauen. Savage, kommen Sie mit, Sie können mich unterwegs auf den neuesten Stand bringen.»

«Gern», sagte sie. «Ich schiebe.»

* * *

Es war ein erstaunlich langer Fußweg, aber es gab auch viel zu besprechen.

«Erzählen Sie mir von dem anderen vermissten Mädchen», bat Kett, als sie das Ende von Maisies Straße erreichten. Ein paar der Reporter machten Fotos, und Kett konnte es ihnen nicht verdenken. Es kam nicht oft vor, dass man einen Detective Chief Inspector und eine Police Constable gemeinsam mit einem Kleinkind durch die Gegend laufen sah. Savage lenkte den Buggy nach links, und Kett verstand den Wink und lief bergab die Hauptstraße entlang.

«Connie Byrne», sagte Savage. «Man würde Constance vermuten, oder? Aber in Wirklichkeit ist es eine Abkürzung für Conifer.»

«Wie der Baum?», fragte Kett. Savage nickte.

«Sie verschwand einen Tag vor Maisie, ebenfalls beim Austragen von Zeitungen. Ihre Familie hat es erst am nächsten Morgen gemeldet.»

«Warum *das* denn?», entfuhr es Kett so laut, dass Moira sich regte. Savage schaukelte den Buggy und gab beruhigende Laute von sich, bis Moira wieder still lag.

«Sie waren schon bekannt bei uns», sagte Savage. «Beim Sozialamt auch. Wegen Drogengeschichten – der Vater war immer wieder im Gefängnis, die Mutter ist im Entzug, aber nicht ernsthaft. Connie hat ihre Tour abends gemacht, sie ist um halb sechs losgezogen. Als sie wieder zu Hause hätte sein sollen, war ihr Vater aus, und ihre Mutter hatte sich mit Billig-Gin von Aldi abgeschossen. Sie sind gar nicht auf die Idee gekommen, nach ihr zu sehen, erst als sie nicht zum Frühstück erschien.»

«Himmel», sagte Kett. Die Straße war erstaunlich steil. Für eine Stadt, die angeblich flach wie ein Brett war, gab es in Norwich verdammt viele Hügel. Pkw und Lkw rumpelten vorüber, doch der Verkehr war nicht allzu dicht. Verglichen mit London war es geradezu beunruhigend ruhig. «Hatte sie irgendeinen Grund wegzulaufen? Abgesehen von den Eltern, meine ich.»

«Offenbar schon», sagte Savage. «Denn sie hat es auch schon getan, allein im letzten Trimester zweimal. In beiden Fällen fand man sie bei Freundinnen. Aber diesmal wusste niemand, wo sie war. Wir haben überall, wo sie gewesen sein könnte, nachgesehen – ich war selbst in der Suchmannschaft. Nichts. Also gab es eine Vermisstenwarnung für sie, aber anfangs nahm man es noch nicht so ernst.»

«Weil jedes Jahr eine halbe Million Menschen verschwinden.» Kett nickte. «Verständlich. Aber als Maisie nach dem Zeitungsaustragen für denselben Laden vermisst wurde, hat sich das geändert. Da war ein Muster.»

Savage nickte und wartete an einer Kreuzung, bis ein Bus vorbeigefahren war, der eine Abgasfahne hinter sich herzog. Dann hob sie die Hand und teilte den Verkehr wie Moses das Rote Meer, bis sie die Straße überquert hatten.

«Connie hatte kein Telefon, und man fand keine Spur von ihrer Tasche oder ihren übrigen Habseligkeiten. Keine Zeugen, keine Überwachungskameras. Einfach wie vom Erdboden verschluckt.»

«Aber es liegt auf der Hand, wo sie war, als sie entführt wurde, oder?», sagte Kett. «Beim ersten Haus ohne Zeitung.»

«Klar. Dazu wollte ich gerade kommen. Es war wieder ein leer stehendes Haus. Der Eigentümer war vor Kurzem verstorben, das Haus sollte demnächst ausgeräumt werden. Drinnen haben wir ihre Zeitungstasche gefunden.»

Der Buggy holperte über eine lose Steinplatte im Gehweg, und Savage fluchte leise.

«Er ist ziemlich störrisch, soll ich weiterschieben?», fragte Kett, doch sie schüttelte den Kopf.

«Es ist ein gutes Training für Quadrizeps und Bizeps», erwiderte sie.

«Was meinen Sie, wie ich zu einem solchen Körper gekommen bin?», gab Kett zurück und lächelte. «Vatermuskeln. Also, wir haben einen Modus Operandi. Der Täter kundschaftet die Touren aus, findet ein verlassenes Haus, versteckt sich dort und wartet auf sein Zeitungsmädchen. Irgendwelche Hinweise darauf, dass er ... dass drinnen irgendwas passiert ist?»

«Die Spurensicherung nimmt das Haus noch auseinander. Aber bisher nichts. Unser Mann ist vorsichtig.»

«Und geduldig», ergänzte Kett. «Es stirbt ja nicht ständig jemand, auch alte Leute nicht. Er musste warten, bis die richtige Person den Löffel abgibt, dann in deren Haus eindringen und auf die Zustellerin warten. Dieser Kerl ist ein Denker, das macht ihn gefährlich.»

Trotz der Hitze überlief Kett ein unangenehm eisiger Schauder, von dem er eine Gänsehaut bekam und es ihn im Nacken kribbelte. Im Verlauf ihrer Unterhaltung war aus einem mutmaßlichen Gelegenheitstäter ein mutmaßlich eiskalt berechnender Serienentführer geworden – und es konnte immer noch viel schlimmer werden.

«Sie wissen eine Menge darüber», sagte Kett. «Für eine Constable, meine ich. Ich bin beeindruckt.»

«Danke, Sir. Ich will bald die Ausbildung zum Detective angehen.»

«Irgendwie glaube ich, dass Sie die mit links schaffen werden.»

Sie lächelte zur Antwort, dann blieb sie mit dem Buggy stehen. Sie hatten eine kleine Einkaufszeile erreicht, die sich auf beiden Straßenseiten erstreckte. Auf dieser Seite befanden sich ein Fish-and-Chips-Lokal, eine Apotheke, ein KFC-Abklatsch namens CFK, zwei Wohltätigkeitsläden und mittendrin ein gedrungenes Gebäude mit einem halbtot wirkenden Pub namens The Albion. Auf der anderen Straßenseite gab es nicht nur ein Spirituosengeschäft, sondern gleich zwei, außerdem ein Wettlokal und, sieh an, einen großen Zeitungsladen mit dem Namenszug WALKERS – ohne Apostroph vor dem S – in Blaumetallic über den Schaufenstern, inklusive Rennstreifen.

«Die Mädchen sind nicht das Einzige, was da fehlt», bemerkte Kett und deutete mit dem Kopf auf den Schriftzug. «Was ist mit dem Apostroph passiert?»

Vor dem Laden standen fünf Teenager, die aussahen, als wollten sie für Norwichs eigene Version von *The Wire* vorsprechen. Alle hatten ihre Kapuzen auf- und die Hosen tiefergesetzt, und zwei von ihnen hielten Flaschen in Papiertüten in der Hand. Sie hatten Savages gelbe Jacke bereits erspäht und liefen auf und ab wie Tiger im Käfig.

Na ja, vielleicht eher wie Eichhörnchen im Käfig.

Kett musterte den Rest der Ladenzeile. Alle Gebäude sahen ziemlich mitgenommen aus. Von den Fenstern blätterte der Anstrich, der Rinnstein war voller Abfälle, und er entdeckte auf Anhieb drei Hundehaufen. Der näher gelegene Spirituosenladen hatte zwei zerbrochene Fenster, eines war zugenagelt. Die Gebäude hatten alle noch ein Obergeschoss mit Wohnungen, die in keinem besseren Zustand zu sein schienen. Es stank nach Pisse und Abgasen.

«Wie sollen wir es machen?», fragte Savage. «Soll ich mit der Kleinen draußen bleiben?»

«Nein.» Kett schüttelte den Kopf. «Ich nehm sie mit rein, aber zuerst brauche ich Ihre Hilfe bei den Eichhörnchen.»

Savages verwirrtes Stirnrunzeln entging ihm, denn er nahm den Buggy und überquerte die Straße.

KAPITEL SIEBEN

Kett ging nicht direkt in den Zeitungsladen hinein, hauptsächlich deshalb, weil einer der kleinen Hundehaufen unmittelbar vor der Tür lag – wie es aussah, war schon mehr als ein Passant hineingetreten – und ihn mit dem Buggy unversehrt zu umfahren, würde schwierig werden.

Stattdessen schob er Moira zu der kleinen Tür links vom Schaufenster, die zu der Wohnung darüber führen musste und ebenso vernachlässigt aussah wie alles andere hier. Der lachsrosa Anstrich schälte sich ab wie sonnenverbrannte Haut, und die Viertelkreisfenster waren gelb vor Dreck und Alter.

Um zur Tür zu gelangen, musste er an den Teenagern vorbei – jetzt waren es sechs, da ein weiterer Junge aus der unkrautüberwucherten Gasse neben dem Zeitungsladen geschlendert kam und im Gehen seine graue Trainingshose hochzog. Er starrte Kett so unverfroren an, dass dieser ihm am liebsten gleich jetzt mit einer Ohrfeige Respekt beigebracht hätte, Moira hin oder her.

«Der Typ will'n Kind verkaufen», sagte einer der Jungen, und die übrigen lachten, obwohl es nicht im Geringsten witzig war. Sie waren unglaublich cool, und sie stanken nach billigem Fusel, dabei konnte keiner von ihnen älter als fünfzehn sein. Aber sie kamen immer noch aus Norwich, nicht aus einem gefürchteten Londoner Problemviertel wie dem Willow Tree Lane Estate. Kett blickte sich um: Savage war direkt hinter ihm.

«Wenn Sie'n Kind verticken wollen, sind Sie hier richtig», sagte ein anderer Junge und ging ein paar Schritte auf Kett zu – er humpelte so übertrieben, dass es aussah, als hätte er sich in die Hose geschissen und wollte verhindern, dass es ihm am Bein hinablief. «Der alte Pädo Walker gibt Ihnen sicher 'nen Fünfer dafür», sagte er mit einem starken Norwicher Akzent.

Wieder Gelächter, doch es lag keine Spur von Wärme darin.

«Ist er dafür bekannt?», fragte Kett und schob den Buggy vor und zurück, damit Moira weiterschlief. «Walker?»

«Fuck, der will wirklich ein Baby verticken!», röhrte einer der Jungen.

«Warum wollen Sie das wissen?», fragte ein anderer. «Sind Sie Five-0?»

Kett hätte beinahe laut aufgelacht. *Five-0*. Das hatte er seit den 80ern nicht mehr gehört.

«Ja», sagte er. «Bin ich. DCI Robert Kett von der Hawaii Five-0. Das da im Buggy ist DCI Kett junior.»

Die Jungen runzelten die Stirn, ihr großspuriges Auftreten hatte einen kleinen Dämpfer erhalten. Kett hatte es mit genügend aggressiven Teenagern zu tun gehabt, um zu wissen, dass ein Konfrontationskurs die sicherste Methode war, das Pulverfass, das sie darstellten, in die Luft zu jagen. Wie man hingegen mit Humor umging, das wusste keiner dieser Schwachmaten.

«Sie muss zwischen zwei Verhaftungen ein Nickerchen einlegen, sonst bekommt sie schlechte Laune, aber unterschätzt sie nicht, sie ist ein Supercop. Also, David Walker. Ihr habt was über ihn gehört?»

Savage hielt sich im Hintergrund, und Kett war unwillkürlich beeindruckt. Die meisten Constables, die er kannte, besonders die Kerle, wären mit gezücktem Schlagstock losgestürmt. Die Jungen musterten sie, dann Kett, und auch die Reste ihres Draufgängertums schienen zu verpuffen.

«Nee», sagte einer mit einem roten Hoodie und zuckte die Achseln. «Bloß jetzt mit den vermissten Mädchen. Walker ist in Ordnung, der lässt uns ...»

Das trug ihm einen Schlag auf den Arm von einem der anderen Jungen ein. Kett ließ es einstweilen auf sich beruhen.

«Solltet ihr nicht alle in der Schule sein?»

Sie traten von einem Fuß auf den anderen und sahen mit einem Mal so jung aus, wie sie waren.

«Dann ab mit euch, sofort», sagte Kett, und sie wandten sich zum Gehen. «Du nicht.»

Kett deutete auf den Jungen mit dem roten Hoodie. Er murrte, blieb aber stehen und beobachtete traurig, wie seine Freunde sich zerstreuten.

«Was wolltest du gerade sagen?», fragte Kett ihn. Der Junge kratzte über den blonden Flaum an seinem Kinn und sah überallhin, nur nicht zu Kett. «Walker lässt euch ...»

«Nix, Mann», erwiderte der Junge. «Bloß, na ja, Kippen und so. Die lässt er uns haben.»

«Er verkauft euch Zigaretten? In seinem Laden?»

«Nein.» Der Junge schüttelte den Kopf. Er zog die rote Kapuze in die pickelige Stirn, als könnte er vollständig darunter verschwinden und unsichtbar werden. «Im Heath, da muss man hin.»

«Mousehold?», fragte Savage, und der Junge nickte. Seine Augen wurden feucht. Vielleicht bildete Kett es sich nur ein, aber er meinte, ihn ganz leise wimmern zu hören wie ein Baby.

69

«Er lässt das die Mädchen machen, nicht wahr?», fragte Kett. «Die Zeitungsmädchen.»

Der Junge nickte, und das Wimmern schien lauter zu werden.

«Samstagmorgens», sagte er. «Man kriegt Kippen, Alk, alles.»

«Drogen?»

«Nein, Mann, damit haben wir nichts am Hut. Ehrlich.»

Er sah aus, als würde er gleich vollends in Tränen ausbrechen, und Kett hatte Mitleid mit ihm.

«Dann geh», sagte er. «Und wenn ich euch noch mal an einem Schultag hier finde, wird DCI Kett junior euch so fix hopsnehmen, dass dir schwindelig wird. Kapiert?»

Völlig verwirrt sah der Junge in den Buggy und runzelte die Stirn.

«Geh», sagte Kett, strenger jetzt. Der Junge drehte sich um und rannte so schnell davon, dass seine Sneakers wegrutschten und er einen eigenartigen kleinen Tanz aufführen musste, um nicht hinzufallen. Als der Junge um die nächste Ecke bog, gluckste Kett leise und wandte sich an Savage.

«Wussten Sie das? Dass die Zeitungsmädchen Zigaretten verkauft haben?»

«Wir hatten so eine Ahnung. Passiert hier in der Gegend ständig. Zeitungshändler, Eiswagen, von denen verkloppen so einige Zigaretten und Alkohol an Minderjährige.»

Kett stellte die Bremse am Buggy fest und trat an die Tür, die zur Wohnung im Obergeschoss führte. Er schob den Briefschlitz auf und spähte hindurch. Ein kalter Luftzug traf ihn im Gesicht, aber das Treppenhaus war vollkommen leer.

«Ob Maisie oder Connie dabei waren, weiß ich allerdings

nicht», fügte Savage hinzu. «Von den Eltern schien keiner davon zu wissen.»

«Tja», sagte Kett, während er die Bremse wieder löste und den Buggy um den Hundehaufen herummanövrierte. «Das werden wir gleich herausfinden.»

* * *

Sobald er den Laden betrat und der Sensor unter der Fußmatte eine Glocke über seinem Kopf läuten ließ, wusste er, warum David Walker nicht als ernst zu nehmender Verdächtiger in Betracht gezogen wurde.

Zum einen war er mindestens achtzig Jahre alt. Ein kleiner, zierlicher Mann mit circa drei weißen Haarsträhnen, die an seinem altersfleckigen Schädel klebten. Er trug ein weißes Hemd und eine braune Krawatte, und auf seiner Stupsnase saß eine Brille mit Goldrand.

Hinzu kam, dass er sich wie ein schlecht konstruierter und schlecht geölter Roboter aus einem Highschool-Wissenschaftswettbewerb bewegte. Im Moment bediente er zwei junge Männer, und bei diesem Tempo würden sie alt sein, bis er damit fertig war. Mit knirschenden Gelenken drehte er sich zur Kasse um, zählte seinen Kunden quälend langsam das Wechselgeld in die Hand und verabschiedete sie mit einer Stimme, die so brüchig war wie uraltes Pergament.

Kett schob den Buggy in den nächsten Gang und fand die übliche Mischung aus Chips, Schokolade und überteuerten, nährstoffarmen Lebensmitteln. Der Laden war alt, aber gut ausgestattet. Zwei Überwachungskameras waren über der

71

Kasse angebracht, eine davor und eine dahinter, und eine dritte befand sich im hinteren Teil direkt an der Personaltür. Die Kollegen hatten die Videos sicher bereits gesichtet – wobei darauf nicht viel zu sehen sein würde.

Er sah durchs Fenster zu Savage, die er gebeten hatte, draußen zu warten, jedenfalls erst mal. Manchmal waren die leuchtend gelben Uniformen nützlich, manchmal nicht, und Kett nahm an, dass der Zeitungshändler in den letzten Tagen eine Menge davon gesehen hatte.

Er blieb bei der Babynahrung stehen, nahm sich einen Apfel-Banane-Quetschie und ging damit zur Kasse. Von hier aus konnte er zu seiner Erschütterung sehen, dass Mr Walker allen Ernstes auf einer *Kiste* stand. Er konnte kaum größer als eins fünfzig sein und sah aus, als käme er mit Ach und Krach gerade mal auf dreißig Kilo. Der alte Mann reckte den Hals und sah haargenau wie Lübke aus den *Dangermouse*-Zeichentrickfilmen aus. Seine Augenbrauen schwebten praktisch über seinem Kopf, als er zur Begrüßung nickte.

«Die Kleine schläft also?», krächzte er mit einem breiten Norwicher Akzent. «Wenn sie so klein und so still sind, fehlen sie mir.»

«Sie ist nicht immer still», erwiderte Kett und legte den Quetschie auf die Theke. «Glauben Sie mir.»

«Nur das?», fragte Walker, scannte den Barcode, und dann scannte er ihn aus Versehen noch einmal. «Oh, Moment. Verflixter Apparat. Funktioniert nie. Noch etwas?»

Ein Päckchen Marlboro Red bitte, hätte er gern gesagt. Doch zu Beginn ihrer Bemühungen, Kinder zu bekommen, hatte er Billie das Versprechen gegeben, dass seine Tage als Raucher hinter ihm lagen, und auch wenn sie im Augenblick nicht hier war, würde er es nicht brechen.

«Nur den Quetschie, Mr Walker, danke.»

Als er seinen Namen hörte, blickte der alte Mann argwöhnisch auf.

«Ich würde ja fragen, ob Sie Polizist oder Journalist sind», sagte er, und sein Blick zuckte zum Fenster und dem gelben Fleck hinter der Scheibe. «Aber ich bin alt, nicht blind.»

«Entschuldigen Sie», sagte Kett, nahm einen Fünfer aus der Brieftasche und reichte ihn über die Theke. Da er die Brieftasche schon in der Hand hatte, zückte er auch gleich seinen Dienstausweis. «DCI Robert Kett.»

«Sie sehen wie ein Polyp aus», sagte Walker, doch es war eindeutig bloß eine Feststellung, keine Beleidigung. «Nur erschöpfter.»

«In letzter Zeit bin ich mehr Vater als Polizist», erwiderte Kett lächelnd. «Ganz ehrlich, Polyp zu sein, ist *weitaus* einfacher.»

«Da sagen Sie was. Ich hatte vier kleine Lümmel.» Er verzog das Gesicht und schluckte, dann öffnete er die Kasse mit einer Hand, deren Knöchel unförmig geschwollen waren. «Und ich war viel jünger als Sie, als ich damit anfing.»

«Hab eine Weile gebraucht, bis ich in die Gänge kam. Also, vier Kinder. Arbeiten Sie deshalb noch mit … was? Achtzig? Fünfundachtzig?»

«Zweiundneunzig», erwiderte er und grinste. «Einen Apfel am Tag, mit Kerngehäuse und allem. Der einzige Grund, warum ich noch hier bin. Sollten Sie mal probieren.»

Die Türglocke läutete, und ein Mann in Shorts kam herein

und wischte sich den Schweiß von der Stirn. Kett beugte sich vor.

«Ich werd's probieren», sagte er. «Danke für den Rat. Hören Sie, ich weiß, die Polizei Norfolk war schon hier und hat mit Ihnen gesprochen. Ich helfe denen nur. Ich habe ein bisschen Erfahrung mit vermissten Kindern.»

Und vermissten Ehefrauen, dachte er wider Willen.

«Da sind ein paar Fragen, die dringend nach Antworten verlangen. Ich hatte gehofft, Sie könnten mir dabei helfen.»

«Jederzeit», sagte der alte Mann aufrichtig. «Ich habe Maisie sehr gern, und Connie auch. Sie sind liebe Mädchen, kluge Mädchen. Sie haben das nicht verdient.»

«Sie haben beide innerhalb der Woche Zeitungen ausgetragen, ist das richtig?», fragte Kett. Walker nickte.

«Connie montags und freitags, Maisie dienstags.»

«Und sie haben Wochenendtouren übernommen?»

Wieder schluckte der alte Mann und schien zu erbleichen, während sein Blick zur Decke wanderte.

«Ich glaube ja.»

«Mousehold Heath?»

Er nickte und sah wieder Kett an.

«Um Zigaretten zu verkaufen?»

Es schien ausgeschlossen, dass ein so kleiner Mann noch weiter schrumpfen konnte, doch genau so war es. Er sank in sich zusammen, bis sein kleiner Kopf noch gerade eben über die Theke ragte.

«Auf Ihre Veranlassung?», fragte Kett. «Ein kleiner Extraverdienst?»

«Ich …» Der alte Mann brach ab und schüttelte den Kopf.

Er sah Kett an, dann wieder an die Decke zu der Kamera, die über Ketts Kopf angebracht war. Allmählich wurde aus seinem Kopfschütteln ein Nicken. «Ja, das stimmt.»

«Nicht sonderlich klug, finden Sie nicht?», fragte Kett. «Wie lange schon?»

«Nicht lange.» Walker schniefte. Kett blickte zur Seite und stellte fest, dass der andere Kunde mit einer Zeitung und einer Dose Cola zur Kasse kam.

«Nehmen Sie die einfach mit», sagte Kett zu ihm. «Geht auf mich.»

Der Mann nickte verdutzt, dann wandte er sich zum Gehen. Als er gerade die Hand nach der Tür ausstreckte, fiel sein Blick auf einen Ständer mit DVDs, und er hielt inne.

«Fordern Sie Ihr Glück nicht heraus», warnte Kett ihn, und der Mann ging hinaus. Kett wandte sich wieder Walker zu, der so heftig zitterte, dass man denken konnte, er würde jeden Moment auseinanderbrechen. «Nicht lange heißt ein Jahr? Zwei Jahre?»

«Ein Jahr, ja», erwiderte der alte Mann. «Es tut mir leid. Es war dumm. Ich habe immer wieder gesagt … Ich *wusste*, dass es dumm war.»

Wieder dieser Blick zur Decke. Irgendetwas daran aktivierte Ketts Spinnensinn. Er blickte ebenfalls hoch zu der kleinen Kamera, die sie beobachtete.

«Hat eins der Mädchen mal erwähnt, wem sie da oben Zigaretten verkauft haben? Hatten welche von den Eltern ein Problem damit? Hat sie da jemand belästigt?»

Walker schüttelte den Kopf.

«Die Hälfte dieser Jugendlichen haben billige Kippen für

ihre Eltern gekauft», erwiderte er und schniefte. «Ärger haben sie nie bekommen.»

Kett seufzte und schaukelte den Buggy. Moira schlief immer noch. Nach dem Brummen der alten Kühlschränke war ihr samtiges Schnarchen das lauteste Geräusch im Laden. Gut möglich, dass Walkers illegaler Handel überhaupt nichts mit den vermissten Mädchen zu tun hatte, aber er würde trotzdem zur Wache kommen und eine Aussage machen müssen.

«Was schulde ich Ihnen?», fragte er, aber Walker winkte ab.

«Keine Sorge», sagte er. «Ich werde nicht mehr sehr lange hier sein, nach dieser Sache. Es kommt niemand mehr, sie glauben alle, ich wäre ein … ein …» Er krümmte sich, bis seine Stirn fast die Theke berührte. «Das ist ein gotterbärmliches Ende für das alles, finden Sie nicht?»

Kett wusste nicht, was er darauf antworten sollte. Er wendete den Buggy und blickte noch einmal zur Kamera hoch. Was entging ihm hier? Walker hatte bei jeder heiklen Frage dorthin geblickt. Es war unglaublich verräterisch, beinahe so verräterisch, wie wenn Bingo sich über den Bart strich. Beobachtete ihn vielleicht irgendjemand?

Oder es war jemand *über* ihm.

«Mr Walker, ist das Ladenlokal gemietet?»

«Nein, hab es 73 gekauft, als die ganze Ladenzeile zehn Jahre alt war. Die Hypothek war zwanzig Jahre später abbezahlt, auf den Punkt genau.»

«Nur das Ladenlokal? Die Wohnung nicht?»

Wieder schluckte Walker, und sein Blick zuckte nach oben. *Na bitte.*

«Alles», erwiderte er. «Zwei der Wohnungen oben gehören mir, aber ich wohne draußen in Costessey.»

«Ist da oben jetzt jemand?»

«Nein», antwortete Walker ein bisschen zu schnell. «Da ist alles abgesperrt. Wegen Asbest, glaube ich. Da war seit Jahren keiner drin. Ich sollte deswegen eigentlich etwas unternehmen.»

«Das sollten Sie.» Kett schob den Buggy zur Tür. Savage wartete auf ihn und hielt ihm die Tür auf. Wieder ertönte die Türklingel, und diesmal wurde Moira wach. Kett blickte zurück, und beinahe tat ihm dieses verschrumpelte Gespenst von einem Mann, das da hinter der Theke stand, leid. «Machen Sie's gut, Mr Walker. Wir melden uns.»

«Irgendetwas Nützliches?», fragte Savage, als die Tür sich hinter ihnen geschlossen hatte.

«Ich bin mir nicht sicher», erwiderte Kett.

Er spähte in den Buggy, aus dem ihn zwei helle Augen in einem sehr verdrießlichen Gesicht entgegenblickten.

«Hey, Prachtmädchen, schön, dass du wieder da bist.»

Unvermittelt ließ er die missmutige Kleine stehen und lief zurück zu der Tür, die zur Wohnung über dem Laden führte. Nochmals spähte er durch den Briefschlitz, nur um sich zu vergewissern, dann kehrte er zurück. Er löste den Gurt und nahm Moira auf den Arm, wo ihr durchdringendes Geschrei sich ihm wie eine akustische Nadel direkt ins Ohr bohren konnte.

«Haben Sie schon mal eine leer stehende Wohnung ohne einen Haufen Post unter dem Briefschlitz gesehen?», fragte er PC Savage. Sie schüttelte den Kopf. «Ich auch nicht. Und das bedeutet, David Walker lügt uns an.»

KAPITEL ACHT

Kett sah in Rück- und Seitenspiegel, dann lenkte er den Volvo von der Schnellstraße hinunter und bremste ab, als er sich dem Kreisverkehr am Fuße des Hügels näherte. Vor ihm lag die imposante Zentrale der Polizei von Norfolk, die nicht in der Polizeistation im Stadtzentrum von Norwich untergebracht war, sondern zehn Minuten entfernt in einer kleinen Satellitenstadt mit unaussprechlichem Namen.

«Hunger!», krähte Moira auf dem Rücksitz und trommelte mit den Füßen aufs Polster. «Hunger!»

«Du hast immer noch Hunger, ich weiß», erwiderte er. «Ich besorge dir was zu essen, sobald ich kann.»

Er hatte Moira ins Auto bekommen, indem er sie mit dem Apfel-Bananen-Püree bestochen hatte, doch sie hatte es in nicht einmal einer Minute inhaliert, und seitdem verlangte sie mehr. Er parkte, sah auf die Uhr und stellte fest, dass es bald elf war. Es tat ihm leid, dass er Evie nicht so früh aus der Kita abholte, wie er ihr versprochen hatte, aber im Prinzip konnte er sie bis eins dort lassen, und es war ja möglich, dass es ihr gefiel.

«Dann wollen wir mal lieber die Hufe schwingen, was?» Er stieg aus und holte Moira vom Rücksitz. Sie warf den leeren Quetschiebeutel nach ihm, und er bückte sich, hob ihn auf und warf ihn in den Fußraum. «Du musst Strafe zahlen, wenn du deinen Müll einfach wegwirfst. Supercop oder nicht. Gesetz ist Gesetz, Moira.»

«Nein!», erwiderte sie.

«Auch gut.»

Er ging hinein, zeigte der Frau am Empfang seinen Dienstausweis und rechnete damit, dass sie ihn einließ. Das tat sie jedoch mitnichten, sondern deutete auf eine Reihe von Stühlen im hinteren Teil des Empfangsbereichs.

«In einer Minute holt Sie jemand ab», sagte sie und warf einen irritierten Blick auf Moira. Kett hielt den Mund, ehe er noch etwas sagte, was er hinterher bereute, und wartete deutlich länger als eine Minute, bis DI Porter herauskam.

Entschuldige!, formte der große Mann mit den Lippen, während er die Tür aufdrückte und sie hereinließ. Erst als sie halb durch den Flur waren, wagte er es, mehr dazu zu sagen.

«Das ist ein echter Drachen, die da. Ich habe erlebt, wie sie gestandene Polizisten zum Weinen gebracht hat.» Er lachte, aber so, dass Kett vermutete, er habe nicht gescherzt. «Alles in Ordnung? Hast du was aus dem alten Mann herausbekommen?»

«Ich glaube nicht, dass er es getan hat, falls du das meinst», erwiderte Kett und nahm Moira auf den anderen Arm. «Aber ich glaube, er verbirgt etwas. Ich habe Savage dort gelassen und sie gebeten, die Wohnungen über dem Laden im Auge zu behalten.»

«Ach ja?», sagte Porter nur. Sie erreichten eine Flügeltür, und er stieß sie mit der Schulter auf und führte Kett durch die betriebsame Polizeizentrale. «Hier ist der Teufel los. Wir haben ein paar zusätzliche Kräfte bekommen, die bei diesem Fall aushelfen. Wir sind hier drin.»

Er öffnete eine Tür. In der Mitte des Lagerraums stand ein großer Tisch, und die hintere Wand war förmlich begraben unter Hunderten von Fotos, Dokumenten und vollgeschriebenen

Whiteboards. Ein paar Leute blickten auf und sahen dann wie üblich noch einmal hin, wenn sie die strampelnde, quäkende Moira entdeckten.

«Ja», sagte Kett und nickte den Leuten zu. «Ihm gehören zwei der Wohnungen. Er behauptet, sie stünden seit Jahren leer, aber da war ganz eindeutig jemand. Und zwar noch vor Kurzem. Was wisst ihr über ihn? Habt ihr Freunde und Familie überprüft?»

«Vier Kinder», antwortete Porter. «Alle zwischen über fünfzig und irgendwas über sechzig. Der Jüngste war ein paarmal im Kittchen, hauptsächlich Raubdelikte. Ein paar Enkel und Freunde, aber niemand, bei dem der Radar anschlägt.»

«Der Vorbestrafte, wohnt der hier?»

«Walker zufolge nicht. Wir werden nicht so richtig schlau aus ihm. Warum?»

«Lass mich darüber nachdenken», sagte Kett. «Ich lasse es dich wissen, falls es wichtig ist.»

Porter nickte, denn klatschte er in seine riesigen Hände, und es wurde still im Raum.

«Okay, ihr alle. Ein paar von euch haben DCI Robert Kett vorhin bei den Malones kennengelernt. Für die, die nicht dabei waren, hier ist er.» Porter deutete auf Kett und auf Moira, die ihm schon wieder halb auf den Kopf geklettert war. Kett bemühte sich, zwischen ihren Beinen hindurch zu lächeln. Porter lachte. «Robbie ist der Große, die Kleine ist seine Tochter.»

«Kopf!», erwiderte Moira und schlug Kett an die Stirn.

«Ich kenne Robbie von ganz früher, sind jetzt fast zwanzig Jahre», fuhr Porter fort. «Er ist ein guter Mann und ein großartiger Detective. Er ist inoffiziell hier.»

«Soso», sagte eine Detective, die am Tisch saß. Sie war zwischen dreißig und vierzig, ihr schwarzer Hosenanzug sah brandneu aus, und ihr blondes Haar war so straff zurückgebunden, dass ihre Stirn riesig wirkte. Sie lächelte säuerlich. Detective Sergeant Spalding, erinnerte Kett sich, so hatte Clare sie vorhin vorgestellt. «Dürfen wir überhaupt Kinder mitbringen?»

«Ja», erwiderte Porter. «Solange keiner von den Lamettaträgern was mitbekommt. Also ja, Kett ist inoffiziell zu uns abgestellt worden; offiziell hat er Sonderurlaub. Ähm, einige von euch wissen sicher, warum.»

«Oh, Scheiße, ja», sagte ein anderer Detective, den Kett noch nicht kannte. Er schien Mitte, Ende fünfzig zu sein und war so grau, dass man hätte meinen können, er sei zu oft zusammen mit seinem billigen Anzug in der Waschmaschine gewesen. Er schnippte mit den gelben Fingern. «Ich erinnere mich, es war überall in den Nachrichten. Ihre Frau, richtig?»

«Schon mal was von Taktgefühl gehört, Dunst?», fragte Porter. «Das ist das Gegenteil von *gedankenloser Idiot, der nicht die Klappe halten kann.*»

Dunst lehnte sich zurück und hob kapitulierend die Hände.

«Das ist DI Keith Dunst», stellte Porter vor. Er nickte in Richtung der Frau, die vor Dunst gesprochen hatte. «DS Alison Spalding. Und last but not least», Porter deutete auf eine ältere Frau hinten im Raum, «die Leiterin des Dezernats für Sonderaufgaben, DCI Kate Pearson.»

Die Frau winkte, ohne auch nur von ihrer Lektüre aufzublicken.

«Oh, und Figg.» Porter deutete auf den Opferbetreuer. «Den du schon aus London kennst.»

Figg winkte.

«Da sind noch mehr, nach und nach wirst du das ganze Team kennenlernen.»

«Danke», sagte Kett. «Es ist schön, Sie alle kennenzulernen. Ich weiß, das ist nicht gerade eine normale Situation ...»

«Kopf!», kreischte Moira und schlug ihm so kräftig aufs Ohr, dass er ein Klingeln hörte. Kett pflückte sie von seinem Kopf und pflanzte sie auf den Boden. Sofort steuerte sie in die Raummitte und versuchte, auf den Stuhl neben Dunst zu klettern. Der half ihr mit seinen nikotinfleckigen Händen hinauf, und sie grinste ihn an, als könnte sie kein Wässerchen trüben.

«Aber ich bin hier, um zu helfen, wo ich kann», fuhr Kett fort und rieb sich das Ohr. «Ich habe eine Menge Vermisstenfälle mit Kindern bearbeitet, falls Sie also meinen Rat brauchen, ich stehe zur Verfügung.»

DS Spalding lächelte höhnisch und wandte sich wieder ihrer Arbeit zu.

«Und falls Sie meinen Rat nicht brauchen», fuhr er speziell an sie gewandt fort, «können Sie mich auch gerne ignorieren.»

«Also gut.» Porter klatschte in die Hände, und alle arbeiteten weiter. «Superintendent Clare wird auch bald hier sein. Er leitet die Ermittlungen.» Kett verzog das Gesicht, und Porter lachte. «Ja, er ist nicht jedermanns Sache. Höllisch ruppig, und wenn er will, lehrt er einen das Fürchten. Aber er weiß, was er tut. Hat lange bei der National Crime Squad gearbeitet, bevor er hierherkam – schwere Verbrechen, eine Menge verdeckter Operationen und Bandenkram. Kein Mann, den man unterschätzen sollte, trotz dieser Haare in der Nase. Das ist also das Team. Noch Fragen?»

«Ja», sagte Kett. Moira tat ihr Möglichstes, vom Stuhl aufs Gesicht zu fallen, daher nahm er sie wieder auf den Arm. Er wandte sich Porter zu. «Bitte sag, dass du nicht der Mann bist, der hier den Tee kocht, ja?»

* * *

«Siehst du? Ich weiß nicht, was du hast.»

Porter knallte einen Becher Tee so schwungvoll auf den Tisch, dass er überschwappte. Kett hielt die Hand darüber, damit die Papiere vor ihm verschont blieben, dann blickte er in die scheußlich milchigen Tiefen.

«Pete», sagte er. «Du weißt schon, wie ein Teebeutel aussieht, oder?»

«Wovon redest du?», gab der DI zurück und wirkte ehrlich gekränkt.

«Die kleinen Papierdinger mit braunem Zeug drin. Teebeutel.»

«Ich habe *zwei* genommen.» Porter stach mit dem Finger nach der Tasse.

«*Wie bitte?* Dieser Tee hat dieselbe Farbe wie der Teint der Großmutter meiner Frau, und die hatte vier Herzinfarkte. Ist da drin ein Kuheuter explodiert?»

«Dann trink ihn eben nicht», sagte Porter und verschränkte die Arme vor seiner breiten Brust.

«Das meine doch nicht nur ich, oder?» Kett blickte sich um. «Das kann nicht sein. Findet noch jemand, dass Porters Tee aussieht wie, na ja, Kamelpisse?»

«Der schlechteste überhaupt», sagte Dunst. «Es ist, als würde er eine Tasse Tee kochen und ihr dann irgendwie die Seele aussaugen.»

«Verpisst euch», knurrte Porter. «Dann kocht euch euren verdammten Tee doch selbst, ihr Banausen.»

«Pass auf, was du sagst.» Kett deutete mit dem Kopf auf Moira. Sie saß mit einem Dutzend Blättern aus dem Kopierer und einem Päckchen Malstiften, die DCI Pearson in einem Restaurant bekommen und in ihrer Handtasche vergessen hatte, in einer Ecke auf dem Boden. In der Hand hielt sie einen durchweichten Keks, ein anderer war bereits mit dem dünnen Teppichboden verschmolzen. Es würde sie nicht lange beschäftigen, aber im Augenblick wirkte sie zufrieden. Porter tat so, als würde er seine Lippen verschließen.

«*Verpiepst* euch», korrigierte er sich. «Ihr blöden Mixer.»

Eine Welle aus Gelächter wanderte durch den Raum, aber es war von kurzer Dauer. Die Stimmung war gedrückt. Laut der Uhr über dem zentralen Whiteboard war es 11.28, was bedeutete, dass Maisie Malone jetzt seit fast achtundvierzig Stunden vermisst wurde, Connie noch länger. Jede einzelne Sekunde, die verrann, war eine weitere Sekunde, die diese armen Mädchen fern von zu Hause verbrachten, fern von ihren Familien. Jede einzelne Sekunde war eine, die sie in Angst und Schrecken verbrachten.

Falls sie noch am Leben waren, wohlgemerkt.

«Bring mich auf den neuesten Stand», sagte Kett, trank einen Schluck Tee und verzog das Gesicht. «Habt ihr noch weitere leer stehende Häuser an den beiden Zustellrouten durchsucht? Kürzlich frei gewordene?»

«Klar», antwortete Porter. «Es gab in den letzten zwei Wochen ein paar Todesfälle. Alte Leute vertragen die Hitze nicht. Aber nirgendwo Anzeichen von unbefugtem Eindringen in ein kürzlich verlassenes Haus, abgesehen von diesen beiden.»

«Überwachungskameras?», fragte Kett.

«Maisie wurde zu Beginn ihrer Zustelltour von drei Kameras aufgenommen und von denen im Laden. Wir haben alle Aufnahmen durchgesehen, aber es hat so stark geregnet, dass sie praktisch unbrauchbar sind. Connie wurde nur von den Kameras im Laden aufgenommen und von einer Verkehrsüberwachungskamera auf der Ringstraße. Nichts Verdächtiges. Wir haben die Öffentlichkeit um Dashcam-Bilder und Augenzeugenberichte gebeten, aber bisher kam da nichts.»

«Irgendjemand, den beide Mädchen kennen? Irgendwelche gemeinsamen Freunde?»

«Außer Walker niemand», sagte Porter. «Hey, Figg, hast du bei deinen Besuchen bei den Familien irgendwas aufgeschnappt?»

Der Opferbetreuer am anderen Ende des Raums schüttelte den Kopf.

«Nichts, was die Alarmglocken schrillen lässt», rief er zurück. «Die Familie Byrne hatte ein paar ernsthafte Probleme, aber nichts, was Anlass zu der Vermutung gäbe, dass sie Connie absichtlich in Gefahr bringen würden.»

«Okay», sagte Kett. «Bekannte Sexualstraftäter?»

Porter sah DS Spalding an, die die Unterhaltung mit einem Ohr verfolgt haben musste. Sie seufzte theatralisch, während sie in der Mappe vor sich blätterte.

«Ich sehe mir die schweren Fälle unter den Tätern an, die derzeit entlassen sind oder Hafturlaub haben», berichtete sie.

«Die meisten, die bei uns aktenkundig sind, sind typische, durchschnittliche, Familienmitglieder missbrauchende Arschlöcher.»

Kett räusperte sich und nickte in Moiras Richtung.

«Im Ernst?», fragte Spalding.

«Spalding», sagte Pearson warnend, und die DS verdrehte die Augen.

«Ar…mleuchter», korrigierte sie sich. «Aber die Datenbanken haben zwei Verdächtige ausgespuckt, die gefährlicher sind. Beide sind wegen Entführung vorbestraft.» Sie schob eine Akte über den Tisch, und Kett blickte unvermittelt einem Mann in die dunklen Augen, der haargenau wie der klassische Bösewicht aus einem Charles-Dickens-Roman aussah. «Neil Dorey. Bekam 1992 achtzehn Jahre wegen der Entführung seiner sechsjährigen Nichte mit Körperverletzung. Hat sie sich an der Schule geschnappt, in ein Bootshaus in den Broads gebracht und sie da drei Tage gefangen gehalten, bevor sie fliehen konnte.»

«Wo ist er jetzt?», fragte Kett, überflog die Akte und stellte fest, dass dem Mann neben diesem schweren Verbrechen noch ein Haufen kleinerer Delikte zur Last gelegt worden war.

«Betreutes Wohnen», erwiderte sie. «War seit seiner Freilassung unauffällig, aber ein Unhold bleibt ein Unhold, bis er stirbt, nicht wahr? Wir hatten ihn schon zur Befragung hier, aber sein Alibi passt, er lag mit Gallensteinen im Krankenhaus. Moment.» Sie blätterte in ihren Papieren, dann reichte sie die zweite Akte herüber. Ein gut aussehender Mann zwischen zwanzig und dreißig ließ ein haiähnliches Soziopathenlächeln aufblitzen. «Der hier ist gewiefter, er passt fast zu gut. Christian Stillwater.»

86

«Christian Stillwater?», wiederholte Kett. «Ist das ein Gospelsänger aus dem Mittleren Westen, oder was?»

«Nein. Er wurde 2014 verhaftet, weil er ein Kind von einem Spielplatz entführt hatte.»

«Und er ist *auf freiem Fuß*?», fragte Kett erschüttert.

«Guter Anwalt. Sie haben argumentiert, er habe gedacht, das Kind sei in Gefahr, er habe gesehen, dass die Mutter sich einen Schuss setzte, und gedacht, er tue das Richtige, wenn er das Mädchen schleunigst wegbringt. Das Mädchen war acht, hatte leichte Lernschwierigkeiten, und streng genommen hatte Stillwater recht. Als sie mit der Mutter sprachen, war die völlig mit Heroin zugedröhnt. Hat nicht mal bemerkt, dass ihr Kind nicht mehr da war. Es war die Großmutter, die sie als vermisst meldete. Außerdem war diese Lochy-Percival-Sache gerade erst passiert.»

«Lucky Percival?» Der Name kam Kett vage bekannt vor, aber er konnte ihn nicht recht einordnen. Er war sich ziemlich sicher, dass er Spalding leise missbilligend schnalzen hörte. Sie zog ihr Telefon aus der Tasche und tippte kurz darauf herum, dann schob sie es ihm über den Tisch zu. Auf dem Display war das Foto eines Mannes zwischen dreißig und vierzig zu sehen, der gerade von der Polizei abgeführt wurde, mit Tränen in den Augen und gramverzerrtem Mund.

«Lochy», berichtigte Figg, der mitgehört hatte, Ketts Aussprache. «Dieser Mann ist *definitiv* kein Glückspilz.»

Spalding nahm ihr Telefon wieder an sich und fuhr fort.

«Percival ist ein Mann hier aus der Gegend, der des Mordes an einer Touristin aus Liverpool, Jenny O'Rourke, angeklagt wurde, Ende 2013. Sie war vierzehn. Diverse Zeugen konnten ihn genau beschreiben, sie sagten, sie hätten gesehen, wie er Jenny am helllichten Tage in den Wroxham Barns entführt habe, das ist so eine Art Bauernhofvergnügungspark. Als endlich jemand reagierte, war er mit dem Mädchen längst auf und davon. Sie fanden sie dann eine Woche später, jedenfalls das, was von ihr übrig war, unter einem verrottenden Boot am Flussufer, nur gut eineinhalb Kilometer von Percivals Haus entfernt. Am Boot wurde auch DNA von ihm gefunden.»

«Ich erinnere mich», sagte Kett. «Wir hatten dazu eine Besprechung bei der Met. Denn er stellte sich als nicht schuldig heraus, stimmt's?»

Spalding seufzte.

«Jedenfalls konnten wir ihm nichts nachweisen.»

«Nicht das Geringste», sagte Pearson und warf Spalding einen weiteren warnenden Blick zu. «Er hatte ein wasserdichtes Alibi für die Zeit, als das Mädchen entführt wurde. Er war bei einem Fußballspiel, Norwich hat gespielt. Er war während der ganzen Zeit auf Überwachungsbildern zu sehen, sogar im Fernsehen war er, in *Match of the Day*, hinter dem Tor.»

«Und die DNA?» Kett überlegte. «Er hat behauptet, er gehe viel spazieren, oder?»

«Das war auch so», sagte Pearson. «Sie fanden seine DNA überall im Wald, wo er unterwegs hängen geblieben war. Auf dem Boot hat er Pause gemacht und sich ausgeruht. Hat da gesessen, während die am ganzen Körper blutende Jenny genau unter ihm lag, und nichts davon geahnt.»

«Himmel», sagte Kett.

«Es war einer dieser Glücksfälle», sagte Dunst. «Völlig unvorhersehbar. Ohne diese Überwachungsbilder wäre Percival lebenslang in den Bau gewandert für etwas, das er nicht getan hat. Den wahren Täter haben sie ein paar Monate später geschnappt, nachdem Percival eingebuchtet worden war. Er sah aus wie Percival, hatte die gleiche Statur, die gleiche Frisur, fuhr ein Auto in der gleichen Farbe – andere Marke allerdings. Es gab eine ganze Reihe von Übereinstimmungen.»

«Und das hat ihn für den Rest seines verschi… äh, *vermaledeiten* Lebens verkorkst. Hat ihn komplett aus der Bahn geworfen.» Spalding seufzte. «Er wurde gefeuert, und man hat sein Haus angezündet.»

«Und im Gefängnis ist jemand mit dem Messer auf ihn losgegangen», fügte Figg hinzu und schüttelte den Kopf. «Jemand, der ihm seine vermeintlichen Verbrechen übel nahm, hat ihm ein Messer in den Oberschenkel gerammt. Ich habe nach seiner Freilassung eine Weile mit ihm gearbeitet, damals als Therapeut. Er war wie ausgehöhlt.»

«Deshalb hat er geklagt», sagte Pearson. «Und deshalb hat er auch gewonnen. Wir sehen von Zeit zu Zeit nach ihm, er ist ein gebrochener Mann. Er hat Therapie gemacht, ist zu diversen Selbsthilfegruppen gegangen, aber von so etwas erholt man sich einfach nicht. Und deshalb war der Polizeichef auch so nachsichtig Stillwater gegenüber, denn sie können nicht riskieren, dass so was noch mal passiert. Ohne handfeste Beweise konnte man ihn nicht anklagen.»

«Aber Stillwater *war* schuldig, oder?», fragte Kett. «Er hatte das alles geplant, hat sich Zeit gelassen, hat darauf geachtet, dass er das richtige Mädchen entführt. Und er hat es *zugegeben*. Wohin hat er sie denn gebracht?»

«Das ist das Interessante daran», erwiderte Spalding. «Stillwaters Vater war kurz zuvor gestorben. Ihm gehörte dieses Ungetüm von einem Haus drüben in Town Close, und das stand leer und verfiel so langsam. Da hat Stillwater sie hingebracht. Zum Glück hat einer der Nachbarn ihn gesehen und ist mit ihm ins Gespräch gekommen, mit dem Mädchen auch. Wir glauben, das hat ihn erschreckt, denn etwa eine Stunde später hat er das Mädchen zur Polizeiwache in der Innenstadt gebracht. Er wurde natürlich festgenommen, aber wegen der Sache mit der Mutter und weil das Mädchen – Emily, ähm, Coupland, glaube ich – kein schlechtes Wort über Stillwater verloren hat – ich meine, er hatte ihr sogar ein Eis gekauft –, deswegen ist er am Ende freigekommen.»

«Aber ihr habt ihn noch auf Wiedervorlage?», fragte Kett. Spalding nickte.

«Niemand hat ihm auch nur ein Wort geglaubt. Er hatte geplant, dieses Mädchen zu entführen und ihr wer weiß was anzutun. Seitdem haben wir ein Auge auf ihn, aber er hat eine weiße Weste. *Zu* weiß. Bloß sind wir hier nicht in *Minority Report*. Man kann einen Mann nicht wegen etwas verhaften, was er *vielleicht* tun wird.»

«Passt auf jeden Fall zum Modus Operandi unseres Täters», sagte Kett. «Klug, geduldig. Was macht er?»

Porter lächelte.

«Immobilienmakler», antwortete er. «Zugang zu allen möglichen leer stehenden Gebäuden.»

«Holt ihr ihn zur Befragung her?»

«Wir versuchen es», erwiderte Porter. «Er ist von der Bildfläche verschwunden.»

Kett nickte, und ein Schauer lief ihm über den Nacken. Er

rieb sich dort übers Haar und betrachtete dabei Stillwaters Foto. Seine hellen Augen, sein Rasierklingenlächeln. Er kannte diesen Blick, hatte ihn bei vielen der Männer gesehen, die er in Handschellen auf die Wache gebracht hatte, Männer, die in ihrem Kielwasser eine Spur aus Schreien, Blut und Tränen hinterlassen hatten.

«Fühlt sich an, als wäre das unser Mann», sagte Kett. «Finden wir den Bastard.»

«Bar-Star!», krähte Moira in ihrer Ecke.

KAPITEL NEUN

«Ich sage Ihnen doch, Christian ist nicht da.»

Die junge Schottin mit den geröteten Augen und dem starken Akzent – dem Wählerverzeichnis zufolge Lucy Clarke – stand an der Tür von Stillwaters Haus, als wollte sie sie blockieren, obwohl sie nur eins siebenundfünfzig war und aussah, als wäre sie aus einem Streichholz geschnitzt. Sie strich sich das ungekämmte kupferrote Haar aus dem Gesicht und sah sich nach den beiden Constables um, die das Haus durchsuchten. Dann wandte sie sich wieder Kett und Porter zu.

«Er ist bereits seit Tagen nicht mehr hier, das habe ich den letzten Polizisten schon gesagt, und denen davor auch. Ich hab ihn nicht gesehen, und ich will's auch gar nicht.»

«Hatten Sie Streit?», fragte Kett und vergewisserte sich, dass der Volvo noch dort stand, wo er ihn abgestellt hatte. Moira saß auf dem Rücksitz und starrte mit finsterer Miene zu ihnen herüber. Es war ziemlich mies, die Kleine im Auto zu lassen, aber er konnte ja schlecht mit einem achtzehn Monate alten Kleinkind auf dem Arm im Haus eines potenziell gewalttätigen Möchtegern-Kinderschänders auftauchen, oder? Außerdem hatte er das Fenster ein Stück heruntergelassen.

«Aye», sagte Lucy. «Ich meine, nein, nicht richtig, bloß ein typischer, bescheuerter Beziehungskrach.»

«Würden Sie uns sagen, worum es da ging?», fragte Porter. «Es bleibt unter uns.»

«Und was ist mit den ganzen anderen Polizisten, denen ich

es erzählt habe?», gab sie zurück. «Kinder, wir haben übers Kinderkriegen gestritten. Ich wollte, er nicht. Ich hab die Nerven verloren und ihm gesagt, er soll sich verpissen.»

«Hat er gesagt, warum?»

«Warum er keine Kinder will?», fragte sie und verzog das Gesicht. «Was sollte Sie das verdammt noch mal angehen? *Vorsichtig da drinnen!*»

Der letzte Satz bezog sich auf das Rumpeln und Krachen, das aus der Küche drang. Dann atmete sie tief durch.

«Er mag einfach keine Kinder, wobei das noch ganz anders klang, als wir zum ersten Mal drüber sprachen. Da hat er große Reden geschwungen über ein geräumiges Haus auf dem Land, wo die Kids frei rumlaufen können, und ich hing ihm an den Lippen – *buchstäblich*. Scheißkerl.»

«Wie lange sind Sie schon zusammen?», fragte Kett.

«Zwei Jahre», fauchte sie und rieb sich den Finger. Der Ring war fort, aber man sah noch, wo er gesessen hatte. «Hat mir im Frühling einen Antrag gemacht. Scheißkerl.»

«Sie wissen über seine Vergangenheit Bescheid?», fragte Porter, und sie funkelte ihn an.

«Aye, jetzt schon, besten Dank auch. Wenn ich das vorher gewusst hätte, hätte ich ihn mit dem Arsch nicht angeguckt. *Scheißkerl!*»

«Ich weiß, Sie sind das alles schon mal durchgegangen», sagte Kett. «Aber vielleicht fällt Ihnen noch etwas zu ihm ein, Orte, die er häufig aufgesucht hat, über die er gesprochen hat, und sei es auch nur einmal. Nehmen Sie sich einen Moment Zeit. Es könnte über Leben und Tod der Mädchen entscheiden. Wollen Sie ihre Fotos noch einmal sehen?»

Lucy schüttelte den Kopf und wurde so blass, dass die Sommersprossen auf ihrer Nase und ihren Wangen wie Kugelschreiberflecken aussahen. Sie schlang sich die Arme um den Leib und schniefte. Porter hatte ihr gleich nach ihrer Ankunft Fotos von Maisie und Connie gezeigt, und es war nicht das erste Mal, dass man sie damit konfrontiert hatte.

«Glauben Sie mir. Ich will genauso wie Sie, dass er gefasst wird. Falls er … Falls er zu so etwas fähig ist, möchte ich, dass er für immer weggesperrt wird.» Sie blickte hoch und sah Kett in die Augen. «Glauben Sie wirklich …»

«Wir wissen es nicht», erwiderte Kett. «Aber ob er es getan hat oder nicht, wir müssen mit ihm reden. Also bitte, denken Sie nach.»

Sie grübelte einen Moment und sah erneut hinter sich ins Haus. Die beiden Uniformierten standen jetzt im Flur, und eine von ihnen schüttelte den Kopf. Lucy seufzte, dann trat sie sanft mit dem nackten Fuß gegen die Tür.

«Er hat sich mir eigentlich nie richtig geöffnet, nicht wirklich», sagte sie. «Waren Sie mal mit so jemandem zusammen? Tut so, als wäre er der offenherzigste Mensch der Welt, und man glaubt ihm, ohne richtig nachzudenken, und erst hinterher merkt man allmählich, dass man ihn gar nicht richtig kannte.»

«Klassischer Soziopath», erwiderte Kett. «Alles ist durchgeplant, das ganze Leben ist frei erfunden. Sie können einen fast alles glauben machen.»

«Aye.» Sie nickte. «Außer hier zu sein und zur Arbeit zu gehen, hat er nicht viel unternommen – er hat Häuser verkauft, aber er war nicht jeden Tag im Büro, er hatte flexible Arbeitszeiten. Hin und wieder ist er dann doch mal raus. Hat mir immer erzählt, er trifft sich mit Freunden im Pub, aber eigentlich hatte er keine Freunde, keine richtigen, jedenfalls nicht, soweit ich es mitbekommen habe, und sein Atem hat auch nie nach Alkohol gerochen. Das Einzige, was hinterher gerochen hat, war er selbst.»

«Wonach denn?», fragte Kett, und sie zuckte die Achseln.

«Er roch einfach, einfach *unangenehm*, ich weiß auch nicht. Es hatte was Süßliches, aber auch was scheußlich Säuerliches. Oder noch anders. Faulig vielleicht? Zuerst dachte ich, er hätte eine Affäre, aber so ein Geruch war das nicht. Ich kann es nicht so gut beschreiben.»

«War er denn in letzter Zeit mal weg?», fragte Porter.

«Letztes Wochenende, am Samstag. Eigentlich hatten wir ans Meer fahren wollen, aber dann meinte er, er hätte was anderes vor. Ist morgens ganz früh mit dem Auto abgedüst, war zur Abendessenszeit zurück. Um sechs vielleicht. Ich war stinksauer, weil der Scheißkerl nämlich überall Sand hatte. Er war ohne mich am Scheißmeer gewesen. Den ganzen beschissenen Tag lang.»

Kett wechselte einen Blick mit Porter. Samstag. Zwei Tage bevor Connie verschwunden war.

«Sie haben nicht zufällig noch die Kleidung da, die er an dem Tag anhatte?», fragte Kett. «Die mit dem Sand dran?»

Sie nickte und verschwand im Haus.

«Sieht immer mehr so aus, als wäre er unser Mann», sagte Porter, während die Constables wieder herauskamen. «Irgendwas gefunden?»

«Nein. Seine Sachen sind alle fort.»

«Alle?», fragte Kett nach.

«Hier sind sie», rief Lucy im Haus. Sie kam mit einem schwarzen Müllsack zur Tür, mit dessen Gewicht sie sichtlich zu kämpfen hatte, und warf ihn Kett vor die Füße. «Sein ganzer Scheiß ist hier drin. Ich wollte den Kram zur Mülldeponie bringen, aber die Mühe ersparen Sie mir jetzt. Er hat sich am Sonntag nach unserem Streit verpisst, seitdem habe ich ihn nicht mehr gesehen.»

«Das ist großartig», sagte Kett und hob den Müllsack auf. «Sie wissen nicht zufällig auch, an welchem Strand er war?»

«Aye», versetzte Lucy grimmig. «An einem verdammt sandigen.»

Sie wollte schon die Tür zuknallen, aber Porter hielt sie mit seiner riesigen Hand offen.

«Falls er hier aufkreuzt, rufen Sie uns sofort an. Den Notruf, wenn's sein muss, hören Sie?»

«Falls er hier aufkreuzt», sagte Lucy, «ist der Arsch ein toter Mann.»

* * *

Als Kett zum Auto zurückkam, weinte Moira. Es war nicht ihr übliches Wutgeschrei, sondern ein verzweifeltes Schluchzen, und das überrumpelte ihn.

Ihre Worte jedoch zerrissen ihm das Herz.

«Mama! Mama! Bitte.»

Es war dieses kleine «Bitte» am Ende, dieses eine Wort, bei dem er einen Kloß im Hals bekam und seine Augen feucht wurden. Er reichte Porter den Müllsack, öffnete die hintere

Autotür und schob den Kopf weiter als nötig ins Auto hinein, hauptsächlich damit Porter ihm seine Betroffenheit nicht ansah. Aber der große Mann wäre ein armseliger Kriminalbeamter gewesen, wenn es ihm entgangen wäre.

«Ich kann gar nicht ermessen, was ihr durchmacht», sagte er, als Kett Moira aus ihrem Kindersitz befreit hatte. Er knotete den Müllsack zu und reichte ihn einer der Uniformierten, die ihn zum Wagen trug.

Kett legte sich die Kleine an die Schulter und spürte, wie sie ihm die pummeligen Ärmchen um den Hals schlang und sanft seine Haut tätschelte.

«Bitte, bitte.»

«Hey, meine Schöne», sagte er. «Daddy ist ja hier, es ist schon gut.»

Jetzt gab es zwei mögliche Fortsetzungen, wie er wusste. Manchmal ging der Versuch, sie zu beruhigen, nach hinten los, und sie bekam einen Wutanfall biblischen Ausmaßes, der zuweilen stundenlang tobte. Nur Billie hatte sie dann beruhigen können, teils weil sie eine von Natur aus friedliche und mitfühlende Ausstrahlung hatte, teils weil sie Brüste besaß. Kett hatte keins von beidem. Er hatte nur Kuscheln, Küsse und liebe Worte zu bieten, und das genügte oft nicht, um Moira zu beruhigen.

Glücklicherweise war es diesmal anders. Er spürte es an Moiras Bewegungen, an Feinheiten. Sie wollte nicht von ihm weg, sondern kuschelte sich an seine Schulter und plapperte an seinem Hals. Kett warf Porter einen entschuldigenden Blick zu. Der winkte ab.

«Robbie, wir sind dankbar, dass du hier bist, besonders unter diesen Umständen. Wenn du wegmusst, fahr einfach. Wir sehen dich, wenn es passt, und bis dahin haben wir ja deine Telefonnummer.»

«Es ist alles gut», erwiderte er mit leiser, beruhigender Stimme. «Sie vermisst bloß ihre Mum. Wie wir alle.»

«Billie ist bestimmt ...», setzte Porter an, brach dann aber ab und schnalzte mit den Lippen. «Schau, du bist Polizist, du weißt, wie es sich mit solchen Fällen verhält. Aber gib nicht auf, okay? Ich weiß noch, wie ich dich in den Nachrichten gesehen habe, bei diesen Zwillingen. Ich weiß noch, dass du genau das gesagt hast, dass du nicht aufgeben würdest, bis sie gefunden würden. Du hast sie nie aufgegeben, nicht ein einziges Mal in all diesen Wochen.»

«Monaten», sagte Kett. «Sieben Monate waren sie verschwunden.»

Und er *hatte* die Hoffnung aufgegeben. Unzählige Male hatte er die Hoffnung aufgegeben.

«Du bist ein guter Vater», sagte Porter. «Niemand würde etwas anderes behaupten. Sie liebt dich. Man sieht ganz deutlich, wie sehr sie dich liebt, an dem ganzen Sabber und Rotz, der dir gerade in den Kragen läuft.»

Kett lachte, und Moira stieß sich von seiner Schulter ab und grinste Porter an.

«Ich meine, es ist ekelhaft», fuhr er fort. «Da ist ja ein richtiger Strom von dem Zeug.»

«Könnte schlimmer sein.» Kett schniefte und verzog das Gesicht. «Oh, halt, es *ist* schlimmer.»

Er hielt Porter die Kleine hin.

«Möchtest du die Ehre haben?»

«Möchte ich eine tschernobylgroße radioaktive Kackexplosion beseitigen?», fragte Porter und schüttelte den Kopf. «Nein, absolut nicht.»

Kett zog Moira wieder an sich und glättete ihre widerspenstigen blonden Locken, so gut es ging.

«Dann bleibt es wohl wieder an mir hängen», sagte er.

«Falls du mal drüber reden möchtest», sagte Porter, «ich bin da.»

«Falls ich mal über *Kinderkacke* reden möchte?», fragte Kett.

«Nein, du Idiot, falls du mal über *Billie* reden möchtest.»

Kett dankte ihm mit einem Nicken.

«Ich lass es dich wissen», sagte er.

«DCI Kett», rief einer der Constables. Kett blickte auf und sah die beiden Uniformierten an ihrem Streifenwagen stehen. Der Mann hielt ein Telefon in der Hand. «Anruf für Sie, von PC Savage.»

«Hier.» Kett reichte Porter das Kind. Wer von beiden bei der Übergabe lauter kreischte, hätte er nicht sagen können. Er ging zum Streifenwagen und nahm das Telefon entgegen. «Savage?»

«Ja, Sir.» Ihre Stimme klang verzerrt, das Signal war schlecht. «Ich bin noch bei Walkers Laden, und da ist etwas, das Sie sehen müssen.»

KAPITEL ZEHN

Der Verkehr hatte zugenommen, und die Fahrt durch die Stadt war der reinste Albtraum. Christian Stillwater wohnte in einer Gegend mit kleinen, aber teuren Mittelklassehäusern, die Golden Triangle, goldenes Dreieck, genannt wurde, gleich außerhalb des Stadtzentrums. Um von dort in den Norden zu gelangen, musste man durch eine Hölle aus Bussen, Zweirädern und Lastwagen. Kett wünschte, der alte Volvo hätte Blaulicht und Sirene, doch ihm stand nur die altersschwache Hupe zur Verfügung, und die ging den Leuten, die ihm im Weg waren, am Arsch vorbei.

Porter hatte ihm natürlich eine Sirene angeboten: Er hatte die Constables angewiesen, ihn zu eskortieren, aber Kett hatte das abgelehnt. Savage hatte nicht unbedingt dringend geklungen, und die Uniformierten waren bei der Jagd nach ihrem vielversprechendsten Verdächtigen besser eingesetzt. Daraufhin hatte Porter angeboten, selbst mitzukommen, doch Kett hatte gesagt, er solle lieber den Kleidersack ASAP in die Kriminaltechnik bringen. Falls sie herausfinden konnten, an welchem Strand Christian Stillwater gewesen war, verbesserte das ihre Aussichten, die Mädchen zu finden.

«Außerdem», hatte Kett gesagt, während er Moira auf dem Beifahrersitz des Volvo hastig die Windel wechselte, «scheint mir Savage mehr als fähig zu sein, sich zu behaupten, sollte es Ärger geben.»

«Und selbst wenn nicht», sagte Porter lächelnd. «Sie heißt

Savage. Brüll einfach: ‹Hol sie dir, Savage!›, und alle rennen davon, als wäre der Teufel hinter ihnen her.»

Die Parkbuchten vor den Geschäften waren voll, und Kett wollte nicht die Straße versperren, daher fuhr er weiter und fand nach vierhundert Metern einen kleinen Co-op-Laden mit einem Parkplatz hinter dem Gebäude. Er war nur für Kunden, deshalb sprang er kurz in den Laden und kaufte eine Schachtel Babyzwieback als neuerliche Bestechung für Moira, um sie in den Buggy zu bekommen. Glücklicherweise blieb keine Zeit, sich deswegen schuldig zu fühlen, denn als er am heruntergekommenen Albion Pub vorbeikam, klopfte jemand an die Scheibe. Er sah durch das schmutzige Fenster und entdeckte PC Savage.

Er bugsierte den Buggy durch die Flügeltür und erschauerte, als ihn unvermittelt ein kalter Luftzug aus der Klimaanlage traf. Drinnen sah der Pub tatsächlich viel netter aus als draußen, er hatte einen glänzenden Holzboden und elegante, moderne Tische und Stühle. Abgesehen von dem sauertöpfischen Mann hinter der Theke sowie Savage hielt sich keine Menschenseele darin auf, und man musste nicht lange überlegen, woran das lag.

«Danke, dass Sie gekommen sind, Sir», sagte Savage, die sich als Silhouette vor dem Fenster abzeichnete. Sie hatte Jacke und Hut abgelegt, doch man sah ihr die Polizistin trotzdem deutlich an – und hier in der Gegend waren Polizisten keine begehrten Trinkkumpane. «Dann haben Sie Stillwater nicht gefunden?»

«Nein.» Kett schob den Buggy ans Fenster. Von hier aus hatte er einen guten Blick auf den Zeitungsladen und die Wohnung darüber. Er konnte sogar David Walkers winzige Gestalt hinter dem Tresen ausmachen. «Er ist verduftet, was es noch wahrscheinlicher macht, dass er schuldig ist. Was ist mit Ihnen? Was ist Ihnen aufgefallen?»

Savage grinste und wirkte außerordentlich zufrieden mit sich.

«Zuerst habe ich ein bisschen recherchiert», sagte sie, doch Kett hob die Hand.

«Moment», sagte er und drehte sich zur Bar um. «Könnte ich vielleicht einen Tee bekommen?»

«Weiß nicht», murmelte der Mann, und seine Stimme triefte vor Sarkasmus. «Könnten Sie?» Aber dann schlurfte er hinüber zur Teemaschine und schaltete sie ein.

«Und einen Saft», bat Kett. «Für die Kleine.»

«Oh, für mich nichts, danke, Sir», sagte Savage. Kett runzelte die Stirn und deutete auf den Buggy, in dem Moira ihren Babyzwieback mampfte.

«Diese Kleine», erklärte er.

«Ich … ähm … Entschuldigung», sagte Savage und errötete. «Jedenfalls, ich habe ein paar Nachforschungen angestellt, während ich hier saß. Walker hat vier Kinder.»

«Genau. Und einer hat gesessen, richtig?»

«Einbruchdiebstahl in zwei Fällen.» Savage nickte, nahm ihr Telefon vom Tisch und zeigte Kett das Foto eines Mannes zwischen fünfzig und sechzig. Er war grauhaarig, braun gebrannt, hatte eine beginnende Glatze und war dick – so massig wie David Walker zierlich –, aber in Bezug auf Augen und Nase war er das Ebenbild seines Vaters. «Er heißt Brandon Walker. Sechsundfünfzig. Seine letzte Verhaftung war wegen eines großen Bruchs in den Midlands. Er und ein paar andere Männer haben versucht, ein Pfandleihhaus auszurauben. Wie sich heraus-stellte, gehörte es der albanischen Mafia, und die haben ihnen eine fette Abreibung verpasst. Obendrein wurden sie auch noch hochgenommen. Zwei Jahre wegen schweren Einbruch-diebstahls.»

«Mehr nicht?»

«Das *Schwere* war ein Hammer», erläuterte sie. «Ein *Gummi*-hammer. Der war mehr zur Schau, glaube ich. Ehrlich gesagt, er ist nicht die schlauste Garnele im Ozean. Er hat drüben in Oakwood gesessen.»

«Und ist er immer noch in Wolverhampton?»

«Seinem Vater zufolge ja. David Walker behauptet, er habe nicht mehr mit seinem Sohn gesprochen, seit er das letzte Mal weggesperrt wurde. Er sagt, er hätte ihm oft genug noch eine Chance gegeben. Soweit es den alten Mann betrifft, schleicht Brandon immer noch durch die Midlands. Ich habe das über-prüft. Er hatte da einen Job, auf einem Bauernhof. Schafe kas-trieren, nicht zu glauben, oder?»

Kett erschauerte.

«Hat zur Miete gewohnt, blieb für sich. Bis vor eineinhalb Jahren, als er eines Tages einfach nicht zur Arbeit erschien. Hat aufgehört, seine Miete zu zahlen, wurde offiziell zur Räumung verdonnert.»

«Und?», fragte Kett.

«Er ist von der Bildfläche verschwunden», erwiderte sie. «Keine Arbeit, keine Wohnung, kein Lebenszeichen von ihm.»

«Und Sie haben mich hergerufen, um mir das zu erzählen?», fragte Kett. Savage schüttelte den Kopf und deutete über die Straße.

«Ich habe Sie hergerufen, weil der Idiot gerade da drüben aus dem Fenster gesehen hatte.»

Kett betrachtete die Fenster über Walkers Laden. Die Sonne spiegelte sich auf den Scheiben. Da drin hätte eine nackte Marschkapelle spielen können und Kett hätte sie nicht erkennen können.

«Sicher?»

«Zu achtzig Prozent, Sir», erwiderte Savage. «Vor etwa einer halben Stunde war eine Wolke vor der Sonne, und die ganze Straße wurde dunkler. Da habe ich sein Gesicht gesehen. Ich bin mir sicher, dass er es war, den vergisst man nicht so leicht.»

«Das passt», sagte Kett, während der Barkeeper ihre Getränke auf den Tisch am Fenster stellte. Trotz seiner Übellaunigkeit brachte er ein Lächeln und ein Winken für Moira zustande. Sie prustete ihm Zwiebackkrümel entgegen, und sein Blick verfinsterte sich wieder. Vor sich hin murrend kehrte er hinter die Theke zurück. «Also hat Walker gelogen, als er behauptete, die Wohnung sei leer. Aber warum will er verheimlichen, dass sich sein Sohn dort aufhält?»

«Aus Scham? Ein Ex-Sträfling. Nicht gerade toll für die Reputation eines familienfreundlichen Zeitungsladens.»

«Das lässt sich herausfinden», sagte Kett. Er trank einen großen Schluck von seinem faden, milchigen Tee und verzog das Gesicht. «Himmel, was ist das nur mit dieser Stadt und heißen Getränken?»

Er knallte die Tasse zurück auf den Tisch und war schon auf halbem Weg zur Tür, da fiel ihm Moira ein, und sein Herz setzte kurz aus. Er machte kehrt.

«Wir müssen in diese Wohnung», sagte er.

«Glauben Sie, er hat die Mädchen da drin?», fragte Savage. «Das ist ziemlich weit hergeholt, Sir, ich weiß nicht, ob es vor Gericht Bestand hätte.»

«Er ist einer der wenigen Menschen, die Zugang zu beiden Mädchen gehabt haben könnten», erwiderte Kett. «Er hätte ihre Touren ausforschen, ihre Wohnadressen und weitere persönliche Daten aus ihren Papieren erfahren können. Und sich dann mit ihnen anfreunden.»

Savage dachte darüber nach und war unschlüssig.

«Es ist ein gewaltiger Sprung von Raub zu Entführung», gab sie zu bedenken.

«Stimmt, aber Brandon hat die Albaner ausgeraubt, und man weiß ja, wie gnadenlos die sind. Ein großer Teil des Menschenhandels hier im Land wird von albanischen Banden abgewickelt, also setzen sie ihn vielleicht unter Druck, zwingen ihn, die Mädchen zu entführen als Wiedergutmachung für das, was er ihnen ihrer Meinung nach schuldet.»

«Das klingt tatsächlich plausibel», sagte Savage. «Also besorgen wir uns einen richterlichen Beschluss? Gehen hin und reden mit ihm?»

Wieder sah Kett hinüber zu den Wohnungen.

«Ich glaube, ich sehe da drin eine weitere Person», sagte er, wohl wissend, wie plump diese Lüge war und im vollen Bewusstsein, dass auch Savage es wusste. «Vielleicht sogar zwei. Es könnten Mädchen sein.»

«Sie wollen das wirklich tun?», fragte Savage mit todernster Miene.

«Genau. Und eines Tages erkläre ich Ihnen auch, warum. Keine Sorge, ich mache das allein, Sie müssen sich nicht die

Hände schmutzig machen. Ich brauche Sie hier drin, um sicherzustellen, dass er nicht abhaut. Und, na ja, um sicherzustellen, dass *sie* nicht eine ganze Flasche Rum austrinkt.»

Moira schien das zum Schreien komisch zu finden, jedenfalls kicherte sie wie aufgedreht.

«Ich kann der Zentrale Bescheid geben», sagte Savage, «und wir warten. In zehn Minuten könnte ein halbes Dutzend Uniformierte hier sein.»

Zehn Minuten. So lange hatte er bei seinem allerersten Fall auch gewartet.

Diese zehn Minuten hatten einen kleinen Jungen das Leben gekostet.

«Walker senior ist klug, er weiß wahrscheinlich, dass wir hier drin sind, und wenn er es weiß, dann besteht die Möglichkeit, dass Brandon es auch weiß. Falls – und ich weiß, es ist ein großes Falls –, aber falls diese Mädchen da drin sind, tut er ihnen womöglich etwas an.»

Savage nickte, tiefe Sorgenfalten in ihrem jungen Gesicht.

«Melden Sie es», sagte Kett. «Geben Sie einfach Bescheid, dass ich da drin bin.»

Er wandte sich zur Tür, doch Savage rief ihn zurück. Sie löste den Verschluss an ihrem Gürtel und zog ihren Teleskopschlagstock heraus.

«Nehmen Sie den mit.»

Kett nickte zum Dank, dann verließ er den Pub.

KAPITEL ELF

Als Kett die Pubtür hinter sich schloss, zog erneut eine Wolkenbank an der Sonne vorüber, und sofort wurde es merklich kühler. Auf der Straße herrschte dichter Verkehr, aber Fußgänger gab es nicht viele, die Ladenzeile war beinahe völlig verlassen.

Er steckte den schweren Schlagstock in die Innentasche seiner Jacke und hob den Blick zu den Wohnungen auf der anderen Straßenseite – allerdings nur kurz, denn er wollte sich nicht verraten. Den Fußgängerüberweg ignorierte er, kürzte zwischen den parkenden Autos ab und ging zum Spirituosengeschäft neben Walkers Zeitschriftenladen. Hier unten dürfte er von den Wohnungen im Obergeschoss aus praktisch nicht zu sehen sein, und als er am Zeitschriftenladen vorbeiging, hielt er sich dicht an den Schaufenstern. David Walker war noch immer dort, doch er stand mit dem Rücken zu ihm und füllte die Zigarettenregale hinter der Kasse auf.

An der Tür, die zur Wohnung führte, angekommen, spähte er noch einmal durch den Briefschlitz. Dann legte er das Ohr daran. Drinnen zog es merklich, was seltsam war, denn keines der Fenster stand offen. Kett wusste, wann ein Haus leer stand, und dieses fühlte sich überhaupt nicht so an. Der Luftzug und die leisen Geräusche, die er herantrug, führten ihn zu der Einschätzung, dass da oben jemand war.

Jemand, der den Atem anhielt.

Behutsam ließ er den Briefschlitz zufallen, dann betrat er die

Gasse neben dem Laden, die von Unkraut überwuchert und mit leeren Flaschen übersät war und nach Pisse stank. Sie führte zur Rückseite der Ladenzeile, wo sich ein kleiner gepflasterter Platz mit einer Handvoll Fahrradständer befand – an denen lediglich drei einsame einzelne Räder festgeschlossen waren. Gegenüber befand sich eine Häuserreihe, die von wackligen Zäunen voller Graffiti umgeben war und mit Stacheldraht geschützt wurde.

Hier hinten befanden sich noch zwei weitere Türen, die beide zu Wohnungen über den Geschäften führten und mit Metallplatten gesichert waren. Kett war überrascht, dass Walker in diesem Punkt die Wahrheit gesagt hatte: Auf Schildern an beiden Türen wurde vor gesundheitsgefährdenden Stoffen gewarnt. Die Sonne kam wieder hinter den Wolken hervor. Kett schirmte die Augen ab und sah, dass die Fenster beider Wohnungen auf dieser Seite zugenagelt waren. Nur die Wohnung über Walkers Laden schien überhaupt bewohnbar zu sein.

Er ging zurück nach vorn. Die Tür dort hatte keinen Griff, nur ein Sicherheitsschloss, doch Kett hatte es schon unzählige Male mit solchen Türen zu tun gehabt. Er schob die Hand durch den Briefschlitz und grunzte, als er sich die Haut am Metall aufschürfte.

«Komm schon», sagte er, streckte die Finger und streifte etwas Metallisches. «Komm her, du Mistding.»

Er fand den Riegel, drehte ihn und drückte zugleich mit der Schulter gegen die Tür. Sie öffnete sich so geräuschlos, als wären die Türangeln frisch geölt. Lautlos schlich Kett hinein und schloss die Tür hinter sich. Dann zog er den Schlagstock aus der Jackentasche und fuhr ihn mit einer ruckartigen Bewegung auf volle Länge aus. Er hatte seit Jahren keinen mehr benutzt, seit seiner Zeit in Uniform nicht mehr, aber er gab ihm ein gutes Gefühl. Damit kam er sich bei diesem Einbruch in die Wohnung eines verurteilten Schlägers nicht mehr ganz so verwundbar vor.

So schnell er es wagte, stieg er die Treppe hinauf. Jedes Knarren klang in diesem stillen engen Raum ohrenbetäubend laut. Das Herz schlug ihm bis zum Hals, und sämtlicher Tee, den er heute Vormittag getrunken hatte, rumorte in seinem ansonsten leeren Magen. Was er da tat, war streng genommen natürlich nicht legal, aber er machte diese Arbeit jetzt schon lange genug, um zu wissen, dass es besser war, auf seine Instinkte zu vertrauen und den Fehler hinterher auszubügeln, als …

Bumm.

Kett stockte der Atem. Das Geräusch kam aus nächster Nähe, gleich hinter dem oberen Treppenabsatz. Er zögerte, hielt den Schlagstock in Schulterhöhe, bereit, ihn niederfahren zu lassen.

Bumm, bumm.

So klang keine leere Wohnung.

Kett holte tief Luft, rannte die letzten Stufen hinauf und stürmte durch die Tür oben.

«Polizei!», brüllte er.

Keine Antwort.

Der dunkle, schmale Flur war verlassen, aber noch nicht lange. Kett schnupperte. Es roch nach ungewaschenem Mann.

«Brandon? Brandon Walker? Falls Sie hier sind, geben Sie sich zu erkennen. Ich habe hier einen Schlagstock, der keine Lust hat, Verstecken zu spielen.»

Nichts.

Kett trat durch die am nächsten gelegene Tür und fand ein Wohnzimmer, das abgesehen von einer Matratze mit schmutzigem Bettzeug und einem überquellenden Aschenbecher leer war. Wenn er noch Zweifel gehabt hatte, ob sich in dieser Wohnung jemand aufhielt, dann räumte der Rauch, der noch von einer der Kippen aufstieg, sie aus.

«Brandon», sagte Kett. «Ich habe ein Foto von Ihnen gesehen, Mann, ich weiß, dass es hier nicht viele Stellen gibt, an denen Sie sich verstecken können.»

Er verließ das Wohnzimmer, ging über den Flur und entdeckte eine Küche, die so klein war, dass er nur mit Mühe hineinpasste. Die Schränke waren vollkommen leer, und im Kühlschrank befand sich nur ein kleiner Karton Milch.

«Ihnen gehen die Zimmer aus, Brandon», sagte Kett und schob den Schlagstock in seiner schweißnassen Hand zurecht. «Und mir die Geduld.»

Im hellgrünen Bad war niemand, im Trockenschrank auch nicht. Blieb das Schlafzimmer. Kett spähte durch den Türspalt, runzelte die Stirn und ging hinein. Bis auf eine kleine Kommode an der hinteren Wand und einen zerbrochenen Spiegel gegenüber dem Fenster war es ebenfalls leer. Ein plötzlicher Luftzug ließ ihn zittern.

«Was zum …», murmelte er, ging zum Fenster und packte den Griff, aber es war fest geschlossen. Er legte die gewölbte Hand auf die Scheibe und sah Savage im Pub gegenüber am Fenster sitzen. Sie ließ gerade Moira auf ihrem Schoß hüpfen und wirkte zuerst erleichtert, ihn zu sehen, dann verwirrt, als er demonstrativ die Schultern hochzog.

Er wandte sich ab, durchsuchte die Wohnung rasch noch einmal und fand rein gar nichts. Aber hier war definitiv jemand gewesen. Wie zum Teufel war er hinausgelangt? Es musste unmittelbar vor Ketts Ankunft passiert sein, vielleicht während er im Pub mit Savage gesprochen hatte. Kett fluchte. Jetzt hatte er sich nicht nur über die Regeln für Hausdurchsuchungen hinweggesetzt, sondern auch den Verdächtigen verloren – und noch dazu gab es keinerlei Anzeichen dafür, dass die Zeitungsmädchen jemals hier gewesen waren.

Er schob den Schlagstock zusammen, steckte ihn in die Tasche und überlegte, ob er es schaffen konnte, wieder draußen zu sein, bevor die Verstärkung eintraf. Dann könnte er die Uniformierten einlassen, und die konnten *offiziell* feststellen, dass diese Wohnung verlassen war. Er ging zurück durch den Flur zur Treppe. Mit einem Mal hörte er es wieder.

Bumm.

Er blieb stehen und sah zur Decke, doch da war keine Falltür, die auf einen Dachboden geführt hätte – und wenn man bedachte, wie flach das Dach war, gab es auch keinen Platz für einen Dachboden. Überdies waren die Böden aus Holzimitatlaminat und lagen direkt über Walkers Laden. Es könnten Vögel auf dem Dach sein, überlegte er. Oder vielleicht lud unten auf der Straße ein Lieferant irgendetwas aus. Aber dafür klang es zu nahe.

Es klang, als käme es von nebenan.

Kett ging ins Schlafzimmer zurück. Sein Blick fiel auf die Kommode. Als Versteck für einen Menschen war sie zu klein, zumal für so einen dicken wie diesen Brandon Walker. Kett zog eine Schublade auf. Sie war leer.

Doch da war wieder dieser Luftzug. Er fuhr ihm in den Ärmel, und er bekam eine Gänsehaut.

Mit einem Mal begriff er. Er packte die Kanten der Kommode und zerrte sie von der Wand ab.

«Leck mich.»

In der Wand war ein etwa sechzig Zentimeter breites Loch mit einem schartigen Rand aus abgebrochenen Ziegeln und Mörtel. Dahinter lag undurchdringliche Finsternis, und wieder spürte er diesen gespenstisch kalten Luftzug.

Kett atmete tief durch und rieb sich übers Gesicht. Unter normalen Umständen brächten ihn keine zehn Pferde dazu, irgendeinen Teil seiner Anatomie durch dieses Loch zu schieben, aber dies waren nicht unbedingt normale Umstände, und möglicherweise warteten auf der anderen Seite dieser Mauer zwei gefesselte und geknebelte Mädchen. Zwei Mädchen, über die Brandon Walker sich womöglich gerade jetzt beugte, die gerade jetzt ein letztes Mal nach Luft schnappten, während er sie erwürgte …

«Leck mich», knurrte Kett noch einmal, fuhr den Schlagstock aus und schaltete mit der anderen Hand die Taschenlampen-App seines Telefons ein. Er bückte sich und leuchtete in die Öffnung. Da war ein Schlafzimmer, das genauso aussah wie dieses – nur dass drüben alles voller bedrohlicher Schatten war. «Brandon Walker, wenn Sie da drin sind, ich zähle jetzt bis drei. Und falls ich bis drei komme, verlassen Sie dieses Haus auf einer Krankentrage, das schwöre ich bei Gott. Eins.»

Er steckte einen Arm durch das Loch, dann den Kopf, dann schob er den Rumpf hinterher und musste einen Aufschrei unterdrücken. Die abgebrochenen Ziegelsteine schürften über seine Haut. Sein Gürtel blieb irgendwo hängen, und eine Schrecksekunde lang dachte er, er sei stecken geblieben. Panisch schwang er das Telefon von einer Seite zur anderen und rechnete jeden Augenblick damit, dass sich eine Gestalt aus der Dunkelheit auf ihn stürzte. Er wand sich, grunzte und stieß schließlich mit dem Fuß an die Kommode im Zimmer hinter sich, sodass er sich abdrücken und vollends hindurchschieben konnte. Mit einem Stöhnen fiel er zu Boden, rappelte sich aber sofort wieder auf und wischte sich den Schweiß von der Stirn.

«Zwei», sagte er und umklammerte den Schlagstock. Es juckte ihn in den Fingern, den Stock einzusetzen. Dieser Kerl machte ihn so *richtig* sauer.

Das Schlafzimmer war leer, und Kett ging hinaus auf den Flur, der den in der anderen Wohnung spiegelte. Es war vollkommen dunkel hier, nicht der kleinste Lichtschimmer drang durch die mit Brettern vernagelten Fenster. Die Taschenlampen-App tat, was sie konnte, aber gegen diese massive Dunkelheit war sie machtlos.

Nichts im Bad. Nichts im Trockenschrank. Nichts in der Küche.

Damit blieb nur ein Raum, wo Walker sich verstecken konnte.

«Drei», sagte Kett und stellte sich neben die geschlossene Wohnzimmertür.

«Die Krankentrage also.»

Er hob den Fuß und versetzte der Tür einen mächtigen Tritt. Sie hatte ihm nichts entgegenzusetzen und wäre beinahe auseinandergebrochen. In nur drei Schritten war er in der Mitte des Zimmers. Er hatte den Schlagstock erhoben und schwang die Taschenlampe hin und her: ein großer Holztisch, auf dem sich alles Mögliche türmte, ein Schreibtischstuhl, und dort, in der Ecke ...

Nein!

Zwei fest mit Klebeband umwickelte Müllsäcke von der Größe und der Gestalt kleiner, dünner, zerbrochener Körper.

«Nein», wiederholte Kett laut und lief hin. Er fiel auf die Knie und legte Telefon und Schlagstock ab, damit er das Plastik aufreißen konnte. «Kommt schon, bitte seid nicht ...»

Zu spät hörte er die Schritte, und als er den Kopf drehte, sah er gerade noch, wie ein Mann hinter dem Tisch hervorkam. Er war massig, *riesenhaft*, aber er bewegte sich erstaunlich schnell. Ganz kurz fiel das Licht der Taschenlampen-App auf den Fäustel in seiner Hand.

Als sein Angreifer den Hammer schwang, duckte Kett sich – das Adrenalin übernahm die Führung. Doch er war nicht schnell genug, der schwere Kopf des Hammers streifte seinen Scheitel. Eine Sekunde lang wurde alles blendend hell, und seine Ohren klingelten so laut, als stünde er im Inneren einer Kathedralenglocke. Er hechtete zur Seite – jedenfalls glaubte er das, allerdings war er sich nicht einmal mehr sicher, wo oben und wo unten war – und krabbelte über die Müllsäcke.

Der Mann brüllte, und in Ketts Schulter flammten Schmerzen auf: Der Hammer hatte ihn erneut getroffen.

Steh auf!, herrschte er sich selbst an. Sonst würde er hier gleich totgeprügelt werden. Er dachte an Moira, an Evie, an Alice, die Waisen wären, wenn er hier starb. Es wirkte wie ein Schub Lachgas im Motor seiner Wut.

«Nein!» Er ertastete die Wand, stemmte sich hoch und drehte sich um – gerade noch rechtzeitig, um den Hammer auf sein Gesicht zukommen zu sehen. Er wich nach links aus, und der Hammer krachte mit solcher Wucht gegen die Wand, dass er im Putz stecken blieb.

Kett ballte die Faust und hieb sie dem Mann auf den Solarplexus. Brandon war ein massiger Mann und wirklich gut gepolstert, aber der Hieb saß, und er gab ein würgendes Geräusch von sich. Schwerfällig wich er zurück und versuchte, den Hammer aus der Wand zu ziehen, und Kett versetzte ihm einen weiteren Boxhieb direkt auf den schlaffen Hals.

Brandon stolperte rückwärts und schnappte nach Luft, doch der Doppelschlag in den Magen und auf die Luftröhre machte ihm das Luftholen unmöglich. Sein Fuß landete auf Ketts Telefon, das Licht erlosch, und unvermittelt wurde es dunkel im Raum.

«Auf die Knie!», brüllte Kett und tastete mit dem Fuß nach seinem Schlagstock. «Sofort!»

Er hörte einen leisen dumpfen Aufprall und dachte schon, der Mann hätte gehorcht. Doch dann raste ein dunklerer Schatten aus der Dunkelheit heran, und plötzlich war Brandon über ihm. Mit seinen massigen Armen zog er Ketts Kopf an seine Brust. Eine Faust traf ihn in die Rippen, aber der Schlag war schlecht gezielt und richtete nicht viel Schaden an. Ein weiterer Hieb folgte, härter diesmal. Kett versuchte zu atmen und bekam nur Brandons penetranten Körpergeruch in Mund und Nase. Er boxte den Mann seinerseits in den Magen, doch der schien diesen Schlag gar nicht zu spüren.

Ein dritter Boxhieb, diesmal auf den Rücken, und Kett reagierte unwillkürlich – er biss mit voller Wucht auf etwas, das nur Brandons Brustwarze sein konnte. Noch einmal biss er zu, und Brandon stieß einen Schrei aus, der Glas hätte zersplittern lassen müssen. Es wirkte. Kett war frei. Er tastete nach der Wand, fand den Hammer und schwang ihn blindlings durch die Dunkelheit. Etwas knackte, und diesmal hörte er unverkennbar einen Körper zu Boden gehen.

«Verdammt», sagte Kett, und seine Stimme war nur ein Flüstern. Sein Kopf tat so weh, als hämmerte jemand auf sein Hirn ein. Bei jedem Herzschlag sah er einen weißen Blitz, und er fühlte sich wie auf hoher See, so als schwankte das ganze Haus. Er fasste sich an den Scheitel und ertastete warmes Blut.

Aber Brandon Walker hatte es schlimmer erwischt. Er rollte schluchzend auf dem Boden hin und her. Kett griff nach unten und fand ihn.

«Bleiben Sie, wo Sie sind», brachte er mühsam hervor. «Geben Sie mir keinen Grund, Ihnen den Hammer ins Gesicht zu semmeln.»

Irgendwo ertönte ein lautes Knirschen.

Eine Tür wurde aufgebrochen, dann donnerten Schritte heran, und in der Wohnung nebenan waren Stimmen zu hören.

«Hier drin!», schrie Kett, und in seinem Schädel dröhnten die Kopfschmerzen. «Durch das Loch in der Wand.»

Er sank auf die Knie und tastete sich zurück in die Ecke, wo die Müllsäcke lagen. Sie waren aus dickem Plastik, mit bloßen Händen vermochte er sie nicht aufzureißen. Trotzdem versuchte er es weiter, denn es bestand die Chance, dass die Mädchen darin noch lebten. Es bestand immer eine Chance.

Licht – plötzlich war es hell im Raum.

«Kett? Sir?»

Fünf Constables stürmten herein. Drei von ihnen stürzten sich auf den sich windenden Brandon Walker. Savage war auch dabei. Sie ließ sich neben ihn fallen.

«Sir, Sie sind verletzt.»

«Die Säcke», krächzte Kett. «Die Mädchen.»

Savage zog ein Taschenmesser aus dem Gürtel und schlitzte damit vorsichtig den ersten Müllsack auf, dann erweiterte sie die Öffnung. Es kostete Kett seine letzte Kraft, sich vorzubeugen und nachzusehen, was sich darin befand.

Pillen. Hunderte Tütchen mit kleinen weißen Pillen.

Und er wusste nicht, ob der Auslöser der anstrengende Kampf, der Treffer mit dem Hammer oder die grenzenlose Erleichterung darüber war, dass sich in diesen Müllsäcken nicht die Leichen zweier Mädchen befanden, aber er kippte über den Rand in den Abgrund der Bewusstlosigkeit.

KAPITEL ZWÖLF

«Robbie?»

Die Stimme klang gedämpft, schien von weit weg zu kommen, so als läge er in einem Sarg tief unter der Erde. Kett stöhnte und versuchte, die Augen zu öffnen. Nichts schien zu funktionieren, und mit einem Mal bekam er Angst, er könne erblindet sein – oder, schlimmer noch, im Sterben liegen. Er durchforstete sein Gedächtnis, doch da war nichts.

Nichts außer Billie.

Plötzlich sah er seine Frau, ihr großzügiges Lächeln, diese großen blauen Augen, die sie allen ihren Kindern vererbt hatte. Sie beugte sich vor, schlang die Arme um ihn und zog ihn an sich. In Ketts Herz explodierte etwas, eine Welle der Wärme und des Glücks, die beinahe zu viel für ihn war.

Du bist nach Hause gekommen, dachte er, konnte es aber nicht aussprechen. *Du bist zu uns zurückgekehrt.*

«Das wird wieder», sagte Billie und hielt ihn fest. «Bleiben Sie einfach still liegen, Sir, es wird alles gut.»

Sie? Sir?

Wieder versuchte Kett, die Augen zu öffnen, und diesmal gelang es ihm mit einem Auge. Eine Klinge aus Licht bohrte sich in seinen schmerzenden Kopf, und er schloss das Auge hastig wieder. Dann versuchte er es noch einmal.

Ein Raum voller Cops, Taschenlampen und PC Kate Savage auf den Knien neben ihm.

Nicht Billie also.

Die Enttäuschung war fast unerträglich, und sie wurde nur minimal gelindert durch die Erleichterung darüber, noch am Leben zu sein.

Er versuchte, sich aufzusetzen, aber das Zimmer schlug Rad über seinem Kopf.

«Sachte», sagte Savage. «Walker hat Ihnen ordentlich eins übergezogen. Der Krankenwagen ist unterwegs.»

Er versuchte, ein Wort zu bilden.

«Moira?»

«Der geht's gut», sagte Savage. «Sie ist in Sicherheit. Zwei Kolleginnen sind bei ihr und zeigen ihr gerade, wie man einen Taser benutzt.»

Kett hätte fast ein Lachen zustande gebracht. Er hob die Hand zum Kopf und ertastete eine klebrige Kruste in seinem Haar. Die Blutung schien zum Stillstand gekommen zu sein, aber es tat höllisch weh.

«Wie lang war ich weg?», fragte er.

«Ähm.» Savage sah auf die Uhr. «Neunzig Sekunden, plus minus. Wie fühlt es sich an?»

«Als hätte ein wütender fetter Mann mir mit einem Hammer auf den Kopf geschlagen», erwiderte er.

«Sie haben Glück gehabt, dass er Ihnen nicht den Schädel eingeschlagen hat», gab Savage zurück. «Er hat versucht, Sie zu töten.»

«Wo ist er?», fragte Kett. Wieder versuchte er, sich aufzusetzen, und diesmal half Savage ihm. Sie hatte erstaunlich viel Kraft in ihren mageren Armen. Grelle Lichter explodierten vor seinen Augen, und Übelkeit stieg in ihm auf, bis er Batteriesäure schmeckte. Er kniff die Augen zusammen.

«Auf dem Weg nach unten», sagte Savage. «Dann ins Krankenhaus. Sie haben ihn direkt am Kinn getroffen, was er sagt, ergibt nicht viel Sinn. Und ...» Sie beugte sich vor. «Haben Sie ihm, ähm, die Brustwarze abgebissen?»

«Ich habe zugebissen.» Bei der Erinnerung daran – und an den Geschmack – verzog Kett das Gesicht. «Ob sie dabei abging, weiß ich nicht.»

«Na, wie auch immer. Sieht so aus, als hätte er hier oben einen kleinen Pharmabetrieb am Laufen gehabt.»

«Die Mädchen?», fragte Kett und sah sie mit zusammengekniffenen Augen an. Sie schüttelte den Kopf.

«Aber es war eine erfolgreiche Razzia. Diese Säcke waren voller Ecstasy und MDMA, Tausende von Pillen. Fieser Stoff außerdem, mit allem möglichen giftigen Zeug verschnitten. Brandon Walker war ein Stück Scheiße, und er wird für sehr lange Zeit in den Bau wandern.»

«Sein Vater?», fragte Kett.

«Den haben sie auch mitgenommen, als Komplizen», sagte Savage. «Brandon steckte hinter den Drogen, und er war es auch, der die Mädchen Zigaretten verkaufen ließ, aber David Walker wusste davon. Anders kann es gar nicht sein. Ich glaube, er hatte Angst vor seinem eigenen Kind.»

Kett wollte nicken, ließ es dann jedoch lieber bleiben. Er packte Savages Schulter, zog sich auf die Knie hoch, und irgendwie gelang es ihm aufzustehen. Kurz dachte er, er müsse sich übergeben, und er schluckte schwer, bis die Übelkeit verging.

«Sir, bitte.» Savage stand ebenfalls auf. «Sie müssen sich untersuchen lassen.»

«Mir geht's bald wieder gut. Er hat mich nur gestreift. Wie spät ist es?»

«Gerade eins durch», antwortete sie. Kett fluchte.

«Hören Sie, ich muss los. Evie wird sich wundern, wo ich bleibe.»

«Sie können nicht gehen», entgegnete Savage. «Der Chef ist unterwegs hierher. Drogenfund hin oder her, er klang echt sauer.»

«Umso mehr Grund, von hier abzuhauen.»

Er setzte sich in Bewegung, aber Savage verstellte ihm den Weg und legte ihm die Fingerspitzen auf die Brust wie die Türsteherin eines Nachtklubs.

«Sir, ich habe Befehle», sagte sie.

«Ja, und ich habe Kinder», erwiderte er. «Tut mir leid. Schieben Sie es auf die Gehirnerschütterung. Sagen Sie Clare, ich sei ein Irrer, und Sie konnten mich nicht aufhalten.»

Er ging um sie herum, drängte sich zwischen den Constables hindurch in den Flur und trampelte dann die Treppe hinunter. Jemand hatte die Metallplatte vor der Tür entfernt, und der frische Luftzug, der hereinwehte, war ihm sehr willkommen. Die Hitze und der Sonnenschein weniger, aber er zwang sich weiterzugehen, und als er das Grüppchen Polizeiwagen erreichte, die den Zugang zur Ladenzeile blockierten, fühlte er sich allmählich okay.

Zwar hatte er immer noch schlimme Schmerzen, aber es war auszuhalten.

«Addy!»

Moira hatte ihn entdeckt, bevor er sie gesehen hatte. Sie saß auf dem Rücksitz eines Streifenwagens und kaute auf einer kleinen silbernen Pfeife, die Kett sofort wiedererkannte. Nun warf sie sie in den Fußraum und streckte ihm beide Hände entgegen. Die zwei Constables, die neben dem Wagen standen, folgten ihren Fingern mit dem Blick und lächelten Kett an.

«Sie ist hinreißend», sagte die eine Constable, eine ältere Frau mit ergrauendem Haar und einem strahlenden Lächeln. «Ich wünschte, sie würden uns öfter Kinder mit zur Arbeit nehmen lassen.»

Als sie Ketts Verletzungen sah, verblasste ihr Lächeln.

«Da sollte wohl mal jemand einen Blick draufwerfen», sagte sie. Er winkte ab.

«Hey, Prachtmädchen», sagte er zu Moira. «Bereit, da rauszukommen?»

Er hob sie vom Sitz.

«Könnte eine von Ihnen mir einen Gefallen tun und dafür sorgen, dass PC Savage ihre Pfeife zurückbekommt?», fragte er. «Ich würde es selbst tun, aber ich muss los. Bin spät dran mit Abholen.»

«Von der _Schule_?» Mit erhobener Augenbraue musterte sie seinen Kopf. «Bitte sagen Sie, dass Sie sich zuerst noch waschen.»

«Es ist nur ein Kratzer.» Er zuckte zusammen. «Der fällt gar nicht weiter auf.»

* * *

«Um Gottes willen! Was um alles auf der Welt ist passiert?»

Die Erzieherin sah aus, als würde sie gleich ohnmächtig auf den Boden der Garderobe sinken. Sie hatte die Hände auf die

Wangen geschlagen, und ihre Augen sahen aus wie Soleier. Sie musterte DCI Kett von oben bis unten, dann wandte sie ihre Aufmerksamkeit dem Kleinkind auf seinem Arm zu.

«Ist mit *ihr* alles in Ordnung?», fragte sie.

Moira gähnte, dann winkte sie der Frau zu. Kett kniff die Augen zusammen und versuchte, trotz Kopfschmerzen das Namensschild an der Hufflepuff-Kette der Frau zu lesen.

«Es ist alles in Ordnung, Betty», sagte er, als es ihm gelungen war.

«Debbie», korrigierte sie ihn stirnrunzelnd. Kett beugte sich vor und sah einen Moment lang nicht alles doppelt.

«Debbie. Verzeihung. Es war ein langer Vormittag, aber mir geht's gut, wirklich. Ich bin nur gekommen, um Evie abzuholen.»

«Sie hat schon vor einer ganzen Weile mit Ihnen gerechnet», erwiderte Debbie, und die Falten auf ihrer Stirn vertieften sich. «Sie hat sich ziemlich aufgeregt.»

Er nickte und wollte an ihr vorbeigehen, aber sie wich nicht von der Stelle.

«Ich lasse Sie nicht durch diese Tür, bevor Sie sich gewaschen haben», sagte sie überraschend energisch. «Im Schulgebäude auf der anderen Seite des Pausenhofs ist eine Behindertentoilette.»

«Tut mir leid», sagte er. «Ich bin Polizist, es gab …»

«Das ist mir egal», entgegnete Debbie. «Hier sind Sie ein Vater, und ich werde nicht zulassen, dass Sie den Kindern eine Heidenangst einjagen.»

Sie streckte die Arme aus. Kett zögerte zwar, aber Moira lehnte sich ohne zu zögern der Frau entgegen. Er überließ sie

Debbie, murmelte eine Entschuldigung und ging hinaus. Die Rezeptionistin der Schule war ebenso überrascht über seinen Anblick und führte ihn so unauffällig wie möglich zur Behindertentoilette.

Als er sich im Spiegel sah, wusste er, warum alle solche Vorbehalte hatten. Er sah zum Fürchten aus, so als wäre er gerade aus einem Grab gekrochen. Die Kopfverletzung war schlimmer, als er gedacht hatte, geronnenes Blut schlängelte sich über seine Wangen bis unter den Kragen. Seine Augen waren blutunterlaufen, tiefe Ringe lagen darunter. Sein Sakko war unter der rechten Achsel eingerissen und voller Schmutz, Blut und wer weiß, was sich sonst noch auf Walkers Boden befunden hatte. Außerdem war er mit einem feinen weißen Puder bedeckt. Wenn er versuchen würde, so durch ein Flughafenterminal zu laufen, würden die Drogenspürhunde ihn in Stücke reißen, das war ihm klar.

Sein Spiegelbild führte ihm überdies vor Augen, wie kurz er davorgestanden hatte, nicht mit dem Leben davonzukommen.

«Wie bescheuert», sagte er. Unwillkürlich stellte er sich vor, wie ein Cop in die Schule kam – vielleicht Porter oder Savage oder, Gott bewahre, Colin Clare – und darum bat, Evie und Alice Kett zu sprechen. Ein stiller Raum, eine schreckliche, quälende Stille, dann diese Worte:

«Mädchen, es tut mir leid, euer Vater hatte einen Unfall. Er kommt nicht mehr nach Hause.»

Und was dann? Was würde aus ihnen werden nach den Tränen, dem Geschrei? Billies Familie lebte in den Staaten, und er selbst hatte außer seiner Mutter – die ihn vor fast zwanzig Jahren so gut wie enterbt hatte – niemanden, der der Rede wert wäre. Dann also die Fürsorge, Pflegefamilien, Adoption, getrennte Unterbringung. Einfach so wäre die Familie ausgelöscht. Nach einer Weile würden Evie und Moira sich nicht einmal mehr an ihn erinnern.

«Bescheuert, bescheuert, *bescheuert*», wiederholte er und umklammerte den Rand des Waschbeckens.

Allein in Walkers Wohnung zu gehen, war unbesonnen und egoistisch gewesen. Er konnte es sich nicht leisten, diesen Fehler noch einmal zu machen.

Er drehte den Wasserhahn auf und zog behutsam zuerst die Jacke, dann das Hemd aus. Die Schulter, die Walker mit dem zweiten Hammerschlag getroffen hatte, war gelb-schwarz marmoriert, und er konnte den Arm nicht über neunzig Grad heben. Allerdings glaubte er nicht, dass etwas gebrochen war. Er senkte den Kopf, spritzte sich Wasser auf den Scheitel und knurrte mit zusammengebissenen Zähnen, weil es höllisch brannte. Die Blutung war zum Stillstand gekommen, und nachdem er sich mit den Fingern mehrmals durchs Haar gerieben hatte, blieb das Wasser sauber. Anschließend wusch er sich, so gut es ging, das Blut aus dem Gesicht, vom Hals und den Händen und ließ sich dann notdürftig von dem jaulenden kleinen Händetrockner trocken pusten.

Das Ergebnis war nicht perfekt, aber passabel. Er sah ein bisschen weniger wie ein Polizist und mehr wie ein Vater aus.

Ein halb nackter Vater.

Er zog das Hemd wieder an und war gerade beim mittleren Knopf, als es an der Tür klopfte.

«Einen Moment», sagte er. «Fast fertig.»

«Hier ist Carol von der Rezeption. Ich habe dem Direktor erzählt, was passiert ist, und er hat mir Kleidung zum Wechseln mitgegeben, falls Sie möchten.»

Als Kett die Tür öffnete, stand sie mit einem T-Shirt in der Hand vor ihm.

«Es ist nur ein Sporttrikot», sagte sie. «Aber es ist besser als …»

Sie deutete mit dem Kopf auf die blutbefleckte Sauerei, die er im Moment anhatte.

«Er weiß, dass Sie Polizist sind. Er hat gesagt, wenn Sie irgendetwas brauchen, fragen Sie einfach.»

«Das ist sehr liebenswürdig.» Kett zog das Hemd aus und das T-Shirt an. Es war an der Brust ein bisschen eng, aber es ging. Das Logo der Schule prangte stolz auf dem Trikot, und Kett klopfte darauf. «Danke.»

«Jederzeit.»

Er hatte sich nur ein bisschen gewaschen und ein anderes Oberteil angezogen, aber das wirkte wahre Wunder – sogar seine Kopfschmerzen schienen nachzulassen. Jedenfalls bis die Frau sich räusperte und weitersprach.

«Hören Sie, da Sie gerade hier sind, könnten Sie vielleicht kurz mit Ms Gardner sprechen?»

Kett musste kurz überlegen.

«Alice' Lehrerin, richtig? Ist alles in Ordnung?»

«Alice geht es gut. Sie hat nur beim Mittagessen eine kleine Auseinandersetzung gehabt. Frances wird Ihnen alles erklären.»

«Kann ich zuerst meine anderen Kinder holen?» Er fragte sich, warum er das Gefühl hatte, um Erlaubnis fragen zu müssen. «Evie wartet auf mich, und die Kleine auch.»

«Es dauert nur eine Minute», sagte Carol und hielt ihm die Tür auf. Kett seufzte und steckte das Hemd in den Papierkorb. Kein Waschpulver der Welt würde den Gestank von Brandon Walker daraus entfernen können. Dann folgte er Carol zurück über den Flur, an der Rezeption vorbei und zur Tür eines Klassenraums. Durch die Scheibe, auf der ein Bild einer Schildkröte prangte, sah er dreißig Kinder auf ihren winzigen Stühlen sitzen und auf Schmierpapier malen. Er benötigte einen Moment, bis er Alice gefunden hatte, und als er sie dort sah, so groß und doch auch so klein, war es, als legte sich eine Faust um sein Herz.

Carol klopfte zweimal, dann schob sie die Tür auf.

«Frances? Mr Kett.»

«Dad!», schrie Alice und strahlte. Im Nu war sie aufgesprungen und rannte zu ihm. Ihre Umarmung ließ ihn zusammenzucken, aber sie war die Schmerzen wert.

«Hey, Kleine, wie läuft's?», fragte Kett und strich ihr die Haare zurück.

«Sie macht sich großartig», antwortete Frances, während sie durch den Raum zu ihm kam. Sie deutete auf den Flur, und sie gingen zu dritt hinaus. Frances schloss die Tür hinter ihnen. «Ein tolles Kind, das sehe ich jetzt schon.»

Alice' Lächeln war ihrer legendären finsteren Miene gewichen, und sie vergrub das Gesicht an Ketts Seite.

«Aber?», fragte Kett.

«Aber in der Pause gab es einen Vorfall. Alice hat einen Jungen zu Boden gestoßen.»

«Der war doof», blaffte Alice. «Ich hasse ihn.»

«Hey, sachte», sagte Kett. «Gab es einen Grund dafür?»

Alice sagte nichts, und Frances seufzte.

«Das wissen wir nicht, sie will nichts weiter sagen, aber es ist nicht das Verhalten, das wir uns hier wünschen. Ich habe sie gebeten, sich zu entschuldigen, doch sie weigert sich.»

«Tut mir leid», sagte Kett, wie er es schon tausendmal in ihrer alten Schule getan hatte. «Manchmal hat sie Schwierigkeiten, Körpersprache zu deuten und ihre Gefühle zu beherrschen. Nicht wahr, Alice?»

Alice grunzte etwas Unverständliches.

«Es war einfach eine sehr schwere Zeit für sie, für alle drei», fuhr er fort. «Es wird eine Weile dauern, bis sie sich eingelebt hat, aber das wird schon. Stimmt's, Alice?»

Alice grunzte noch etwas Unverständliches, aber ihre schlechte Laune ließ schon nach.

«Es ist meine Schuld», sagte Kett. «Ich hätte sie nicht so früh herbringen sollen. Eigentlich hatten wir uns etwas Zeit nehmen wollen, um das neue Haus und die neue Stadt kennenzulernen, bevor sie mit der Schule anfängt. Aber etwas … etwas ist dazwischengekommen.»

Wie zum Beweis klingelte Ketts Telefon. Es war ein lauter Klingelton, eine scheußliche Version des mexikanischen Huttanzes, die Alice installiert hatte, und er bekam einfach nicht heraus, wie man den Klingelton änderte.

«Ähm … Entschuldigen Sie mich kurz.»

Er zog das Telefon aus der Tasche und sah eine Norwicher Nummer. Wahrscheinlich war es Clare oder jemand anderes aus dem Major Investigation Team. Er wies den Anruf ab und steckte das Telefon wieder ein.

«Wir sprechen heute Abend darüber», sagte er zu seiner

Tochter und strich ihr übers Haar. «Aber vielleicht ist es am besten, wenn du jetzt mit uns nach Hause kommst?»

Alice nickte und packte seine Hand.

«Wir können es morgen wieder versuchen», fügte er hinzu, und Frances lächelte.

«Es war schön, dich kennenzulernen, Alice», sagte sie und beugte sich zu ihr hinab. «Wir sehen uns morgen früh. Geh nach Hause, beruhige dich, hab einen schönen Abend mit deiner Mum und deinem Dad. Alles wird gut.»

KAPITEL DREIZEHN

Nichts war gut.

Die gesamte Heimfahrt über war die Rückbank des Volvo ein einziger böser Blick, der auf Kett gerichtet war. Evie war fuchsteufelswild gewesen, weil er zu spät gekommen war, obwohl sie die Uhr noch gar nicht lesen konnte. Anscheinend war es in der Kita grässlich gewesen, jeder dort war ein Pupskopf, und zum Mittagessen hatte sie Crumpets essen sollen. Mit *Butter*. Ihrem Gesichtsausdruck nach zu urteilen – sie sah aus wie ein Mops, der ein Hornissennest verschluckt hat –, war das Ende der Welt so gut wie da.

Alice andererseits war wütend auf ihn, weil ihre Lehrerin gesagt hatte: *Hab einen schönen Abend mit deiner Mum und deinem Dad. Alles wird gut.* Das war so ziemlich das Schlimmste, was Frances Gardner hätte einfallen können. Auf dem Weg zum Auto hatte Alice nichts dazu gesagt, aber er kannte sie gut genug und wusste, was ihr durch den Kopf ging.

Warum kann ich Mum nicht sehen?

Wo ist sie?

Ist sie tot?

Warum hast du sie nicht gerettet?

Er kannte diese Fragen, weil er sich die gleichen stellte.

Moira war die Einzige, die ihn nicht anfunkelte, und das auch nur, weil ihr Kindersitz nach hinten zeigte. Sie richtete ihre Schreie ans Fenster, trommelte mit den Füßen auf dem Sitz und kniff Alice in den Arm, sodass diese ebenfalls schrie.

Als er endlich einen Parkplatz auf ihrer neuen Straße gefunden hatte, produzierten die drei einen Soundtrack, der besser nach Guantanamo gepasst hätte.

«Okay, es reicht!», sagte er, öffnete seine Tür und quälte sich aus dem Auto. Er wartete, bis er wieder zu Atem gekommen war, sah auf die Uhr und fragte sich, wie um alles in der Welt er die sechs Stunden bis zur Schlafenszeit überstehen sollte.

Ich würde jederzeit lieber noch einmal mit Brandon Walker kämpfen, dachte er. *Schlimmer als drei kleine Mädchen kann das auch nicht sein.*

Er öffnete Evies Tür und löste ihren Gurt. Dann ging er auf die andere Seite und befreite den Rest des vielarmigen Ungeheuers. Holterdiepolter stürmten alle zusammen ins Haus. Drinnen war es kühl und dunkel, und das schien die Mädchen zu besänftigen.

«Geh, hol dein iPad», sagte er zu Alice. «Mach etwas an, was alle mögen, ihr könnt eine Weile auf dem Sofa rumlungern, okay?»

Sie rannte nach oben, und Kett setzte Moira auf dem Wohnzimmerteppich ab. Die Kleine schrie noch immer, drehte sich auf den Rücken und trampelte auf dem Boden. Evie plumpste aufs Sofa, faltete die Hände vorm Bauch und funkelte ihn an, immer noch böse. Ihr missmutiger Gesichtsausdruck war so übertrieben, dass Kett unwillkürlich lächeln musste.

«Ja, ich hab dich auch lieb, Evie.»

Er ging in die Küche und drehte den Wasserhahn auf. Eine anständige Tasse Tee, vielleicht ein Keks, und möglicherweise war dann alles wieder okay. Sofern es nicht noch weitere Überraschungen gab.

Er nahm gerade eine Tasse vom Abtropfblech, da klingelte es an der Tür. Er seufzte und fragte sich, ob er überhaupt öffnen sollte, aber Alice nahm ihm die Entscheidung aus der Hand.

«Es hat geklingelt!», schrie sie und trampelte die Treppe herunter. Er hörte sie mit dem Schloss kämpfen. «Dad! Es hat geklingelt!»

Vor der Milchglasscheibe zeichnete sich eine hochgewachsene Silhouette mit krausem Haar ab, die nur einer Person gehören konnte.

Na toll.

«Aus dem Weg», sagte er zu Alice, drehte den Riegel des brandneuen Sicherheitsschlosses und öffnete die Tür. Superintendent Colin Clare stand mit einem Gesichtsausdruck vor ihm, der nahezu perfekt zu Evies passte. In der einen Hand hielt er eine Aktenmappe, in der anderen eine große Tüte.

«Sir», sagte Kett. «Sie hätten doch nicht extra herkommen müssen.»

«Doch», gab Clare zurück. «Weil Sie nicht ans Telefon gegangen sind.»

«Wer bist du?», fragte Alice ungehalten.

«Alice, sei nett», sagte Kett. «Das ist Colin, er ist mein Chef.»

Clare grunzte Alice an, und Alice grunzte zurück.

«Warum hast du so viele Haare in der Nase?», fragte Alice und stellte sich auf die Zehenspitzen, um eine bessere Sicht darauf zu haben. Kett wusste nicht, ob er lachen oder weinen sollte, deshalb stand er einfach da und wartete Clares Reaktion ab. Zu seiner gewaltigen Überraschung lächelte der Chef bloß.

«Das ist für verdeckte Ermittlungen», sagte er. «All diese Nasenhaare kann ich zu einem Schnurrbart ausziehen, und dann weiß niemand, wer ich bin.»

Alice blickte ihn ungläubig an, dann sah sie zu ihrem Vater.

«Es stimmt», sagte Kett. «Man kann auch die Haare in seinen Ohren zu einer Perücke ausziehen.»

Clare warf ihm einen Blick zu: *Treiben Sie es nicht zu weit.*

«Kommen Sie rein», sagte Kett. «Ich wollte gerade Tee machen.»

«Machen Sie besseren Tee als Porter?», fragte Clare, während er mit eingezogenem Kopf eintrat.

«Himmel, ja. Der Mann würde Tee nicht mal erkennen, wenn er ihn bei einer Gegenüberstellung identifizieren müsste.»

Clare lachte schnaubend auf und blieb an der Tür zum Wohnzimmer stehen. Moira lag noch am Boden und heulte, doch als sie den Riesen vor sich aufragen sah, verstummte sie.

«Da!», sagte sie und zeigte auf Clare. «Ie-ie, da!»

Evie tat wie geheißen und sah zu Clare. Dann hielt sie sich ein Kissen vors Gesicht, ihre Standardreaktion auf Fremde.

«Chef, das ist Moira und das auf dem Sofa ist Evie. Und Alice natürlich.»

«Schön, euch alle kennenzulernen», sagte Clare. «Ich hoffe, ich störe nicht. Porter erzählte, Sie hätten noch keine Gelegenheit gehabt, Bettzeug zu besorgen, und der Umzugswagen käme erst am Wochenende. Da war ich so frei.»

Er leerte die Tüte über dem Sessel aus, und zum Vorschein kamen diverse kunterbunte Laken und Bettbezüge. Alice und Evie stürzten sich darauf, als ob Weihnachten wäre, und Moira versuchte nach Kräften, sich mitten ins Getümmel zu drängeln.

«Sie sind alle gewaschen. Meine Kinder brauchen sie eigentlich nicht mehr.»

Kett nickte zum Dank und führte Clare in die Küche. Er nahm eine zweite Tasse vom Abtropfblech, spülte sie aus, dann füllte er den Wasserkessel.

«Das ist nett von Ihnen, danke», sagte er, als Clare am kleinen Tisch Platz nahm. «Sie haben Kinder?»

«Sechs», antwortete er und lächelte über Ketts entgeisterte Miene. «Eigentlich wollten wir vier. Aber der letzte Wurf waren Drillinge, das liegt bei Fiona in der Familie. Wir hätten vorsichtiger sein sollen.»

«Wie alt?»

«Die drei Jüngsten sind vierzehn, der Älteste ist einundzwanzig.» Clare schenkte Kett einen mitfühlenden Blick. «Es war höllisch anstrengend, und dabei waren wir zu zweit und hatten ein ganzes Dorf zur Unterstützung. Das hier ... Wie kommen Sie zurecht?»

Das war nicht ganz die Unterhaltung, mit der Kett gerechnet hatte.

«Prima», sagte er und hängte die Teebeutel in die Tassen. «Jedenfalls so gut, wie man erwarten kann.» Er hielt inne und horchte auf die Kinder im Wohnzimmer. «Ehrlich gesagt, es ist schwer. Jeden Tag beim Aufwachen denke ich, ich schaffe es nicht.»

«Und jeden Tag schaffen Sie es doch», sagte Clare. «Glauben Sie mir, ich kenne das. Es gibt nichts Schwereres auf der Welt, als Eltern zu sein. Außer vielleicht alleinstehender Vater oder alleinstehende Mutter. Oder alleinstehender Vater dreier Töchter.»

«Es ist nur ... nur, bis Billie zurückkommt.»

Er hatte Bingo gestern Abend natürlich auch wieder angerufen, obwohl er sich vorgenommen hatte, es nicht zu tun. Nur ein kurzer Anruf, mit einer noch kürzeren Antwort: *Keine Neuigkeiten, tut mir leid, Robbie.*

«Sie wurde entführt, nicht wahr? Ich erinnere mich, dass ich das Überwachungsvideo in den Nachrichten gesehen habe.»

Kett nickte. Er kannte dieses körnige Video in- und auswendig. Billie war nach einem Treffen mit einer Freundin unterwegs nach Gospel Oak gewesen, Moira im Buggy. Dann ein neutraler weißer Lieferwagen, zwei Männer, die Tiermasken für Kinder trugen, qualmende Reifen, als sie davonrasten – drei Sekunden, und es war vorbei, keine Billie mehr, nur Moiras geisterhaftes Gesicht im Buggy, während sie schrie und schrie und schrie.

Das war nun dreieinhalb Monate her.

«Wir haben überall gesucht, sind jeder Spur nachgegangen. Ich war davon überzeugt, dass es die Otley-Bande war, kennen Sie die?» Kett sah zu Clare, und der nickte. «Die den Sohn dieses Politikers entführt hat. An diesem Fall habe ich auch gearbeitet, ich habe drei von denen hinter Gitter gebracht, darunter Jonus und Philip Otley, die Brüder. Habe den Jungen gerettet. Sie hatten ein Kopfgeld auf mich ausgesetzt und vergeblich versucht, mich zu töten. Ich dachte, stattdessen hätten sie sich an Billie gehalten.»

«Und?»

Kett goss heißes Wasser in die Tassen und ließ den Tee ziehen.

«Wir haben sie auseinandergenommen, jedes Versteck, je-

135

des Bordell, jeden geheimen Unterschlupf. Als wir mit ihnen fertig waren, war kein Stein mehr da, unter dem sie sich hätten verkriechen können. Aber Billie war nicht da. Wir sind einem Hinweis nach dem anderen nachgegangen, aber niemand, von dem es eine Verbindung zu mir oder einem meiner Fälle gab, wusste etwas. Es schien einfach eine … zufällige Entführung zu sein.»

Er hörte Schritte, drehte sich um und sah Evie durch den Flur heranstürmen. Misstrauisch sah sie Clare an, dann hielt sie einen Spiderman-Bettbezug in die Höhe.

«Den will ich haben. Kann ich?»

Moira kam gleich hinter ihr und versuchte, einen *Trolls*-Kopfkissenbezug zu tragen, aber er geriet ihr immer wieder unter die Füße.

«Du kannst ihn haben», sagte Kett. «Aber nur, wenn du zurück ins Wohnzimmer gehst. Schau dir mit deinen Schwestern was auf dem iPad an.»

Sie stürzte davon, und Kett fischte die Teebeutel aus den Tassen und gab je einen Schuss Milch hinein.

«Zucker?»

Clare schüttelte den Kopf und schob die Mappe zur Seite, sodass Kett die Tassen abstellen konnte.

«Jedenfalls», sagte Kett und nahm Moira auf den Schoß. «Die Ermittlungen laufen noch, und ein paar der besten Leute bei der Met sind dran. Wir finden sie.»

«Daran zweifle ich nicht.» Clare betrachtete die Wunde auf Ketts Kopf. «Benson hat mir gesagt, dass Sie gründlich sind, dass Sie bei jedem Fall alles geben. Ich sehe jetzt, dass er mich nicht für dumm verkaufen wollte.»

Kett setzte zu einer Antwort an, aber Clare hob die Hand.

«Sie machen diesen Job lange genug, um zu wissen, was ich Ihnen gleich sagen werde, aber lassen Sie es mich trotzdem sagen, der Vollständigkeit halber. Ihre Entscheidung, Walkers Wohnung zu betreten, basierte auf extrem schwachen Indizien. Zu Ihrem Glück springt PC Savage Ihnen zur Seite. Sie behauptet, sie habe Brandon Walker in der Wohnung gesehen, und sie hat mir Ihre Argumente für eine sofortige Durchsuchung vorgetragen. Es ist nicht gerade das, was ich stichhaltig nennen würde, aber es wird einer Untersuchung standhalten.»

Er beugte sich vor und richtete einen Finger mit abgebrochenem Nagel auf Kett.

«Was nicht haltbar ist, ist, dass Sie mir hier einen auf Errol Flynn gemacht haben und ohne Plan und ohne Verstärkung da reingestürmt sind. Sie mögen keiner von meinen Leuten sein, Kett, aber ich habe trotzdem eine Sorgfaltspflicht für alle, die für mich arbeiten, egal ob das Sie sind oder sogar *sie*.»

Er nickte Moira zu, die mit dem Kopfkissen Guck-guck spielte.

«Sie können meine Mitarbeiter nicht als Babysitterdienst missbrauchen, ist das klar?»

Kett nickte, und Clare lehnte sich zurück.

«Brandon Walker wird für eine lange Zeit hinter Gitter wandern», sagte er. «Dank Ihnen. Das war gute Arbeit. Wichtiger noch: Dadurch haben wir Zugang zu allem in Walkers Laden. Wir haben ihn auf den Kopf gestellt, nachdem Sie fort waren, und einen Haufen Papiere gefunden, aus denen genau hervorgeht, was sie da in Mousehold aufgezogen haben. Die Zeitungsmädchen haben die Pillen in den Zigarettenschachteln verkauft.»

«Maisie und Connie auch?», fragte Kett.

«Maisie ja, wobei ich bezweifle, dass sie wusste, was sie da tat. Bei Connie versuchen wir noch, es herauszufinden. Mousehold war gewissermaßen ein Heimspiel für sie. David Walker wusste, dass sein Sohn irgendwas Krummes laufen hatte, aber er sagt, von den Drogen hätte er nichts gewusst, und ich glaube ihm. Ich vermute, er hat es nicht einmal gewagt, Brandon danach zu fragen.»

«Könnte das ein Banden-Ding sein?», fragte Kett. «Könnten die Mädchen im Rahmen von Revierstreitigkeiten entführt worden sein? Als Warnung? Brandon Walker hatte Verbindungen zu den Albanern.»

«Das sehen wir uns gerade an. Es ist unwahrscheinlich, aber in den letzten Jahren hat es in dieser Stadt einen Anstieg bei organisierter Kriminalität gegeben. Auch beim Drogenhandel, wobei es keinerlei Hinweise darauf gibt, dass die Entführungen mit Drogenhandel zu tun haben. Immer mehr Banden kommen über die A11 aus Ihrem Teil der Welt hier rauf, DCI Kett, und das bereitet mir jede Menge Kopfschmerzen.»

Clare warf Kett einen Blick zu, der besagte, das alles sei seine Schuld, aber er hielt ihn nicht lange aufrecht. Er seufzte und schlug die Mappe auf.

«Unsere Hauptermittlungsrichtung bleibt unverändert», sagte er. «Wir gehen davon aus, dass diese Entführungen nichts mit dem organisierten Verbrechen zu tun haben und die Mädchen von einem gefährlichen Einzeltäter entführt wurden. Natürlich kann es sein, dass sich die Informationslage ändert, wenn sie erst Brandon Walkers Kiefer verdrahtet haben und er wieder weiß, wie man einen Stift hält.»

Er warf Kett einen weiteren vorwurfsvollen Blick zu.

«Aber der Schwerpunkt muss weiter darauf liegen, Christian Stillwater zu finden. Porter hat mir von Ihrer Unterhaltung mit Lucy Clarke, seiner Freundin, erzählt, und die Kriminaltechnik hat sich vor einer Stunde mit einem Bericht über den Sand an seiner Kleidung gemeldet.»

«Daaaaaddy!»

Evies Schrei ertönte im selben Augenblick, als Alice mit dem iPad durch den Flur angerannt kam.

«Evie will *Peppa Wutz* gucken», sagte sie und stampfte mit dem Fuß auf. «Aber es ist *mein* iPad.»

«Such etwas aus, das für alle passt», sagte Kett.

«Nein, das ist nicht fa…»

«Alice», fuhr Kett sie an, und sie zuckte zusammen. «Bis wir unseren Fernseher haben, musst du lernen zu teilen. Such etwas aus, oder ich entscheide.»

Sie knurrte wie ein Werwolf, dann stürmte sie zurück ins Wohnzimmer. Moira rutschte von Ketts Knien und lief ihr hinterher.

«Tut mir leid», sagte Kett. «Der Sand. Lucy hat gesagt, sie hätte gedacht, er sei am Meer gewesen.»

«Er war nicht am Meer. Der Sand enthält Lehm und Eisen. Das ist Bausand.»

«Ach?», sagte Kett, und Clare nickte. «Okay, das passt dann zu seinem Modus Operandi, richtig? Unser Mann mag verlassene Orte oder jedenfalls Orte, an denen nicht viele Menschen sind. Stillwaters Freundin zufolge ist das mit dem Sand an der

Kleidung am Samstag passiert. Auf kommerziellen Baustellen wird am Wochenende im Allgemeinen nicht gearbeitet, aber am Montag wieder, als Connie verschwand, es hätte also keinen Sinn, vor Ort irgendetwas vorzubereiten. Jemand hätte ihn gesehen, und diesen Fehler hat er beim letzten Mal schon gemacht, nicht wahr? Bei dem anderen Mädchen, ähm ...»

«Emily Coupland», sagte Clare und trank einen Schluck Tee.

«Genau, Emily. Er würde sich also keinen Ort aussuchen, wo die Chance bestünde, dass er gesehen wird. Es sei denn, er war auf einer Baustelle, auf der die Arbeiten stillstehen. Wir sollten prüfen, ob es in der Stadt Baustellen gibt, auf denen momentan nicht gearbeitet wird.»

«Spalding ist da schon dran», sagte Clare. «Wir arbeiten mit der Hypothese, dass Stillwater beide Mädchen entführt und sie an einen vorher ausgesuchten Ort gebracht hat, an einen Ort, der dafür vorbereitet wurde, sie dort gefangen zu halten.»

«An einen vorbereiteten Ort», sagte Kett und nickte. Er trank einen weiteren Schluck Tee und zuckte zusammen, als die heiße Flüssigkeit sich bis in seinen leeren Magen brannte. Dann schüttelte er den Kopf.

«Was stimmt nicht?», fragte Clare.

«Ich weiß nicht. Die ganze Sache mit der Baustelle fühlt sich nicht stimmig an. Bei Stillwater dreht sich alles um Kontrolle, er ist ein Planer. Bei einem großen, offen zugänglichen Baustellengelände gibt es zu viele Unbekannte. Ich an seiner Stelle würde mich nach etwas Kleinerem, Ungestörterem umsehen. Ich denke, wir sollten nach einem Renovierungs- oder Sanierungsprojekt suchen, nach einem Haus, das einen Anbau bekommt, vielleicht auch nach einem Neubau.»

«Das will ich verdammt noch mal nicht hoffen», murmelte Clare. «Diese Stadt boomt. Allein auf meiner Straße wird bei fünf oder sechs Häusern angebaut, und in ganz Norfolk gibt es mindestens hundert Neubausiedlungen.»

«Dann prüfen Sie, bei welchen dieser Baustellen es sich um Häuser handelt, deren Bewohner kürzlich verstorben sind», sagte Kett. «Ich denke, wir suchen nach einer leer stehenden Immobilie, die umfassend renoviert wird.»

Clare nickte.

«Gab es irgendwelche Briefe? Irgendeine Kontaktaufnahme?», fragte Kett.

«Nein. Warum?»

«Es ist einfach so, dass in Fällen wie diesem normalerweise irgendetwas kommt. Menschen wie Stillwater wollen die Welt wissen lassen, wie schlau sie sind. Sie blühen auf, wenn sie klüger sind als die Leute, von denen sie gejagt werden. Stillwater ist ein cleverer Kerl, er hat beschlossen zu verschwinden, er weiß, dass wir ihn verdächtigen werden. Ich finde es sonderbar, dass er Sie noch nicht kontaktiert hat.»

«Vielleicht wartet er, bis es zu spät ist und wir nichts mehr unternehmen können.»

«Vielleicht.» Kett trank noch einen Schluck Tee. «Halten Sie einfach die Augen offen, es könnte etwas ganz Subtiles sein. Psychopathen sind Arschlöcher.»

«Es hängt viel von Ihrer Theorie ab, dass Stillwater ein Psychopath ist», sagte Clare.

«Es hängt viel von Ihrer Theorie ab, dass er überhaupt der Täter ist», gab Kett zurück.

Clare nickte und trank seinen Tee in drei großen Schlucken

aus. Dann stand er auf und zeigte auf die Mappe, die er auf dem Tisch liegen lassen hatte.

«Es ist alles da drin, sehen Sie es sich bei Gelegenheit an. Und Kett, ich weiß, ich bin manchmal unleidlich.»

«Wirklich, Sir, das ist mir noch gar nicht aufgefallen.» Kett stand ebenfalls auf.

«Aber wir sind sehr wohl dankbar dafür, dass Sie hier sind. Ich will diese Mädchen einfach nach Hause holen, okay? Wir werden die Nacht durcharbeiten, falls Ihnen also irgendwas einfällt, rufen Sie uns jederzeit an.»

«Sir», sagte Kett mit einem Nicken, bei dem die dumpfen Kopfschmerzen sich wieder regten, «wenn Sie wollen, suche ich mir einen Babysitter und komme auf die Wache.»

Clare blieb an der Haustür stehen und sah sich um.

«Sie haben für heute genug getan. Verbringen Sie ein bisschen Zeit mit Ihren Töchtern, überlassen Sie uns die schwere Arbeit.»

Er ging. Kett sah ins Wohnzimmer, wo alle drei Mädchen mit den Sofakissen aufeinander einprügelten, halb lachend, halb kreischend.

Klar, dachte er und sehnte sich fast nach dem Lagerraum, wo im Vergleich hiermit geradezu Ruhe und Stille herrschten. *Weil das hier ja auch keine schwere Arbeit ist.*

KAPITEL VIERZEHN

Gerechterweise musste man sagen, dass die Kinder sich be-ruhigten, nachdem Clare wieder gegangen war. Alice fand auf Amazon Prime *Vaiana*, und die drei kuschelten sich auf dem Sofa aneinander und schauten wie gebannt auf den Bildschirm, die Augen voller Blau-, Grün- und Orangetöne. Kett mummel-te sie in Bettdecken ein, öffnete eine Familienpackung Chips und überließ sie sich selbst.

Aber zuerst machte er ein Erinnerungsfoto für Billie, wenn sie wiederauftauchte. Sein Telefon war voll davon.

Er wusste nicht, was mehr knarzte, als er die Treppe hinauf-stieg: die Stufen oder seine Gelenke. Er spülte die Badewanne aus und verjagte eine Spinne aus einer Ecke des Bads, dann ließ er Wasser ein. Er hatte alles Mögliche vergessen, als er ihr al-tes Haus ausgeräumt hatte, aber an ihre Toilettenartikel hatte er gedacht, und nach kurzer Suche gab er etwas Schaumbad in die Wanne.

Während das Wasser einlief, ging er wieder nach unten, schaltete den Wasserkessel ein und nahm sich ebenfalls eine Tüte Chips. Dann setzte er sich mit seinem Tee an den Tisch und blätterte durch die Mappe, die Clare ihm gegeben hatte. Sie enthielt hauptsächlich Informationen über die beiden Mäd-chen, Kopien ihrer Instagram-Accounts, Textnachrichten aus Maisies Telefon, ihre Zustelltouren, Überwachungsbilder, so-gar Schulzeugnisse. Ihm fielen ein paar Posts von Maisie auf, die Andeutungen auf das Extrageld enthielten, das sie mit dem

Verkauf der Zigaretten – und unwissentlich der Drogen – aus ihrer Zeitungstasche verdiente, aber abgesehen davon waren die beiden ganz normale präpubertäre Mädchen. Es war nicht schwer, sich auszumalen, dass es seine eigenen Töchter wären. Besonders Connie mit ihren großen blauen Augen und den Pausbacken ähnelte ein bisschen einer älteren Evie, wie er sie sich vorstellte.

Er fand den Bericht der Kriminaltechnik über den Sand, überflog ihn und legte ihn beiseite. Dann kam all das, was sie bisher über Christian Stillwater wussten. Oberflächlich betrachtet hatte der Mann eine blütenweiße Weste – abgesehen von dem Vorfall, der 2014 zu seiner Verhaftung geführt hatte –, aber stille Wasser sind tief, wie Kett wusste, und bei Stillwater waren sie vermutlich so schmutzig wie nur was. Seinen Computer hatten sie nicht gefunden, den hatte er vermutlich mit dorthin genommen, wo er sich versteckte, doch falls Ketts Erfahrungen mit Männern wie ihm etwas zu besagen hatten, dann war er mit Sicherheit bis obenhin voll mit *üblen Sachen*.

Die letzten Dokumente in der Mappe waren die Akten weiterer Verdächtiger, darunter der an einen Neandertaler erinnernde Neil Dorey und zu Ketts Überraschung auch der 2013 fälschlich wegen Mordes an einer Touristin verurteilte Lochy Percival. Kett las seine Akte und fand dort nichts, weshalb er für sie von besonderem Interesse sein könnte. Dorey wiederum fiel wegen seiner Gallensteine und seines Krankenhausaufenthalts als Verdächtiger aus.

Das war es. Das war alles, was sie hatten.

Clare hatte die Telefonnummer des MIT, des Major Investigation Teams, oben auf die Mappe geschrieben, dazu seine und Porters Mobilnummern. Kett zog das Telefon aus der Tasche, rief Porter an und ging nach oben, während es läutete.

«DI Porter.»

«Pete.»

«Hey, Robbie, wie hältst du dich? Savage hat gesagt, du hast eine ziemliche Abreibung bekommen.»

«Ja, kann man so sagen. Irgendwas Neues?»

Porter schnaubte.

«Nein. Warte, doch. Der Sand war von einer Baustelle.»

«Das habe ich schon gehört. Clare war hier.»

«Hoppla, hat er dich zur Sau gemacht?»

«Komischerweise nicht.» Kett tauchte eine Hand ins Wasser und zog sie sofort wieder heraus. Das mussten fast vierzig Grad sein. Er sollte nachsehen, ob der Boiler in Flammen stand.

«Robbie», sagte Pete. «Da ist etwas, was mir Sorgen macht.»

«Was denn?»

«Es ist bloß ... ich will dieses Bild wirklich nicht in meinem Kopf haben, aber deine Stimme hallt so und es plätschert leise ... du liegst nicht zufällig in der Badewanne?»

Kett lachte und drehte den Kaltwasserhahn auf.

«Darauf kannst du wetten, splitterfasernackt. Ich wasche mir gerade die Poritze.»

Porter gab Würgegeräusche von sich.

«Das war's. Ich kündige.»

Sie lachten beide, und es tat richtig gut.

«Wir haben jeden freien Kollegen rausgeschickt, um die Stadt abzusuchen», sagte Porter dann. «Clare hat entschieden, dass wir mit Stillwater an die Öffentlichkeit gehen. Die Medien sind davon unterrichtet, dass er für die Polizei von besonderem Interesse, aber kein Verdächtiger ist.»

«Riskant.» Kett fragte sich, warum der Chef das vorhin nicht erwähnt hatte. «Womöglich gerät er jetzt in Panik und schafft sich die Mädchen vom Hals.»

«Ganz deiner Meinung.»

«Aber wenn Stillwater ein echter Psychopath ist, dann könnte es ihn aus der Reserve locken», fuhr Kett fort. «Und wenn es nicht Stillwater ist, gewinnen wir dadurch ein bisschen Zeit. Unser Mann wird denken, er sei in Sicherheit.»

«Hoffentlich.»

«Hey, warum ist Lochy Percival in der Ermittlungsakte?» Kett setzte sich auf den Badewannenrand.

«Ach ja, das ist der Algorithmus», erklärte Porter. «Er war zwar nicht schuldig, aber das System spuckt seinen Namen bei jedem ähnlichen Fall aus. Armer Kerl.»

«Du meinst nicht, es könnte sich lohnen, ihn zu überprüfen, und sei es nur, um ihn auszuschließen?»

«Nein!», brüllte Porter. «*Bloß* nicht!»

Im Hintergrund ertönte eine Stimme, die wie Kate Pearson klang.

«Kett will sich Percival vornehmen», sagte Porter.

«Nein!», brüllte Pearson.

«Siehst du? Das ist eine schlechte Idee. Ich bin mir ziemlich sicher, dass Stillwater unser Mann ist, wir müssen ihn also nur finden.»

«Ich arbeite daran», sagte Kett.

Er wollte schon auflegen, dann zögerte er.

«Hey, Pete, erinnerst du dich an das, was Lucy über Stillwater gesagt hat? Dass er manchmal mit Freunden ausging, nur dass er keine Freunde gehabt hätte?»

«Klar», erwiderte Porter. «Und er soll immer so komisch gerochen haben, wenn er hinterher nach Hause kam. Süßlich und säuerlich, hat sie es nicht so beschrieben?»

«Und unangenehm hat sie es genannt», sagte Kett. «Ich weiß nicht. Es war eine eigenartige Beobachtung. Falls Stillwater das schon länger plant, könnte es relevant sein. Fällt dir etwas ein, wo es in der Stadt süßlich, säuerlich und unangenehm riecht?»

«Ich tippe auf dein Bad. Aber ja, ich denke drüber nach. Und jetzt mach, seif dich ein. Ich melde mich morgen bei dir.»

Porter legte auf. Kett drehte das kalte Wasser ab, dann schloss er die Badezimmertür hinter sich und ging nach unten, um nachzusehen, ob Vaiana beim 500. Anschauen irgendetwas anderes widerfuhr als sonst.

* * *

Kett lag im Bett. Die brandneue Bettdecke hatte sich bereits in einer Ecke des *PAW-Patrol*-Bezugs zusammengeklumpt. Er nahm jedes Geräusch wahr, jedes vorbeifahrende Auto, jeden Schrei draußen in der Stadt, jedes Knarren im Haus, jeden Atemzug und jedes gedämpfte Stöhnen aus den Zimmern nebenan. Es dauerte immer eine Weile, bis er sich an ein neues Haus gewöhnt hatte, aber diesmal fiel es ihm besonders schwer, weil er wusste, dass er sich in diesem Haus niemals richtig zu Hause fühlen würde. Nicht, solange Billie nicht hier neben ihm lag.

O Gott, er vermisste sie. Er vermisste alles an ihr, sogar das, was ihn früher in den Wahnsinn getrieben hatte – dass sie nach dem Essen immer sofort aufstand und anfing, die Küche aufzuräumen, auch wenn er und die Kinder noch aßen, dass sie sich die Zehennägel immer vor dem Fernseher schnitt, sogar dass sie das gesamte Bett für sich allein beanspruchte, wenn sie schlief, manchmal so rabiat, dass er vor ihren strampelnden Knien und Ellbogen für den Rest der Nacht auf die Couch flüchtete.

Er vermisste *sie*, ganz einfach, er vermisste es, jemanden zu haben, um den er kreisen konnte. Ohne ihre Schwerkraft hatte er das Gefühl, die Kinder und er wären Kometen, die hinaus ins eiskalte, lautlose Weltall trieben.

Natürlich vermisste er sie auch ganz praktisch. Nachdem er die Kinder gebadet hatte, hatte er ihnen frische Kleidung angezogen, sie ins Auto gepackt und war quer durch die Stadt in ein Einkaufszentrum gefahren. Bei einem schnellen Gang durch das dortige Möbelhaus hatte er ihnen die benötigten Bettdecken und Kopfkissen besorgt, und dann hatten sie sich bei Pizza Hut vollgestopft. Aber der Ausflug hatte ihn erschöpft, weil die Kinder wie Magneten waren, die einander ihre Pluspole zuwandten und sich gegenseitig abstießen, sodass, wenn eines in die eine Richtung lief, die anderen garantiert in die entgegengesetzte davonstoben, und er nicht wusste, wem er zuerst folgen sollte. Als sie noch zu zweit gewesen waren, hatten Billie und er sie mühelos im Griff gehabt. Aber drei gegen einen war aussichtslos.

Er drehte sich um und sah auf die Uhr. 23:43 Uhr. Jetzt lag er seit zwei Stunden wach, seit Moira in dem kleinen Zustellbett in Evies Zimmer gegen halb zehn endlich zur Ruhe gekommen war. Ihr fiel das Einschlafen am schwersten, weil sie immer noch jeden Abend die Brust wollte. Und um Mitternacht würde sie wieder wach sein.

Aber Kett konnte nicht schlafen. Das war nichts Ungewöhnliches. Seit Billie fort war, hatte er keine ganze Nacht mehr durchgeschlafen. Sein Kopf ließ ihn nicht. Sobald er das Kissen berührte, sobald es einigermaßen still war, rief sein Verstand Billies Ermittlungsakte auf und bombardierte ihn mit Theorien.

Natürlich waren es immer die Worst-Case-Szenarien. Billie, die in einem Sarg ein letztes Mal nach Luft schnappte. Billie in einem abgeschlossenen Raum, an ein Bett gefesselt. Billie, die von einem Schatten mit grinsendem Gesicht verstümmelt wurde. Diese Bilder waren so unerträglich, dass er manchmal, in besonders schlimmen Nächten, lieber erfahren hätte, dass sie tot war, nur um damit abschließen zu können.

Nein. Das stimmte nicht. Egal, wie quälend seine Fantasien waren, es gab immer Hoffnung. Solange er nicht mit eigenen Augen ihre Leiche sah, solange er nicht nach einem Puls tastete, der nicht mehr da war, gab es *immer* Hoffnung.

Auf der anderen Seite des Flurs stöhnte Evie im Schlaf und murmelte etwas von Haferplätzchen. Kett drehte sich wieder um und strampelte die Bettdecke von sich. Trotz einer Apothekenladung Paracetamol schmerzte seine Schulter höllisch, aber die gute Nachricht war, dass keinerlei Symptome einer Gehirnerschütterung mehr aufgetreten waren, seit sie wieder zu Hause waren. Daher war er sich ziemlich sicher, dass seine Kopfverletzung nicht allzu schlimm war. Er würde es überleben.

Er würde bloß ein bisschen mehr leiden müssen, *während* er es überlebte.

Kett kniff die Augen fest zu und wünschte sich inständig, er möge endlich Schlaf finden. Doch er sah immer nur Billie vor sich und in den Schatten hinter seiner Frau zwei Mädchen. Connie und Maisie riefen nach ihm, ihre Stimmen waren wie das Flüstern des Windes.

Bitte finde uns.

Ihre flehenden, verzweifelten Gesichter quälten ihn. Er fragte sich, ob auch sie in einem Sarg lagen, an ein Bett gefesselt waren oder verstümmelt wurden. Womöglich geschah es genau in diesem Augenblick, und er war nicht da, er konnte nicht helfen …

Es reicht!, herrschte er sich stumm an. Dann, ruhiger: *Es reicht, Robbie.*

Er war ja dran. Er tat alles, was in seiner Macht stand. Morgen würde er aufstehen – zu irgendeiner unchristlichen Uhrzeit natürlich, Moira sei Dank –, und er würde diese Mädchen finden.

Er musste einfach beten, dass sie noch lebten.

KAPITEL FÜNFZEHN

Sie lebte noch. Das musste sie sich immer wieder sagen, denn in der erdrückenden Dunkelheit, der ohrenbetäubenden Stille, war es so leicht zu glauben, dass sie tot war.

Eine Fliege landete auf Maisies Wange und kitzelte sie, und instinktiv wollte sie die Hand heben, um sie zu verscheuchen. Aber ihre Hände waren immer noch gefesselt, und der Draht schnitt ihr in die Handgelenke. Der brennende Schmerz wanderte bis hinauf in ihre Schulter und grub sich in ihren Nacken. Sie schrie auf. Ihr Schrei wurde vom Knebel gedämpft, war aber immer noch unfassbar laut.

Komm nicht, *flehte sie.* Bitte hör mich nicht.

Denn das Monster mochte keinen Krach. Er hasste Krach. Das war das Erste, was er ihr gesagt hatte in diesem scheußlichen dunklen Häuschen, in dem er sie überfallen hatte.

«Abscheuliche Mädchen, die uns den Spaß ruinieren, werden dafür ihre Zungen verlieren.»

Er hatte es noch einmal gesagt, als er Zeitungspapier zusammenknüllte und ihr in den Mund stopfte, und wieder, als er ihr die Hände mit Draht hinter dem Rücken fesselte, und schließlich noch einmal, als er ihr eine Tüte über den Kopf zog, sie hintenherum aus dem Haus in den Regen führte und in den Kofferraum eines Autos sperrte.

«Abscheuliche Mädchen, die uns den Spaß ruinieren, werden dafür ihre Zungen verlieren.»

Aber sie hörte keine donnernden Schritte, keine knarrenden

alten Treppenstufen, roch nicht plötzlich den Gestank von drau-
ßen, wenn die Tür aufging.

Maisie saß so still wie möglich da, aber es fühlte sich an, als ob
ihr jemand einen Bohrer ins Kreuz trieb. Ihre Beine waren schon
lange taub, und sie hatte den Überblick darüber verloren, wie oft
sie sich eingenässt hatte – und schlimmer. Es war nicht fair, dass
sie nicht einmal zur Toilette durfte! Sie wollte nur zu ihrer Mum,
sie wollte ihre Arme um sich spüren, wollte sie riechen. Wo war
sie? Warum versuchte sie nicht, sie zu retten. Warum …

«Nein!»

Maisie drehte den Kopf, und ein stechender Schmerz fuhr ihr in
den Hals. Sie war so durcheinander, so ausgetrocknet, dass sie zu-
erst dachte, sie selbst hätte geschrien. Dann hörte sie noch einen
Schrei, leise und klagend.

«Nein!»

Halt die Klappe!*, rief Maisie innerlich.* Das Monster wird
dich hören!

«Nein! Ich will nach Hause!»

Diese letzten Schreie waren lauter, voller Trauer und Wut. Es
konnte nicht sein, dass das Monster sie nicht gehört hatte …

Bumm. Bumm. Bumm, bumm, bumm.

O Gott, nein.

Er rannte die Treppe herauf.

Bumm, bumm, bumm.

Er rannte über den Flur.

BUMM, BUMM, BUMM.

Klick.

Die Tür ging auf, und ein Lichtstrahl bohrte sich in Maisies
Augen, als schiene draußen vor der Tür die Sonne. Sie kniff die

Augen zu, teils wegen der Schmerzen, teils aus panischer Angst. Doch sie konnte sie nicht lange geschlossen halten.

«Wer war das?», fragte das Monster.

Maisie hielt den Mund und presste die Zähne so fest aufeinander, dass es sich anfühlte, als würden sie gleich aus dem Kieferknochen brechen.

Ichnichtichnichtichnicht.

«Ich will nur nach Hause», kam es von der anderen Seite des Raums. «Bitte.»

Verstohlen linste Maisie hinüber. Ihre Augen gewöhnten sich an das grelle Licht der Glühbirne, die draußen im Flur schaukelte. Da stand das Monster, nur eine Silhouette vor dem Licht. Er trug dieselbe Kapuze wie sonst auch, aus Sackleinen, mit zwei Löchern in schwarzen Tintenkreuzen, wo die Augen sein müssten.

In seiner Hand lag ein Skalpell.

«Ach Connie», sagte das Monster und trat einen Schritt auf das andere Mädchen zu. Irgendwie hatte sie es geschafft, den Knebel auszuspucken, und ihr Kinn zitterte so stark, dass ihre Zähne wie Kastagnetten klapperten. «Meine liebe Connie, erinnerst du dich nicht an die Regel?»

Wie konnte sie die vergessen haben?, dachte Maisie.

Abscheuliche Mädchen, die uns den Spaß ruinieren, werden dafür ihre Zungen verlieren.

«Bitte nicht!», kreischte das Mädchen namens Connie. Doch das Monster hörte nicht auf sie. Er ragte über ihr auf, das Skalpell glitzerte im Licht, und Maisie zwang sich wegzuschauen, zwang sich, zur anderen Seite des Zimmers zu sehen.

Zu dem dritten Mädchen, das dort an ihren Stuhl gefesselt saß und mit angstvoll aufgerissenen Augen herübersah.

KAPITEL SECHZEHN

Freitag

An jedem normalen Tag wäre Kett im Morgengrauen von einem der Mädchen geweckt worden. Wenn Evie das Wecken besorgte, wurde er dabei normalerweise aus einer Entfernung von circa zehn Zentimetern angeschrien. Wenn es Alice war, setzte sie sich mit plärrendem iPad neben ihn ins Bett. Moira griff zu einer wirksameren Methode: Sie kletterte normalerweise auf seinen Hals und gab ihm eine Ohrfeige.

Daher war er überrascht, als er von der Melodie des mexikanischen Huttanzes aus seinen Träumen gerissen wurde.

«Hmmm?» Er fragte sich, ob das Billie war, die das Radio eingeschaltet hatte, wie immer morgens.

Natürlich nicht, sagte er sich, als sein Denken richtig einsetzte. *Billie ist fort.* Er benötigte einen Augenblick, bis er an sein Telefon dachte, und einen weiteren, bis er wieder wusste, wie man sprach. «Kett.»

«Sir?»

«Kate?» Er setzte sich auf. Von seinem Kampf mit Brandon Walker taten ihm sämtliche Knochen weh, so als hätte er gestern den ganzen Tag im Fitnessstudio verbracht. «Verzeihung, *Savage*. Ist alles in Ordnung?»

Er nahm kurz das Telefon vom Ohr und sah nach der Uhrzeit: bald sieben. Vor Schreck darüber, dass er so lange geschlafen hatte, entging ihm völlig, was sie sagte.

«Einen Moment, Entschuldigung.» Er stand auf und stolperte über die Bettdecke, die er in der Nacht von sich gestrampelt hatte, wankte in den Flur und spähte in Evies und Moiras Zimmer. Es war stockfinster dort drin, an den Fenstern hingen richtige Verdunkelungsvorhänge, aber er konnte gerade eben Evies Umrisse im Bett ausmachen.

Das Zustellbett war leer.

«Scheiße», sagte er, und sein Herz machte einen gewaltigen Satz. Er stand kurz davor, Savage zu sagen, sie solle eine Vermisstenmeldung herausgeben, da entdeckte er den zweiten Kopf auf Evies Kopfkissen. Die Kleine musste in der Nacht zu ihrer Schwester ins Bett geklettert sein.

Gott sei Dank, dachte er, während sein Herz schnaufte wie ein alter Motor. Er legte die freie Hand darauf.

«Alles in Ordnung?», fragte Savage.

«Ja.» Er ging aus dem Zimmer und zog die Tür zu, sah nach Alice und tappte so leise wie möglich nach unten. «Ich stehe nur unter Schock. Die Kinder schlafen noch.»

«Habe ich Sie geweckt? Tut mir leid, der Chef hat mir aufgetragen, Ihren Status zu überprüfen.»

«Meinen Status?» Er unterdrückte ein Gähnen, füllte den Wasserkessel und schaltete ihn ein. «Ich bin hundemüde und brauche einen Tee.»

«Er meinte, kommen Sie heute Morgen rein?»

«Ja, aber zuerst muss ich die Mädchen zur Schule bringen.»

Sie sprach mit jemandem, ihre Stimme klang gedämpft.

«Kann die Schule schon um sieben anfangen?», fragte sie dann. «Seine Worte, nicht meine.»

«Ich will sehen, was ich tun kann. Warum die Eile?»

«Wir haben vielleicht eine Spur», sagte Savage. «Stillwater ist gerade wiederaufgetaucht.»

* * *

«Morgen, Robbie», sagte Porter, als Kett die Tür zum Lagerraum öffnete. Der große DI sah aus, als wäre er die ganze Nacht hier gewesen. Sein Hemd war zerknittert und hing aus der Hose, sein Gesicht war unrasiert. «Wie schön, dich mal ohne deine Entourage zu sehen. Hast du einen Babysitter gefunden?»

Kett schüttelte den Kopf und wartete, bis Moira zu ihm aufgeholt hatte. Sie watschelte über den Flur wie eine Betrunkene, die in die Ausnüchterungszelle gebracht werden sollte, und erntete bei den Cops, die an ihr vorbeigingen, ebenso viele Oooohhhs wie missbilligende Blicke.

«Oh», sagte Porter. «Das heißt dann wohl nein.»

«Doch, ich habe einen», entgegnete Kett, während Moira sich an Porters Beinen vorbeidrängte. «Eine der Frauen in Evies Kita hat eine Tochter, die als Tagesmutter arbeitet. Sie hat mir den Gefallen getan, sie anzurufen, aber die Tochter hat erst ab zehn Uhr Zeit.»

Alice hatte er in der Frühstücksgruppe ihrer Schule untergebracht, und Evie durfte bei ihr bleiben – obwohl das streng genommen gegen die Regeln der Schule verstieß.

«Bis dahin gibt die Kleine den Ton an», sagte Kett seufzend. Moira bellte den Kollegen im Raum bereits unverständliche Befehle zu. «Hoffentlich ist das kein Problem.»

«Für mich nicht», sagte Porter. «Für den Super...»

Wie aufs Stichwort rief Superintendent Clare Ketts Namen.

156

Seine Stimme dröhnte wie eine Kirchenglocke. Moira zog sich eilends zurück, prallte gegen Ketts Beine und reckte ihm die Arme entgegen, damit er sie rettete. Kett hob sie hoch, und in seiner geprellten Schulter explodierten die Schmerzen. Moira vergrub das Gesicht an seinem Hals.

«Ninosau», sagte sie.

«Dinosaurier», übersetzte Kett, und Porter ließ ein kanonendonnerartiges Lachen los.

«Damit liegst du nicht falsch, Kleine», sagte der DI. «Ganz und gar nicht. Na, dann kommt.»

Porter trat beiseite, um Kett vorbeizulassen. Im Lagerraum herrschte Gedränge: alle von gestern plus ein Trupp weiterer Detectives. Sie begrüßten ihn mit einem Nicken – und einer sah Moira an, als wäre sie Jack the Ripper. DC Figg, der Opferbetreuer, winkte Kett mit seinem Stift zu. Am anderen Ende des Raums entdeckte Kett Savage und nickte ihr zu, und sie lächelte.

Clare stand am Kopfende des Tischs vor den Whiteboards und den angepinnten Fotos. Auf dem Monitor hinter ihm war ein Foto, auf dem Christian Stillwater im Nadelstreifenanzug und mit breiter Krawatte an seinem Schreibtisch saß und wieder dieses selbstzufriedene Grinsen im Gesicht hatte.

«Ich danke Ihnen allen», sagte Clare und warf Kett einen warnenden Blick zu. Kett nahm Moira auf den anderen Arm und formte mit den Lippen: *Tut mir leid, Chef.* Clare antwortete mit einem zornigen Funkeln der Kategorie A. «Wie Sie wissen, ist Stillwater vor einer Stunde auf dem Radar erschienen, als er seine Girokarte an einer Tankstelle in Drayton benutzt hat. Er hat eine Dose Cola und ein Sandwich gekauft. Wir haben

Beamte vor Ort und Zeugen und Überwachungsbilder, die bestätigen, dass Stillwater definitiv dort war – in einem Overall. Sein Gesicht war überall in den Nachrichten, es ist also nur eine Frage der Zeit, bis er wieder gesichtet wird.»

Kett runzelte die Stirn. Er hatte ein ungutes Gefühl.

«Einstweilen ist Stillwater unser Hauptverdächtiger für die Entführung der beiden Mädchen», fuhr Clare fort. «Er ist nicht nur mit einem ebensolchen Delikt bereits aktenkundig geworden – denken Sie daran, vor ein paar Jahren hat er ein Mädchen aus einem Park entführt –, sondern darüber hinaus auch zur selben Zeit wie die Zeitungsmädchen von der Bildfläche verschwunden. Auf unsere Aufforderungen, sich bei uns zu melden, hat er nicht reagiert, obwohl er wissen muss, dass er für uns von besonderem Interesse ist.»

«Vielleicht hat er Angst, Sir», sagte Spalding. «Es wäre nicht das erste Mal, dass eine ungerechtfertigte Verhaftung jemandem das Leben ruiniert hat.»

«Lochy Percival», sagte Dunst mit vorgehaltener Hand.

«Genau», sagte Clare. «Deshalb müssen wir es auch sehr vorsichtig angehen. Oberste Priorität hat für uns, ihn möglichst einvernehmlich herzuholen. Ist das klar?»

Kett hob die Hand, und Moira tat es ihm nach. Clare nickte ihm zu.

«Stillwater ist clever», sagte Kett. «Das wissen wir bereits. Clever genug, um zu wissen, dass wir sofort auf ihn aufmerksam werden, wenn er seine Girokarte benutzt. Er hat sie nicht für etwas Lebensnotwendiges benutzt, oder für Benzin oder ein Flugticket, sondern für ein Erfrischungsgetränk und ein Sandwich. Das muss bedeuten …»

«Ninosau», quiekte Moira und deutete auf Clare.

«Das muss bedeuten», wiederholte Kett ein bisschen lauter, «dass wir ihn finden sollen.»

«Sie meinen, er will gefasst werden?», fragte Raymond Figg auf der anderen Tischseite, den Stift im Mund. «Welcher Straftäter will denn das?»

«Vielleicht hat Spalding recht, und er hat Angst», sagte Kett zu Clare. «Vielleicht will er, dass wir zu ihm kommen, und dies ist seine Art, Kontakt mit uns aufzunehmen. Aber er wirkt nicht wie ein Mann, der Angst haben würde.»

«Was wollen Sie damit sagen?», fragte Clare.

«Ich glaube, er hat etwas anderes im Sinn. Ich glaube, er hat diese Entführungen schon lange geplant, vielleicht sogar schon 2014, als er Emily Coupland im Park gekidnappt hat. Was er auch beabsichtigt, er erwartet, dass wir auf eine bestimmte Weise reagieren. Er kontrolliert die Situation, und das gefällt mir nicht.»

«Wie gesagt.» Clare klopfte mit den Fingerknöcheln auf den Tisch. «Wir machen das sehr vorsichtig. Ich will, dass alle Teams daran arbeiten, Stillwater zu finden – *heute* noch.»

Irgendwie ahnte Kett, dass das kein Problem sein würde.

«Ich komme mit dir», sagte er zu Porter, als die Kollegen sich aufteilten. «Ich habe solche Männer schon gejagt, sie …»

«Kett», brüllte Clare. «Kommen Sie her.»

Kett seufzte, tat aber wie geheißen. Er hievte Moira höher, dann ging er durch den Raum zum Chef.

«Hören Sie, ich weiß …»

«Vergessen Sie's», unterbrach ihn Clare. «Ich habe Ihnen gestern gesagt, dass wir keine Babysitterdienste anbieten können, schon gar nicht für einen Detective, der gar nicht auf unserer Gehaltsliste steht. Sie haben Innendienst, Kett. Solange die Kleine nicht irgendwo sicher unterkommt, will ich nicht, dass Sie diesen Raum verlassen.»

Es hatte keinen Zweck, dagegen zu argumentieren, daher hielt Kett den Mund. Moira sprach an seiner Stelle. Sie stieß ein verächtliches Prusten aus, das aus tiefstem Herzen kam.

«Ninosau», sagte sie noch einmal.

Clare ignorierte sie, sammelte seine Papiere ein und verließ den Raum zusammen mit allen anderen. Nun ja, mit *fast* allen anderen. Raymond Figg blieb ebenfalls zurück, und PC Savage stand mit einer Mappe in der Hand auf der anderen Seite des Tischs.

«Sie auch?», fragte Kett sie.

«Der Chef ist ein bisschen böse auf mich, weil ich Sie gestern in Walkers Wohnung habe gehen lassen. Er hat es, na ja, nicht ausgesprochen, aber es ist ziemlich leicht, seine Gedanken zu lesen.»

«Tut mir leid», sagte Kett, aber sie winkte ab.

«Ich bin einfach froh, dass ich überhaupt hier dabei sein darf», sagte sie und legte die Mappe auf den Tisch. «Ich habe das Gefühl, ich tue so, als ob ich schon Detective wäre.»

«Willkommen im Klub», sagte Figg, während er einen Haufen Akten zum Kopierer schleppte. «Ich bin schon Detective und komme mir hier trotzdem wie ein totaler Hochstapler vor.»

«Sie tun nicht nur so, als ob», sagte Kett und setzte die strampelnde Moira auf den Boden. «Sie sind eine erstklassige Polizistin, Savage. Welche Aufgabe hat er Ihnen gegeben?»

«Telefondienst. Wir sollen die übrigen Zeitungsmädchen anrufen, die für David Walker gearbeitet haben. Wir wollen sehen, ob sie etwas wissen. Offen gesagt haben wir mit den meisten schon gesprochen, und sie waren keine große Hilfe. Ein paar haben zugegeben, dass sie in Mousehold Heath Zigaretten verkauft haben, und zwei wussten sogar, dass da Drogen dabei waren. Sie haben alle totalen Schiss, und keine von ihnen macht den Job noch. Aber Clare will, dass ich sie noch einmal abklappere und ihnen ein bisschen mehr Druck mache, für den Fall, dass sie irgendwas verheimlichen. Außerdem soll ich es vielleicht auch bei einigen der anderen Zeitungshändler probieren. Figg hilft mir, stimmt doch, Raymond?»

«Alles, was nötig ist, um diese Mistkerle zu schnappen», erwiderte er und hämmerte auf irgendwelche Tasten am Kopierer.

«Klingt spannend.» Kett zog einen Stuhl vom Tisch weg und ließ seinen schmerzenden Körper stöhnend darauf niedersinken. «Tja, jetzt sind wir zu dritt, also, was soll ich machen?»

Savage lächelte und schob die Mappe über den Tisch.

«Sind Sie gut am Telefon?»

* * *

«Ja. Ja. Okay, danke. Und falls ihr noch irgendetwas einfällt, soll sie sich bitte sofort melden.»

Kett murmelte eine Abschiedsfloskel, legte das Telefon auf die Station und rieb sich die Augen.

«Ich fasse es nicht, dass Sie mich dafür aus dem Bett geholt haben», sagte er.

Es war erst kurz nach halb neun, aber er hatte das Gefühl, schon seit Tagen wach zu sein. Die summenden Leuchtstoffröhren in diesem fensterlosen Raum hatten seine Kopfschmerzen wieder angekurbelt, und der Umstand, dass er gerade mit zwölf verschiedenen Müttern und Vätern genau die gleiche Unterhaltung geführt hatte, machte es auch nicht besser.

«Warum unternehmen Sie nichts?»

«Warum haben Sie sie noch nicht gefunden?»

«Es hätte meine Tochter sein können, ist Ihnen das klar? Sie ist völlig außer sich.»

«Werden sie für die Stunden, die sie verpassen, entschädigt?»

Die Leute waren wirklich Schwachmaten.

Savage bat ihn mit erhobener Hand, still zu sein. Mit der anderen hielt sie ihr eigenes Telefon ans Ohr.

«Wir halten Sie auf dem Laufenden, Ms Swain. Danke.»

Sie beendete das Telefonat und sah ihn an.

«Hm?»

«Ich habe gesagt, ich fasse es nicht, dass Sie mich dafür aus dem Bett geholt haben», wiederholte er und sah nach Moira. Savage hatte der Kleinen ihr Mobiltelefon gegeben, und so schlimm Kett es auch fand, dass er sein Kind mit endlosen *Peppa-Wutz*-Folgen ruhigstellte, so dankbar war er für die Atempause. Sie hatte seit etwa vierzig Minuten nichts mehr gesagt und sich nicht vom Fleck gerührt. Es war ein Wunder. Figg hatte ebenfalls ein paar Anrufe getätigt, war aber nach einer Weile in die Cafeteria verschwunden, weil ihm der Magen knurrte.

«Wer bleibt noch auf Ihrem Stapel?», fragte Savage. «Ich bin mit meinem durch.»

Kett blätterte durch die vier verbleibenden Akten.

«Wollen Sie Delia oder Abi?» Er lachte. «Delia. Typisch Norfolk, was?»

«Die habe ich gestern beide nicht erreicht», sagte Savage und nahm Abis Akte. «Vielleicht haben wir heute mehr Glück, hm?»

Kett wählte die Nummer in Delias Akte, und während er darauf wartete, dass jemand abnahm, las er ihre Daten. *Cordelia Patrice Crossan, elf, 14 Drayton Close Road, Einstellungsdatum: 23.03.18, Touren: Drayton North, Fakenham Road, Freitag/Samstag/Sonntag.*

Ihm gegenüber sprach Savage mit Abis Familie, aber bei ihm ging niemand ran. Schließlich klickte es, und das Läuten verstummte. Er legte das Gerät auf die Station.

«Danke», sagte Savage und beendete ihr Telefonat. «Und?»

Kett schüttelte den Kopf.

«Es nimmt niemand ab. Sie sagen, Sie konnten sie auch gestern nicht erreichen?»

«Richtig. Ich weiß nicht, ob jemand anderes mehr Erfolg hatte, aber dann müsste es dazu eigentlich eine Notiz geben.»

«Sie haben doch Walkers Unterlagen aus dem Laden mitgenommen, oder?», fragte Kett. Savage deutete über ihre Schulter auf einen Berg von Kartons mit Beweismaterial in einer Ecke des Raums.

«Er war ungefähr so gut in Buchführung wie Porter im Teekochen», sagte sie, zog Ketts letzte zwei Akten zu sich heran und tätigte den nächsten Anruf. «Wir hatten noch keine Zeit, sie durchzusehen, aber es ist alles ... Oh, hi, hier spricht Police Constable Kate Savage von der Polizei Norfolk.»

Kett überließ sie ihrem Telefonat, ging hinüber zu den Kartons und nahm den Deckel des obersten ab. Savage hatte nicht übertrieben. Sie waren vollgestopft mit scheinbar ungeordneten Zetteln, Quittungen, Lohnabrechnungen und Notizbüchern mit Protokollen der Zustelltouren. Er schlug eines der Bücher auf. Es enthielt Einträge von August. Er versuchte es mit einem anderen, dann noch einem, bis er schließlich eines aus diesem Monat fand. Auf jeder Seite stand eine Liste mit Kunden, Zeitungen und der jeweiligen Zustellroute. An einer Ecke waren für jedes der Zeitungsmädchen Stundenzettel angeheftet. Als er auf der Seite für Dienstag Maisies Namen sah, standen seine Nackenhaare stramm. Er blätterte ein paar Seiten zurück und fand auch Connie. Er ging mit dem Buch zurück an den Tisch und nahm Delias Akte noch einmal zur Hand.

«Freitag, Samstag», murmelte er vor sich hin und fuhr mit dem Finger die Einträge für diese beiden Tage nach. Am Sonntag stand eine Notiz neben Delias Namen.

Nicht erschienen, Eleanor soll übernehmen.

«Hey», sagte er, als Savage ihr Telefonat beendet hatte. «Delia Crossan, das Mädchen, das Sie nicht erreichen konnten. Sie ist am Sonntag nicht zur Arbeit erschienen.»

Savage sah ihn an und runzelte die Stirn.

«Das ist komisch», sagte sie. «Da lohnt sich vielleicht ein Besuch, oder?»

Kett sah auf die Uhr. Es war fast zehn.

«Definitiv», sagte er. «Ich muss allerdings einen kurzen Zwischenstopp einlegen.»

KAPITEL SIEBZEHN

Der Zwischenstopp war nicht so kurz, wie er gehofft hatte. Als er die Adresse, die die Erzieherin ihm genannt hatte, endlich gefunden hatte – eine hübsche Doppelhaushälfte im Süden der Stadt, an der Haustür ein Schild mit der Aufschrift «Willkommen, Hummeln!» –, war es weit nach zehn, und obwohl er betonte, dass er es eilig hatte, ließ ihn die junge Frau, die ihm öffnete, einen Haufen Papiere ausfüllen.

Die gute Nachricht war, dass Moira nur zu gerne dortblieb. Sie watschelte in das große, luftige Wohnzimmer und gesellte sich zu den beiden Kindern, die bereits dort spielten. Als Kett sich von ihr verabschiedete, bekam sie es nicht einmal mit. Es fiel ihm schwer, sie dort zu lassen, logisch. Seine Fantasie lief auf Hochtouren und produzierte lauter «Was ist, wenn?»-Szenarien, während er sich zum Gehen wandte. Er musste den Impuls unterdrücken, die Tagesmutter gegen die Wand zu drücken und in die Mangel zu nehmen – nicht dass sie noch eine Serienmörderin oder eine Kinderhändlerin war. Am Ende musste Savage ihn praktisch aus dem Haus zerren und in den Volvo schieben.

«Sie wird sich wohlfühlen», sagte sie, als Kett den Motor anließ. «Versprochen. Ich habe die Frau gegoogelt, während Sie die Papiere unterzeichnet haben, vier Komma acht bei Trust Pilot. Moira ist in guten Händen.»

«Das will ich hoffen», brummte er und fuhr wieder Richtung Ringstraße. Seine Bedenken nagten weiter an ihm, während sie sich durch den Verkehr quälten. Erst als sie fünfundzwanzig Minuten später am anderen Ende der Stadt in eine ruhige Sackgasse einbogen, ließ seine Sorge etwas nach. Langsam rollte er an den Häusern vorüber und las die Hausnummern, bis er vor einem frei stehenden Einfamilienhaus mit einer geblümten 14 am Torpfosten anhielt.

«Diesmal nach Vorschrift, okay?», sagte Savage, als sie ihre Tür öffnete und ausstieg.

«Hey, ich habe die Vorschriften praktisch selbst geschrieben», erwiderte er und rekelte sich, bis seine Wirbelsäule knackte. Ganz automatisch ging er nach hinten zu Moiras Tür, doch dann fiel ihm wieder ein, dass er ohne Kind war. Es war ein sehr eigenartiges Gefühl, und er wusste nicht, ob er lachen oder weinen sollte.

«Die Vorhänge sind zugezogen», sagte Savage. «Alle, auch oben. Offenbar ist der Dachboden ausgebaut.»

«Vielleicht sind sie einfach Langschläfer», erwiderte Kett. «Oder im Urlaub.»

«Wenn sie im Urlaub wären, hätten sie Walker Bescheid gegeben», sagte Savage, öffnete das Tor und ging über den unebenen Plattenweg. Der Vorgarten war ungepflegt, aber was hier wuchs, war schön: große Lavendel- und Rosmariensträucher und vor einem Fenster sogar ein Rosenstrauch. Der Duft war berauschend. «Walker hat geschrieben: ‹nicht erschienen›. Sie ist einfach nicht aufgetaucht. Und das Auto steht hier.»

Sie deutete mit dem Kopf zur Einfahrt neben dem Vorgarten, wo ein uralter blauer Renault 4 parkte.

«Sie sollten Detective werden», sagte er lächelnd.

«Ich arbeite daran, Sir. Möchten Sie?»

«Nein, diese Ehre steht ganz Ihnen zu.»

Er trat zurück, und Savage klopfte so energisch an die Tür, dass ihm die Ohren klingelten.

«Sie haben da ein ganz ordentliches Klopfen am Leib», sagte er.

«Hat mein Großvater mir beigebracht. Die Leute sollen doch wissen, dass man da ist, und dass man sagt, wo's langgeht.»

Es war unglaublich ruhig in der Straße. Nur das Gurren der Tauben in den Bäumen und das leise Brummen eines Rasenmähers irgendwo in der Ferne waren zu hören. Es war wieder heiß, die Luft schien zu flirren. Falls Delia oder ihre Mutter zu Hause waren, wollten sie nicht an die Tür kommen. Savage klopfte noch einmal, so laut, dass es Kett nicht gewundert hätte, wenn die Scheibe zersprungen wäre.

«Mrs Crossan? Delia? Hier ist die Polizei.»

Nichts. Kett hatte wieder dieses Gefühl. Sein Instinkt sagte ihm, dass in diesem Haus niemand war. Es war die Stille hier, diese gewaltige Stille, die ihn davon überzeugte. Er ging durch den Vorgarten, wo Brombeeren sich in seiner Hose verfingen und der Duft der Kräuter förmlich explodierte. Es gab eine ins Haus integrierte Garage und dahinter einen schmalen, unkrautüberwachsenen Kiesweg zum hinteren Garten, über den Kett zur Küchentür gelangte. Eine magere rote Katze saß vor der Tür, und sobald sie ihn sah, kam sie zu ihm und rieb sich an seinem Bein.

«Hey.» Kett bückte sich und kraulte ihr den Kopf. Sie schnurrte wie ein Generator. «Wohnst du hier?»

Die Katze miaute wie zur Antwort, doch die Frage hätte er sich sparen können. In der weißen Kunststofftür war eine Katzenklappe eingebaut, und daneben stand ein Futternapf, der bis auf ein paar Fliegen leer war. Vom Brummen der Fliegen bekam Kett eine Gänsehaut, denn was er da hörte, waren nicht nur eine Handvoll Schmeißfliegen, es mussten *Hunderte* sein.

«Savage», rief er. «Kommen Sie besser hier nach hinten.»

Sanft schob er die Katze aus dem Weg und kauerte sich neben die Katzenklappe. Er musste sie nicht einmal öffnen, um zu wissen, was er dort drinnen finden würde. Der Gestank traf ihn wie eine Faust, ganz hinten im Rachen. Er legte eine Hand auf den Mund, dann schob er mit den Knöcheln der anderen die Klappe auf. Der Geruch stürmte heran, als wollte er aus dem Haus fliehen, und ein paar Fliegen prallten gegen seine Hand. Es war zu dunkel im Haus, um viel erkennen zu können, und von dem Gestank tränten ihm die Augen. Dennoch war er sich ziemlich sicher, dass es sich bei dem Umriss, den er in der Mitte der Küche auf dem Boden liegen sah, um einen menschlichen Körper handelte.

«Sir?» Savage stand neben ihm. Sie schnupperte. «Oh Scheibenkleister!»

«Schon gut, Savage. Ich glaube, dies ist eine der Gelegenheiten, bei denen das Wort ‹Scheiße› absolut angemessen ist. Geben Sie in der Zentrale Bescheid.»

Sie legte die Hand an ihr Funkgerät und sprach hinein. Kett stand auf, probierte den Türgriff, dann hob er einen großen Stein auf.

«Treten Sie zurück», sagte er, warf die Scheibe in der Tür ein und drehte sich im selben Moment weg. Doch der Stein durchschlug das Glas erstaunlich sauber, und Kett trat die verbleibenden Scherben aus dem Rahmen, griff durch die Öffnung und fand einen Schlüssel im Schloss. Er drehte ihn, öffnete die Tür und trat ein, mitten in einen brausenden Strudel aus Fliegen. «Polizei!», brüllte er. «Falls jemand hier ist: Geben Sie sich zu erkennen!»

Er benötigte einen Augenblick, bis er den Lichtschalter gefunden hatte. Nur zögerlich flackerten die Leuchtstoffröhren auf, als wollten sie nicht, dass jemand sah, was dort auf dem rissigen Linoleum lag.

«Scheiße!» Kett atmete durch den Mund.

Es war die Leiche einer Frau oder vielleicht eines Mädchens. Sie trug eine Jeanslatzhose und eine cremeweiße Bluse, und ihre nackten Füße zeigten zum Spülbecken. Ihr Alter war unmöglich zu schätzen, denn sie lag auf dem Bauch unter einem Leichentuch aus blutverkrustetem Haar. Es war, als hätte jemand sie mit einer Decke aus Fliegen zugedeckt. Sie krabbelten überall auf ihr herum, von ihrem wütenden Brummen juckte es Kett am ganzen Körper.

«Oh Scheiße», sagte Savage, als sie hinter ihm hereinkam, und wedelte mit der Hand, um die Fliegen zu verscheuchen. «Krankenwagen ist unterwegs, Verstärkung auch.»

«Für den Krankenwagen ist es ein bisschen zu spät. Aber Delia könnte hier sein.»

«Ich sehe mich um.» Savage ging vorsichtig um die Leiche herum und verschwand in einem dunklen Flur. Es war unmöglich, nicht an gestern zu denken, nicht vor sich zu sehen, wie eine Gestalt aus der Dunkelheit heranstürzte, einen Hammer in der fleischigen Faust.

«Seien Sie bloß vorsichtig», rief er ihr hinterher und hörte gleich darauf, wie sie ihren Schlagstock ausfuhr.

Er wandte seine Aufmerksamkeit wieder der Leiche zu, zog einen Stift aus der Brusttasche und hob damit das Haar von ihrem Gesicht. Ein blutunterlaufenes Auge starrte ihn an, es erinnerte an ein zerbrochenes Ei. Dort, wo das Blut sich post mortem gesammelt hatte, war die Haut schwarz marmoriert, und die Fliegen hatten massenweise ihre Eier abgelegt. Viel konnte er nicht erkennen, aber doch so viel, dass er wusste, dies war kein junges Mädchen.

Er wollte den Tatort nicht kontaminieren, deshalb ließ er das Haar der Frau wieder fallen und ging aus der Küche. Savage hatte den Lichtschalter im Flur gefunden, aber die Glühbirne kam gegen die beklemmenden Schatten, die sich dort wie Raben sammelten, nicht an. Kett hätte gern die Vorhänge zur Seite gerissen und die Fenster geöffnet, doch überall konnten kriminaltechnisch verwertbare Spuren sein.

Es konnten auch Mädchen hier sein. Vielleicht sogar drei.

«Esszimmer ist sauber», sagte Savage und trat neben ihn. «Ich sehe mich oben um.»

Begleitet von lautem Knarzen stieg sie die schmale Holztreppe hinauf. Kett sah kurz in die kleine Toilette und ging ins Wohnzimmer. Mit dem Knöchel betätigte er den Lichtschalter und erblickte einen gemütlichen Raum mit vielen Fotos, einer durchgesessenen Couch mit selbst genähten Kissen und einem kleinen Fernseher, der ein bisschen instabil auf einem Bücherregal stand.

«Hier oben ist nichts», rief Savage. «Zwei Schlafzimmer und ein Bad.»

Sie kam die Treppe herunter, leichenblass im Gesicht.

«Wohnzimmer ist auch sauber», sagte Kett. «Alles okay?»

«Ja. Jedenfalls wird es wieder. Ich habe, na ja, noch nie eine *gesehen.*»

Das hätte sie gar nicht zu sagen brauchen, es stand ihr ins Gesicht geschrieben. So war es ihm bei seiner ersten Leiche auch gegangen – nach einem Verkehrsunfall in seiner zweiten Dienstwoche als Police Constable. Monatelang hatte er das Gesicht des jungen Mannes vor sich gesehen, dem die Windschutzscheibe seines Motorrads den Kiefer abgetrennt hatte. Dieses Gesicht war überall gewesen, in jedem Gedanken, jedem Albtraum, so schlimm, dass er drei Monate später fast gekündigt hätte. Ein bereits ergrauter Sergeant hatte ihm am Ende da hindurchgeholfen, hatte ihm erklärt, wie er die Erinnerung aus dem Kopf und aus seinen Träumen bekommen konnte.

Denken Sie nicht als Tote an sie, stellen Sie sich die Opfer lebendig und lachend vor. So, wie sie vorher waren.

«Ich kümmere mich um den Rest», sagte Kett. «Sie warten draußen auf den Krankenwagen. Weiß der Chef Bescheid?»

«Den habe ich nicht erreicht, aber die Einsatzzentrale wird ihn sicher benachrichtigen. Ich habe mit Porter gesprochen.» Sie holte tief Luft, und ein leises Stöhnen entwich ihr. Aber sie hielt sich wacker. «Mir geht's gut, Sir. Wenn das Delias Mutter ist, müssen wir bei Delia vom Schlimmsten ausgehen, oder?»

Kett nickte.

«Finden Sie heraus, ob sie vielleicht bei Verwandten ist», sagte er. «Ich sehe hier keine Spur von ihrem Vater, keine Fotos an der Wand. Vielleicht ist sie bei ihm. Kontaktieren Sie Omas, Tanten und Onkel, Freundinnen. Jeden, bei dem sie sein könnte.»

Es war wohl vergebliche Liebesmüh, das war ihm klar. Delia

war am Sonntag nicht zur Arbeit erschienen, und es war unverkennbar, dass ihre Mutter schon seit Tagen tot war.

«Ich bin mir ziemlich sicher, dass das hier eine Entführung war», sagte er und ging ins Wohnzimmer.

«Meinen Sie, das war unser Mann?»

«Gleiches Alter wie die anderen Opfer, derselbe Arbeitgeber. Ja, das war unser Mann. Ich vermute, etwas ging schief, weil das hier seine erste Entführung war. Der Täter hat ihr hier aufgelauert, die Mutter getötet und dann Delia entführt. Das muss Samstagnacht oder Sonntag gewesen sein, denn am Sonntag hätte sie arbeiten müssen, ist aber nicht aufgetaucht. Vielleicht hat er die anderen beiden deshalb in verlassenen Häusern auf ihren Routen entführt, wo er mit ihnen allein sein würde. Er wollte nicht noch mehr Eltern ermorden.»

«Herrgott», sagte Savage.

Kett ging zum Kamin und betrachtete den Galerierahmen, der darüber hing. Die meisten Fotos zeigten ein grinsendes Mädchen und seine Mutter – in Paris, am Meer, in Decken gemummelt auf dem Bett –, und Kett überkam die gleiche emotionale Taubheit wie immer angesichts des Wissens, dass die Frau auf diesen Fotos jetzt ein kaltes, steifes Stück Fleisch im Zimmer nebenan war. Ob sie je vermutet hatte, dass ihr Leben so enden könnte? Dass ihr letzter Anblick der ihres Mörders sein würde, der ihre Tochter aus dem Haus zerrte?

Man sieht es nie kommen, dachte er. *Man denkt nie, dass es so sein wird.* Auch Billie nicht. Billie hatte nie vermutet, dass eines Tages ein Lieferwagen mit quietschenden Reifen neben ihr halten und sie trotz ihrer Schreie und Tritte von zwei Männern mit Tiermasken aus ihrem Leben gerissen würde.

Ihn schwindelte, und er schloss die Augen. Erst als der Schwindel vorüber war, wagte er es, sie wieder zu öffnen, und da fiel sein Blick auf ein weiteres Foto. Dieses war nicht gerahmt, sondern zusammen mit einer Handvoll anderer Fotos mit Blu Tack an der Wand über dem Kamin befestigt. Eine Ecke löste sich von der Tapete. Er packte sie und zog das Foto ab.

Es zeigte wieder Delia, aber mit fünf oder sechs Jahren, und ihre Mutter. Die beiden standen auf einem Campingplatz, wie es aussah. Hinter ihnen waren Kiefern, eine Ecke eines Picknicktischs und ein Abfalleimer zu sehen. Links von Delia standen Hand in Hand zwei ältere Leute: ein Mann, der der Toten zu ähnlich sah, um nicht mit ihr verwandt zu sein, und eine kleine gebeugte Frau, die seine Ehefrau sein musste.

Doch es war der Mann rechts von dieser Gruppe, der Ketts Aufmerksamkeit erregte. Er war Ende zwanzig, vielleicht auch Anfang dreißig, hatte ein blasses, rundes Gesicht, und sein mausbraunes Haar lichtete sich bereits deutlich. Er war nicht groß, vielleicht eins siebenundsechzig, und unter seinem schwarzen T-Shirt, das vorn in seiner Jeans steckte, zeichnete sich ein beachtlicher Bauch ab. Sein strahlendes Lächeln wirkte aufrichtig, sein Blick war offen und freundlich. Irgendetwas an ihm kam Kett bekannt vor. Er hatte ihn schon einmal gesehen, und zwar vor Kurzem.

Er drehte das Foto um. In einer kleinen, ordentlichen Handschrift stand dort mit Bleistift: *Delia, ich, Mum und Dad und Onkel L, 2013.*

«Savage», sagte er. Keine Antwort. Er drehte sich um. Sie hockte vor der Katze, die ihnen hineingefolgt war, und streichelte sie. «Hey, Savage.»

«Entschuldigung.» Sie kam zu ihm. «Die Arme. Was gibt's?»

Er zeigte ihr das Foto.

«Wer ist dieser Mann?»

«Der jüngere?» Sie kniff die Augen zusammen und pustete geräuschvoll. «Ich weiß nicht, ich glaube nicht, dass ich den … Moment. Oder doch?»

Kett hörte Motorengeräusche vorm Haus, dann quietschende Bremsen und eine Autotür, die sich knarrend öffnete. Das war sicher der Krankenwagen. Wieder betrachtete Kett das Foto, zermarterte sich das Hirn, was ihm an dem Mann bekannt vorkam.

«Ach du Scheiße», sagte Savage und richtete sich auf. «Ich weiß, wer das ist. Stellen Sie ihn sich dünner vor, hagerer, in Tränen aufgelöst.»

Kett sah noch einmal hin und schüttelte den Kopf.

«Ich sehe nicht …»

Unvermittelt sah er es doch.

«Ach du Scheiße», entfuhr es auch ihm. «Das ist Lucky Percival, der Mann, der 2013 zu Unrecht verhaftet wurde.»

«Lochy», berichtigte Savage stirnrunzelnd. «Lochy Percival. Aber was macht der da?»

«Onkel Lochy», sagte Kett und las den Text auf der Rückseite noch einmal. «Delia Crossan ist Lochys Nichte.»

Er schnalzte nachdenklich mit den Lippen. Die Katze sprang aufs Sofa und knetete die Polsterung. Ihr Schnurren war lauter als der Motor draußen.

«Vielleicht ist unser unschuldiger Mann ja doch nicht ganz so unschuldig.»

KAPITEL ACHTZEHN

«Scheiße, Scheiße, Scheiße, verdammte Kackscheiße!»

Man konnte durchaus sagen, dass Superintendent Colin Clare nicht glücklich war. Rastlos lief er im Garten hinter dem Haus der Crossans auf und ab, das Foto von Delias Familie mit einem jüngeren Lochy Percival in der latexbehandschuhten Hand.

«Ich weigere mich, das zu akzeptieren, Kett», sagte er, marschierte auf ihn zu und bemühte sich, ihn zu überragen. Das war nicht schwer. Kett war groß, aber Clare war ein Riese, und wenn er zornig war, schien er noch fünfzehn Zentimeter zu wachsen. Kett wollte ihm nicht in die Nase sehen und blickte stattdessen durch die Hintertür ins Haus, wo ein Team der Spurensicherung arbeitete. Sie entfesselten ein regelrechtes Blitzlichtgewitter, das immer wieder kurze Blicke auf die Tote am Boden gewährte.

Es war unmöglich, sich nicht vorzustellen, wie statt ihrer Billie dort lag, abgeschlachtet in irgendeiner Küche und einfach liegen gelassen.

«Ihnen ist doch klar, dass Lochy Percival tabu ist?», fuhr Clare fort. «Nach allem, was beim letzten Mal passiert ist, der irrtümlichen Verhaftung und seiner erfolgreichen Klage, ist er unantastbar.»

«Ich habe mir das ja nicht ausgedacht», entgegnete Kett und verdrängte jeden Gedanken an Billie. «Wir haben einfach dieses Foto gefunden.»

Und mindestens acht weitere überall im Haus verteilt, die Percival mit der Familie zeigten. Die frühen waren typische Familienfotos im Urlaub oder zu Weihnachten, bei denen alle lächelten oder alberne Grimassen schnitten. Aber nach 2013 sah Percival aus wie ein anderer Mann, über Nacht gealtert und verkümmert. Kein Lächeln mehr – jedenfalls keines, das seine Augen erreichte –, kein fröhlicher Onkel L. mehr.

Kett konnte sehen, wo er mit dem Messer verletzt worden war. Sein Körper hatte Schlagseite nach links wie ein sinkendes Schiff, und meistens stützte er sich auf einen Gehstock.

«Wir haben es überprüft», fügte Savage hinzu. «Lochy ist Evelyn Crossans jüngerer Bruder, Delias leiblicher Onkel. Er wohnt am anderen Ende der Stadt. Hübsches Haus.»

«Ja, das haben *wir* ihm besorgt», sagte Clare. «Mit der Entschädigung, die er bekommen hat, weil wir ihn zu Unrecht festgenommen haben. Ich lasse nicht zu, dass das noch einmal passiert.»

«Selbst wenn er schuldig ist?», fragte Kett. Clare sah ihn an, als wollte er ihn allen Ernstes erschießen.

«Nur damit das klar ist», sagte der Chef. «Sie glauben, Lochy Percival hat seine eigene Schwester ermordet, um seine Nichte zu entführen?»

«Sie ist im selben Alter wie das Mädchen, das er 2013 ermordet haben sollte», sagte Savage. «Ungefähr. Selbst wenn er das Verbrechen damals nicht begangen hat, bedeutet das nicht, dass er dieses auch nicht begangen hat. Diese Geschichte damals hat ihm wirklich einen Knacks versetzt.»

«Das Haus ist sicher», fügte Kett hinzu. «Alle Fenster waren zu, alle Türen abgeschlossen. Es gibt keine Spuren eines

Einbruchs, nur den Stein, mit dem ich mir Einlass verschafft habe. Es deutet vieles darauf hin, dass es jemand aus der Familie war, jemand, dem sie vertraut und dem sie die Tür geöffnet haben.»

«Aber warum?», fragte Clare. «Es ergibt keinen Sinn, dass ein Mann wie Percival sich seine eigene Nichte schnappt. Herrgott, ich war damals selbst bei einigen der Befragungen dabei, er hatte überhaupt nichts von einem Serienmörder. Ich war gar nicht so überrascht, als man herausfand, dass er unschuldig war.»

«Dann befragen wir ihn eben noch mal», sagte Kett. «Hören uns seine Seite der Geschichte an.»

Clare schüttelte den Kopf.

«Von dem halte ich mich hübsch fern», sagte er. «Außer Sie finden ein eigenhändiges Geständnis mit seiner Unterschrift, seinem Fingerabdruck und seiner gottverdammten DNA, in dem steht: ‹Ich habe gerade meine Schwester getötet und meine Nichte entführt.› Klar?»

Kett sah an Clare vorbei in den Garten. Am hinteren Ende stand eine Schaukel, und auf die Gartenmauer waren mit Kreide zwei lächelnde Figuren mit hellen Augen gemalt, die den Regen überdauert hatten. Eigentlich musste es nicht ausgesprochen werden, denn sie dachten alle dasselbe, aber Kett tat es trotzdem.

«Und was ist, wenn er auch die anderen Mädchen hat?»

«Oh, verpissen Sie sich!» Clare stapfte durch den Garten und lehnte den Kopf an die Mauer wie ein Schulkind, das sich in die Ecke stellen muss.

«Das ist vielleicht eine Sauerei», sagte DI Porter, als er mit einer Serviette vor dem Mund aus der Küche kam. Für einen so großen Mann schien er furchtbar zimperlich zu sein. Er entdeckte Clare, trat zu Kett und senkte die Stimme. «Dann hat er die Neuigkeit also gut aufgenommen?»

«Na klar», erwiderte Kett.

«Nein, *im Ernst*. Er hat es wirklich gut aufgenommen. Ich habe ihn mal einen Stuhl durchs Fenster schleudern sehen, als ihm ein Durchsuchungsbefehl verweigert wurde. Du glaubst, es ist Percival?»

Kett zuckte die Achseln. Clare kam bereits wieder zu ihnen zurück.

«Ich würde nicht darauf wetten. Noch nicht», sagte Kett zu Porter. «Irgendein Hinweis darauf, was sie getötet hat?»

«Ich tippe auf das Messer in ihrem Herzen», gab der DI zurück. «Ein Einstich, aufwärts unter die Rippen, die Klinge steckte noch drin.»

«Das ist nicht die Tat eines Amateurs», sagte Kett. «Dann gäbe es kleinere Wunden, Zögern. Bei einem Verbrechen aus Leidenschaft gäbe es zahlreiche Verletzungen. Das hier kommt mir eher wie ein Attentat vor. Der Täter wollte sie aus dem Weg haben, und zwar schnell. Klingt nicht direkt wie Percival, aber wir müssen trotzdem mit ihm reden.»

«Na gut», murrte Clare. «Herrgott, holen Sie ihn auf die Wache. Aber nehmen Sie ihn *auf keinen Fall* fest, selbst wenn er mit einem Samuraischwert in der einen und einer Kettensäge in der anderen Hand auf sie losgeht. Porter, nehmen Sie Spalding mit.»

«Und ich, Sir?», fragte Kett. Clare musterte ihn grimmig von oben bis unten.

«Ich finde, für einen Vormittag haben Sie genug getan, meinen Sie nicht auch?», fuhr er ihn an. «Ich brauche Sie und Savage auf der Wache für den Papierkram. Falls – und das ist ein *großes* Falls –, falls Percival mit der ganzen Sache irgendetwas zu tun hat, dann müssen wir sicherstellen, dass die Beweise hieb- und stichfest sind. Ist das klar?»

Kett nickte, und Savage ebenfalls – allerdings war ihr anzusehen, was sie davon hielt. Clare musterte sie beide, dann warf er noch einen Blick auf das Foto in seiner Hand. Schließlich legte er den Kopf in den Nacken und brüllte den weiten blauen Himmel über ihnen an.

«Scheiße!»

* * *

«Das ist genau das, was ich mir erträumt habe», sagte Savage, als Kett den Wagen aus der Drayton Close Road hinauslenkte. «In einem Volvo herumzufahren und zurück auf die Wache beordert zu werden, um Papierkram zu erledigen. Nicht gerade *Bad Boys*, was?»

Er warf der jungen Polizistin einen kurzen Blick zu, während er auf eine Ampel zufuhr. Sie bemühte sich zu lächeln, aber ihr Mund war eine grimmige Linie, und in ihrem Blick lag etwas Dunkles, Schmerzliches.

«Die werden Ihnen eine Beratung anbieten», sagte er. «Wenn Sie wie ich sind, werden Sie ablehnen und es bereuen. Seien Sie nicht wie ich. Das kann einem das Leben retten.»

Sie fuhren weiter. Savage wandte den Blick ab und sah auf die Straße.

«Mir geht's gut. Ehrlich. Ich habe mich innerlich darauf vorbereitet, seit Jahren. Es war nicht direkt so, wie ich es erwartet hatte, aber ich war nicht total unvorbereitet. Meine Mutter war Ärztin, sie hat den Tod nie beschönigt. Wir haben in unserer Kindheit ständig davon gehört.»

«War?», fragte Kett.

«Weil sie im Ruhestand ist, nicht weil sie tot ist.» Nun wandte Savage sich ihm wieder zu. «Na ja, sie arbeitet immer noch, aber drüben in der Uniklinik. Sie ist der vernunftbetonteste Mensch, den ich kenne. Für sie ist der Körper eine Maschine mit einer Milliarde beweglicher Teile. Alles kann versagen, fast alles kann repariert werden. Aber sie ist auch religiös, Kirche jede Woche, hat mich und meinen Bruder taufen lassen. Ich habe das nie kapiert.»

«Die Menschen tun alles Mögliche, um durch den Tag zu kommen», sagte Kett und hielt am Ende einer Autoschlange.

«Wie kommen *Sie* durch den Tag?», fragte sie und schien die Frage sofort zu bereuen. «Entschuldigen Sie. Ist das zu persönlich? Ich habe bloß ... Ich habe mich über Sie schlaugemacht, hab das von Ihrer Frau gelesen. Ich kann nicht mal erahnen, wie das gewesen sein muss. Wie schaffen Sie es nur weiterzumachen?»

Kett atmete durch die geschürzten Lippen aus und fuhr ein Stück vor.

«Entschuldigung», sagte Savage noch einmal. «Vergessen Sie, dass ich danach gefragt habe. Das ist die Detective in mir, ich bin einfach neugierig.»

«Schon gut.» Kett stieß ein freudloses Lachen aus. «Okay, es ist nicht gut. Nichts ist gut. Ich fühle mich einfach schuldig, wissen Sie? Ich habe das Gefühl, ich sollte immer noch unten in London sein und nach ihr suchen. Aber das wäre nicht fair den Kindern gegenüber. An jedem einzelnen Tag, den Billie verschwunden blieb, war auch ich verschwunden, war einfach nicht für sie da. Ich war vollkommen abwesend.»

Er trommelte aufs Lenkrad – sah Billie vor sich, hörte Billie, roch Billie. Dann drängte er sie aus seinem Kopf. Und plötzlich ging ihm auf, was er da eigentlich tat – er verdrängte sie ebenso wie die Bilder der Toten, die ihn quälten. Da explodierte etwas in ihm, eine Welle phosphorheller Panik, und beinahe wäre er von der Straße abgekommen.

Atme, befahl er sich. *Ein. Aus.*

So kam er seitdem durch den Tag. Atemzug für Atemzug.

«Ich schaffe es für sie», antwortete er Savage. «Für Alice, Evie, Moira. Alles, was ich tue, tue ich ihretwegen. Wenn man Kinder hat, werden sie zum Mittelpunkt des Universums.»

«Ich bin mir ziemlich sicher, dass der Mittelpunkt des Universums ein schwarzes Loch ist», bemerkte Savage und lächelte sanft. Auch Kett brachte ein Lächeln zustande.

«Ja, das passt sehr gut in mein Bild. Ein schwarzes Loch, das einen anzieht und alles verschluckt, was man war oder sein könnte. Eine Macht, so stark, dass ihr nichts entkommt.»

Jetzt dachte er an die Mädchen und malte sich alle möglichen Vorfälle aus wie Szenen aus einem alten Spielfilm. Alice, die wegen einer Tätlichkeit das Klassenzimmer verlassen musste. Evie, die heulte, weil er nicht da war, um sie in die Kita zu bringen. Moira, die schrie und schrie und schrie, weil sie von Fremden umgeben war.

Was zum Teufel mache ich hier?, fragte er sich, während sie auf eine Kreuzung zufuhren. *Ich bin hergezogen, um bei ihnen zu sein, und schon gehe ich wieder in einem Fall auf – und diesmal ist es nicht mal was Persönliches.*

Was war er doch für ein *Arsch*.

«Hören Sie», sagte er und nutzte eine Lücke im Verkehr, um links abzubiegen. «Ich weiß gar nicht, wie ich hier noch groß helfen kann. Ich sollte Sie wahrscheinlich einfach an der Wache ab…»

Savages Funkgerät quäkte so laut, dass er zusammenfuhr. Der Funkspruch aus der Zentrale war von Störgeräuschen unterlegt.

«An alle Einheiten, wir haben eine bestätigte Sichtung von Christian Stillwater in Hellesdon, auf der Low Road. Er war zu Fuß Richtung Süden unterwegs, kurz hinter der Kreuzung Hospital Lane. Ich wiederhole, alle verfügbaren Einheiten zur Low Road.»

Savage zögerte nicht.

«Zentrale, hier ist PC Savage, ich bin nur drei Minuten von Hellesdon entfernt.»

Sie ließ die Sprechtaste los und sah Kett an. Die Frage stand ihr ins Gesicht geschrieben.

Ja oder nein?

Und obwohl sein Kopf erfüllt war von Billie und den Mädchen, gab sein Lächeln die Antwort, wortlos, ohne zu zögern und unmissverständlich.

Scheibenkleister, ja.

KAPITEL NEUNZEHN

Der Volvo hatte zwar keine Sirene, aber eine Hupe.

Kett rammte den Handballen darauf, während er die Autos vor ihnen überholte, und erntete böse Blicke und Schlimmeres bei den Fahrern auf der Gegenspur, die ihm ausweichen mussten. Savage schaltete das Warnblinklicht ein, dann ließ sie ihr Fenster herunter und lehnte sich so weit hinaus, wie sie wagte, damit ihre Uniform zu sehen war. Die meisten Leute verstanden den Wink und fuhren an den Rand, um Platz zu machen, während das alte Auto die Hauptstraße entlangbrauste.

«Nächste rechts», brüllte Savage, und Kett knallte die Hand zweimal auf die Hupe, bevor er das Lenkrad herumriss. Der Wagen sauste in einem weiten Bogen um die Ecke und hätte beinahe die Vorderseite eines Busses gestreift. Dann waren sie auf einer ruhigeren Straße mit Bäumen zu beiden Seiten. Die Sonne fiel durch die Äste und sprenkelte die Windschutzscheibe wie mit Farbe, doch Kett behielt den Fuß auf dem Gaspedal und fuhr mit achtzig an der Einfahrt eines Krankenhauses vorbei, aus der gerade eine alte Dame in einem kleinen Fiat herauskam. Wieder hämmerte Kett auf die Hupe, und sie trat so heftig auf die Bremse, dass ihr ganzer Wagen erbebte.

«Sachte, Sir», sagte Savage, die sich mit einer Hand am Armaturenbrett und mit der anderen am Sitz festklammerte. «Scharfe Linkskurve voraus.»

So war es, und beinahe hätte er nicht rechtzeitig abgebremst. Der Wagen erbebte, als er auf die Bremse trat, und Malstifte und Teddybären flogen vom Rücksitz in den Fußraum. Der ihnen entgegenkommende junge Bursche im Golf nahm die Kurve auf der Ideallinie, und als die beiden Autos aneinander vorbeifuhren, touchierten sie sich mit den Seitenspiegeln.

«Sie haben das schon mal gemacht», stellte Savage fest.

«Ist aber lange her», erwiderte er, was sich darin zeigte, dass ihm das Herz bis zum Hals schlug.

«Das ist die Low Road», sagte Savage nach der Kurve. «Hier stehen ein paar richtig große Hütten.»

Das stimmte allerdings. Auf der rechten Seite befanden sich diverse Villen im Tudorstil mit breiten Fassaden und schwarzem Fachwerk. Gegenüber lag ein dichtes Waldgebiet.

«Gleich hinter der Kreuzung, haben sie gesagt, oder?», fragte Kett.

«Irgendwo hier, ja.» Savage suchte zwischen den Bäumen.

«Wo bist du, du Mistkerl?», fragte Kett und bremste ab. Jemand in einem Corsa hupte und überholte sie, aber Kett ignorierte es und musterte die Häuser. Der Tudorstil war Ziegelkonstruktionen im Art-déco-Stil gewichen. «Er könnte in jedem von denen sein.»

«Oder in keinem», gab Savage zurück.

Ein Streifenwagen kam ihnen mit Blaulicht entgegen. Kett betätigte die Lichthupe, und als die beiden Wagen sich auf gleicher Höhe befanden, ließ er das Fenster herunter.

«Irgendeine Spur von ihm?», fragte er. Die beiden Uniformierten blickten ihn stirnrunzelnd an, bis einer von ihnen Savage auf dem Beifahrersitz entdeckte.

«Nein», erwiderte er.

«Blockieren Sie mit Ihrem Wagen die Straße am nördlichen

Ende», ordnete Kett an und deutete mit einem Nicken hinter sich. «Wenn er zu Fuß ist, kann er noch nicht weit gekommen sein. Rufen Sie über Funk jemanden, der auch das andere Ende abriegelt. Dann gehen wir von Tür zu Tür. Sie fangen mit dem großen Herrenhaus da hinten an. Alles Verdächtige melden Sie.»

«Sir.» Der Fahrer jagte den Motor hoch und fuhr davon.

Auch Kett fuhr weiter und suchte die Häuser ab.

«Hat er irgendeinen Grund, hier zu sein?», fragte er.

«Nicht dass ich wüsste. Seine Adresse liegt am anderen Ende der Stadt, und seine Familie lebt unten an der Grenze zu Suffolk. In diesem Teil der Stadt hat er keine unmittelbaren Verbindungen.»

«Hatte Walker eine Tour mit dieser Straße?»

Savage schüttelte den Kopf.

«Zu weit draußen. Aber irgendjemand stellt sicher auch hier Zeitungen zu.»

«Können wir überprüfen, ob es hier in letzter Zeit Todesfälle gab? Sieht so aus, als könnten in dieser Gegend eine Menge alte Leute wohnen und ein paar Häuser leer stehen.»

«Bin schon dran.» Savage holte ihr Telefon hervor. Kett fuhr weiter und blickte zur rechten Straßenseite, wo nur makellose Häuser standen, einige davon so vornehm, dass er fast übersehen hätte, was sich auf der linken Straßenseite befand.

Eine Lücke im Wald. Ein Metalltor.

Ein Schild: zu verkaufen.

Er drehte das Lenkrad und bog in den unbefestigten Weg zum Tor ein.

«Was entdeckt?», fragte Savage.

Er antwortete nicht, sondern stellte den Wagen direkt vor dem Tor ab und öffnete seine Tür. Sofort strömte die fast unerträglich drückende Hitze ins Wageninnere. Er stolperte über eingetrocknete Spurrillen und sah, dass der Weg noch ein Stück geradeaus führte und dann in den Wald abbog.

«Wissen Sie, ob in dieser Richtung irgendwo ein Haus steht?», fragte er.

«Keine Ahnung, aber da muss eins sein, oder? Es steht zum Verkauf, könnte also leer stehen. Ich kann im Grundbuch und bei Rightmove nachsehen, aber das Schild da sieht aus, als stünde es schon seit einer Ewigkeit da.»

«Es ist ruhig, es ist abgelegen. Guter Ort, um ein paar Mädchen gefangen zu halten.»

«Sir …», sagte Savage, und Kett hörte ihr an, was sie sagen wollte.

«Es ist Ihre Entscheidung.» Er wandte sich ihr zu. «Ich will Sie nicht noch mehr in Schwierigkeiten bringen.»

Sie blies die Wangen auf und schnalzte nachdenklich mit den Lippen.

«Es sind ja nur Schwierigkeiten, nicht wahr?», sagte sie dann. «Was soll schon passieren? Aber ich rufe Verstärkung, und diesmal komme ich mit Ihnen.»

Sie setzte mit beeindruckender Mühelosigkeit über das Tor, und als sie auf der anderen Seite landete, sprach sie bereits in ihr Funkgerät. Kett war froh, dass sie ihm den Rücken zuwandte, als er auf der untersten Stange abglitt und sich fast das Kinn aufschlug. Grunzend kletterte er hinüber und ließ sich auf der anderen Seite behutsam hinab. Nebeneinander gingen sie los und hielten sich dicht an den Bäumen. Das Stadtzentrum war nicht weit entfernt, aber es fühlte sich an wie mitten im Nirgendwo. Nach wenigen Minuten konnte Kett die Straße nicht mehr sehen. Vor ihnen lag eine weitläufige offene Grasfläche mit einem Zaun in der Ferne.

«Ein Bauernhof?», fragte er.

«Pferde wahrscheinlich», erwiderte Savage. «Eine Menge Land hier in der Gegend wird dafür genutzt, weil der Fluss gleich da drüben ist. In der anderen Richtung ist ein Golfplatz.»

Sie gingen weiter. Jeder davonrollende Stein und jeder brechende Zweig klang so laut wie ein Schuss. Nach etwa einer weiteren Minute vollzog der Weg eine Kurve nach links und führte zwischen uralt wirkenden Linden hindurch.

Jenseits davon stand an einer schattigen Stelle ein Haus.

«Volltreffer.» Kett ging hinter einem efeuüberwachsenen Baumstamm in die Hocke. Das Haus war alt und schien durch einen Brand beschädigt worden zu sein – oder vielleicht auch durch einen umstürzenden Baum. Das Dach hatte auf einer Seite ein Loch, und der Schornstein lag in Trümmern am Boden. Sämtliche Fenster waren mit Brettern zugenagelt.

Doch die Haustür stand sperrangelweit offen.

«Die Verstärkung weiß, dass wir hier sind?», fragte Kett. Savage nickte.

«Sie müssten jede Sekunde bei uns sein. Wollen Sie warten?»

Nein, dachte er. Aber der gestrige Tag war noch sehr präsent in seinem schmerzenden Kopf. Brandon Walker war nur ein mit einem Hammer bewaffneter Schläger gewesen, der seine Drogen verteidigt hatte. Bei Stillwater hingegen bestand durchaus die Möglichkeit, dass er ein Psychopath war und mit Gott weiß was bewaffnet drei verängstigte Mädchen bewachte.

«Ja, wir sollten warten.»

Es würde keine lange Verzögerung sein. Er konnte bereits das Blaulicht zwischen den Bäumen blinken sehen. Und tatsächlich, gleich darauf näherten sich schwere Schritte, und zwei weitere Uniformierte erschienen. Kett winkte sie zu sich und bedeutete ihnen, leise zu sein.

«Falls unser Mann hier ist, könnte er gefährlich sein», sagte er. «An einem perfekten Tag würden wir bloß die Stellung halten und auf einen Verhandler und ein Team mit Schusswaffen warten, aber wir dürfen nicht riskieren, dass diese Mädchen zu Geiseln werden. Sie beide gehen zur Rückseite und warten dort für den Fall, dass er zu entwischen versucht. Savage, mit mir.»

Er stand auf, dann zögerte er. Etwas nagte an ihm.

«Was haben Sie, Sir?», fragte Savage.

«Das Sandwich und die Cola», erklärte er und sah wieder zum Haus. «Warum hat er dafür seine Girokarte benutzt? Kommt mir total unnötig vor. So *absichtlich*.»

«Vielleicht hatte er einfach Hunger? Die Tankstelle liegt ein gutes Stück entfernt von hier, vielleicht hat er nicht damit gerechnet, dass wir ihn aufspüren. Wie Sie gesagt haben, Typen wie Stillwater sind clever, und manchmal macht sie das übermütig. Ich habe genug True Crime gelesen, um zu wissen, dass viele von denen genau deshalb gefasst werden.»

«Und vielleicht ist er auch gar nicht hier», sagte Kett und nickte. «Okay, kommen Sie, tun wir's.»

Er trabte los und versuchte, die Füße möglichst leise aufzusetzen. Savage lief mit ausgefahrenem Schlagstock lautlos neben ihm her. Die beiden anderen Constables waren schon außer Sicht, als sie hinter eine kleine gemauerte Werkstatt liefen. Langsam ging Kett auf die offene Tür zu und lehnte sich kurz daneben an die Mauer, bevor er hineinspähte.

Natürlich war es drinnen dunkel. Falls es hier je Strom gegeben hatte, war er längst abgestellt worden, und die Fenster waren alle mit Sperrholzplatten zugenagelt. Es stank nach Urin, aber Kett war sich ziemlich sicher, dass es kein menschlicher war. Er hatte lange genug in London gelebt, um den Gestank von Ratten zu erkennen, wenn er ihm in die Nase stieg.

Er zog das Telefon aus der Tasche, doch dann fiel ihm ein, dass das Licht nicht funktionierte. Savage war ein gutes Stück vor ihm und richtete den Lichtstrahl ihrer Taschenlampe vor sich, als sie über die Schwelle trat. Kett folgte ihr und versuchte wahrzunehmen, ob das Haus verlassen war oder nicht, bis er merkte, dass er diesmal seinen Instinkt nicht bemühen musste.

Drinnen pfiff jemand.

Savage hatte die erste Innentür erreicht. Den Schlagstock über die rechte Schulter erhoben, schob sie die Tür mit dem Fuß auf, und Kett blickte an ihr vorbei in ein kleines Zimmer, das außer einem Kamin völlig kahl war. Vom Flur ging nur eine weitere Tür ab, und Kett deutete mit einem Nicken darauf. Er war sich nicht sicher, aber es klang, als käme das Pfeifen von direkt dahinter.

Er hob drei Finger, und Savage signalisierte mit einem Nicken, dass sie verstanden hatte.

Zwei Finger.

Ein Finger.

Kett richtete sich zu voller Größe auf, hob den Fuß und trat so fest er konnte gegen die Tür. Sie sprang nicht etwa bloß auf, sondern wurde vielmehr aus den Angeln gerissen und fiel in einer Staubwolke zu Boden.

«Polizei!», brüllte Kett, als er in den Raum stürmte. «Runter auf die Knie!»

«Polizei!», rief auch Savage.

Es blieb gerade genügend Zeit, um eine kleine, vom Loch in der Decke erhellte Küche mit einem Tisch und einem Mann in einem Overall zu erkennen, dann ging krachend die Hintertür auf, und die beiden Constables stürmten herein und schrien sich die Seele aus dem Leib. Wenn sie auf Schockwirkung gesetzt hatten, funktionierte es. Der Mann – und trotz des aufgewirbelten Staubs in der Luft und des Halbdunkels erkannte Kett Stillwater – wich zurück bis zur Spüle, und irgendetwas fiel ihm klappernd aus der Hand.

«Bleiben Sie, wo Sie sind!», schrie Kett, lief in drei Schritten durch die Küche und packte Stillwater an der Schulter. Er spürte etwas Feuchtes, Klebriges, Warmes, und zu seinen Füßen lag ein fieses kleines Messer. Kett trat es fort, drehte Stillwater um und riss ihm die Hände auf den Rücken.

«Hey!», schrie Stillwater. «Hände weg!»

«Handschellen», brüllte Kett, aber Savage war schon da. Sie ließ sie um Stillwaters Handgelenke einrasten, dann trat sie ihm in die Kniekehlen, und er fiel so wuchtig auf die Knie, dass er sich das Kinn an der gusseisernen Spüle anschlug.

«Was soll denn das, verdammt?», schrie Stillwater mit gedämpfter, rauer Stimme. «Lassen Sie mich!»

«Wehren Sie sich ruhig weiter», knurrte Kett. «Ich treibe Ihnen das gerne aus, mein Sohn.»

Stillwater stöhnte, wurde aber ruhiger. Er ging in die Hocke hoch und drehte den Kopf, um hinter sich zu blicken. Sein Kinn sah ziemlich lädiert aus, aber das erklärte nicht den Zustand seiner Kleidung.

Der Kerl war von Kopf bis Fuß voller Blut.

«Wo sind sie?» Kett griff in Stillwaters Haar und riss seinen Kopf herum. Er wandte sich an die anderen Constables. «Durchsuchen Sie das Haus, die Außengebäude, den Wald, sie sind hier irgendwo.»

«Wer?», winselte Stillwater.

«Verarschen Sie mich nicht», sagte Kett. «Wo sind die Mädchen? Was haben Sie mit ihnen gemacht? Ist das ihr Blut?»

«Nein!», rief Stillwater. «Ich habe keine Mädchen.»

Die Ankunft weiterer Cops unterbrach ihn. Mit einem Mal wimmelte die Küche von ihnen. Dunst war auch dabei, und beim Anblick von Stillwaters Overall wurde sein Gesicht noch grauer.

«Sind sie hier?», fragte Dunst.

«Sie müssen», erwiderte Kett. Er senkte den Kopf, bis sein Gesicht nur wenige Zentimeter von Stillwaters entfernt war. «Und es wäre besser, wenn sie noch am Leben sind.»

Stillwater riss den Kopf weg und setzte sich auf den Hintern. Seine Lippe war aufgeplatzt, und er saugte das Blut in den Mund. Rotz lief ihm aus der Nase.

«Ich weiß nicht, wovon Sie reden», sagte er. «Hier ist niemand außer mir. Das ist Kaninchenblut.»

«Kaninchen?», fragte Kett. Stillwater deutete mit einem Nicken zum Tisch, und da sah Kett die Tierkadaver – gehäutet und teilweise schon ausgenommen. Beim Anblick des kleinen

Haufens Innereien, der auf einem Teller glänzte, drehte sich ihm der Magen um. Drei Kaninchen – drei – starrten Kett mit ihren dunklen, toten Augen an.

«Nur Kaninchen», sagte Stillwater.

Einer der Constables sah aus dem Flur zu ihnen herein und schüttelte den Kopf.

«Das muss ein schlechter Scherz sein.» Kett sah auf Stillwater herab und widerstand dem Impuls, ihm auf den Kopf zu treten. «Sie schlachten hier Kaninchen?»

«Schädlingsbekämpfung», sagte er. «Die nehmen hier überhand. Ratten auch. Ich helfe einem Freund und verdiene mir mit dem Verkauf des Kaninchenfleischs ein bisschen Geld dazu.» Er hob die Hände in den Handschellen – eine Geste der Unschuld. «Ich schwöre, mehr tue ich hier nicht.»

Kett begegnete Savages Blick und las ihre Gedanken.

Scheiße.

«Helfen Sie ihm auf», sagte Kett zu ihr. «Bringen Sie ihn in eine Zelle. Sorgen Sie dafür, dass das alles sofort in die Kriminaltechnik kommt.»

«Sie nehmen mich fest?», fragte Stillwater. «Ich verstehe nicht.»

«Doch, Sie verstehen», erwiderte Kett. «Und ja, ich nehme Sie fest. Christian Stillwater, Sie sind festgenommen wegen der Entführung von Delia Crossan, Connie Byrne und Maisie Malone. Sie müssen nichts sagen, aber es könnte Ihrer Verteidigung schaden, wenn Sie auf Befragung etwas nicht erwähnen, worauf Sie sich später vor Gericht berufen wollen. Alles, was Sie sagen, kann gegen Sie verwendet werden. Kapiert?»

Stillwater schüttelte den Kopf, als könnte er es nicht fassen.

Savage griff nach seinem Ellbogen, half ihm auf und führte ihn durch die Hintertür hinaus.

«Stillwater», sagte Kett, und der Mann sah sich um. «Wenn sie hier sind, werden wir sie finden.»

«Nein», entgegnete Stillwater. «Werden Sie nicht.»

Und obwohl es so dunkel war, obwohl immer noch Staub in der Luft hing, hätte Kett schwören können, dass das Arschloch lächelte.

KAPITEL ZWANZIG

Kett fuhr allein zurück zur Wache. Ein paar Kollegen waren vor Ort geblieben, eine Suchmannschaft aus Detectives und Constables arbeitete sich in einer Reihe vom Haus aus in die Wälder und bis über den benachbarten Golfplatz vor – sehr zum Ärger eines Haufens schlecht gekleideter alter Säcke. Kett hatte eine halbe Stunde damit verbracht, das Haus und die Außengebäude nach irgendetwas zu durchforsten, was Christian Stillwater belasten könnte, aber es gab keinerlei Anzeichen dafür, dass die vermissten Mädchen je hier gewesen waren.

Er schlug aufs Lenkrad und betätigte dabei versehentlich die Hupe, als gerade eine Frau mit einem Buggy den Zebrastreifen vor ihm überquerte. Sie erschreckte sich zu Tode und beschimpfte ihn lautstark. Er winkte ihr entschuldigend zu, was vermutlich bloß sarkastisch rüberkam, dann fuhr er weiter Richtung Innenstadt. Stillwater war auf die dortige Wache gebracht worden, wo er in einer Zelle schmoren würde. Wenn er klug war, hatte er bereits seinen Anwalt angerufen.

Und Stillwater war klug. Daran zweifelte Kett nicht.

Da er an der Straße keinen Parkplatz fand, stellte er den Wagen in der Tiefgarage der großen Bibliothek gegenüber ab. Während er noch das Parkticket in die Brieftasche steckte, eilte er bereits zurück nach draußen. Er sah auf dem Telefon nach, ob er irgendwelche Nachrichten hatte, stellte fest, dass es halb zwölf war, und rief sich in Erinnerung, dass es einen Tobsuchtsanfall biblischen Ausmaßes nach sich ziehen würde, falls er Evie zwei Tage hintereinander zu spät abholte. Bis wann er Moira abholen musste, wusste er gar nicht genau. In seiner Eile, zu den Crossans zu fahren, hatte er völlig vergessen, die Tagesmutter danach zu fragen.

«Hey», sagte er zum diensthabenden Sergeant, als er die Wache betrat. Es war erst einen Tag her, seit er zuletzt hier gewesen war, aber es fühlte sich an, als wäre ein Jahrhundert vergangen. «Stillwater?»

«Er ist hinten durch», antwortete der Mann, ohne aufzublicken.

Kett ging durch die Flügeltür ins betriebsame Herz der Polizeistation. Sie war viel kleiner als die Zentrale in Wymondham und auch älter, aber im Moment brummte es hier wie im Bienenstock. Kett ging durch das Großraumbüro und sah Porter an einem Fenster stehen. Colin Clare war am anderen Ende des Raums und machte ein Gesicht wie drei Tage Regenwetter.

«Pete», sagte Kett. «Gibt es was Neues zu Percival?»

«Hey Robbie.» Porter sah erschöpft aus. «Spalding holt ihn auf die Wache, aber sie macht es so sanft wie möglich. Ich bin dann doch nicht mitgefahren, wir dachten, das erschreckt ihn zu sehr. Als er Spalding die Tür öffnete, ist er offenbar in Tränen ausgebrochen, bevor sie ihm auch nur sagen konnte, was sie wollte.»

«Wusste er das von seiner Schwester? Und seiner Nichte?», fragte Kett, und Porter zuckte die Achseln.

«Kett», brüllte Clare quer durch den Raum. «Kommen Sie her. Sie auch, Porter.»

Sie taten wie geheißen und standen dann vor dem Chef wie

zwei Kinder vor dem Schuldirektor. Er las das Dokument in seiner Hand zu Ende, dann sah er Kett an.

«Was ist mit Ihnen los, dass Sie ständig Verdächtige zusammenschlagen?», fragte er. «Mag ja sein, dass das in London so läuft, aber hier machen wir das nicht so.»

Kett öffnete den Mund, um zu widersprechen, dann beschloss er, sich die Mühe zu sparen. Das war eine gute Idee, denn Clares Miene wurde weicher – ein bisschen.

«Aber wir haben unseren Hauptverdächtigen in Gewahrsam», fuhr er fort. «Das ist gut. Schlecht ist, dass es überhaupt keine Spuren gibt, die ihn mit den vermissten Mädchen in Verbindung bringen. Wenn Sie ihm nicht Kaninchenquälerei vorwerfen wollen, haben wir nichts in der Hand.»

«Dann setzen wir ihn unter Druck», sagte Porter. «Bis wir eine Schwachstelle finden.»

«Das wird zäh», warf Kett ein. «Ich habe schon Kerle wie den befragt, zu viele. Die sind clever, sie können gut lügen, und sie haben ihre Geschichten so oft geprobt, dass sie wahrscheinlich selbst daran glauben.»

«Und deshalb will ich Sie da drin haben», sagte Clare. «Sie sind eine höllische Nervensäge, aber Sie haben das schon ein paarmal gemacht. Ich gehe mit Ihnen rein.»

«Jetzt?», fragte Kett. «Ich muss nur die Mädchen …»

«Jetzt. Irgendwann werden wir auch Percival hier haben, und Gott weiß, wie wir das angehen sollen.» Dann warf er Kett einen eigenartigen Blick zu. «Moment mal, wollten Sie gerade sagen, Sie holen Ihre Töchter ab?»

«Ja. Evie um eins, Alice um drei, und Moira irgendwann zwischen jetzt und Mitternacht. Warum?»

Clare brütete darüber, dann schüttelte er den Kopf.

«Nichts. Kommen Sie. Ich will, dass Sie der böse Cop sind.»

«Ach?», gab Kett zurück. «Und Sie sind der gute Cop?»

«Ich bin der *teuflische* Cop.» Clare lächelte grimmig.

* * *

Sie hatten Stillwater den blutgetränkten Overall abgenommen und ihm einen ausgehändigt, der vielleicht einmal orange gewesen war, aber sie hatten ihm keine Gelegenheit gegeben, sich das Blut aus Gesicht und Haar zu waschen. Das war ein durchdachter Zug. Es war heiß und stickig im Raum, und Stillwater stank widerlich. Seine Unterlippe hatte sich dunkel verfärbt, seine Hände waren schmutzig und die Handgelenke geschwollen von den Handschellen, die sie ihm jetzt abgenommen hatten. Doch sein Blick war klar, und als Kett ihm gegenüber am Tisch Platz nahm, betrachtete er ihn arrogant und neugierig. Clare drückte die Aufnahmetaste am Rekorder, blieb jedoch stehen, ein Bär im Käfig. Er atmete durch den Mund, und das war das lauteste Geräusch in dem stillen kleinen Raum. Kett wartete darauf, dass der Chef den Anfang machte. Als das nicht geschah, lehnte er sich zurück und musterte Stillwater von oben bis unten.

«Sie haben auf einen Rechtsbeistand verzichtet?», fragte Kett.

«Ich habe nichts zu verbergen», antwortete Stillwater. «Sie machen einen großen Fehler. *Noch* einen.»

«Ian Brady, kennen Sie den?», fragte Kett gelassen mit leiser

Stimme. Stillwater zog die Nase hoch und musterte ihn. Seine blauen Augen wirkten beängstigend scharfsichtig.

«Der Moormörder», sagte er nach einem Augenblick. «Sicher.»

«Hat fünf Kinder getötet», fuhr Kett fort. «Aber damit hat es nicht angefangen. Sein erstes Opfer war eine Katze. Da war er zehn. Eine weitere Katze hat er bei lebendigem Leib verbrannt und dann einen Hund zu Tode gesteinigt. Wissen Sie, was er noch getan hat?»

Stillwater antwortete nicht, sondern starrte ihn nur an, beinahe ohne zu blinzeln. Es war ein einschüchternder Blick, sämtliche Zellen in Ketts Körper signalisierten ihm, er solle den Blick abwenden – wie er das auch bei einem aggressiven Hund täte –, aber er hielt ihm stand. Er hatte es im Vernehmungsraum schon mit schlimmeren Menschen zu tun gehabt.

«Er hat Kaninchen die Köpfe abgeschnitten», sagte Kett. «Ist es das, was Sie da getan haben, Christian? Geprobt?»

«Man muss ihnen die Köpfe abschneiden.» Stillwater brach den Blickkontakt ab und sah Clare an. «Sonst ist es zu schwer, sie zu häuten. Und niemand will ein Kaninchen mitsamt Kopf zubereiten.»

«Aber sehen Sie sich an», sagte Kett. «Sie sind von oben bis unten voller Blut. Sie sehen aus, als hätten Sie darin gebadet.»

Stillwater fuhr sich durch sein klebriges Haar und zuckte die Achseln.

«Muss passiert sein, als Sie mich angegriffen haben», log er dreist.

«Sie verkaufen die Kaninchen», fuhr Kett fort. «An wen?»

«An jeden, der sie haben will. Ich bekomme einen Fünfer pro

Kaninchen, und auf dem Bauernhof wimmelt es von den pelzigen kleinen Biestern. Ein paar esse ich auch selbst.»

«Wessen Bauernhof ist das?»

«Er gehört einem Mann namens Peter Dalton.» Kett fragte nicht nach, denn Stillwater sagte die Wahrheit. Das Grundbuchamt hatte ihnen dieselbe Auskunft erteilt. Dalton lebte in Spanien, und sie hatten ihn noch nicht erreicht. Stillwaters Mund zuckte, es war beinahe ein Lächeln. «Er ist im Moment weg. Er hat den Bauernhof seit etwa drei Jahren auf dem Markt, aber niemand wagt sich da ran – jedenfalls nicht für den Preis, den er haben will. Nicht nur wegen der Ratten – die halbe Decke fehlt, und alles ist morsch. Ich halte das Grundstück so nagetierfrei wie möglich.»

«Sie brauchen das Geld nicht», wandte Kett ein. «Sie haben einen einträglichen Beruf. Immobilienmakler, nicht wahr?»

«Ja, aber das ist langweilig. Das müssten Sie doch verstehen, oder? Ich sehe Sie nicht an einem Tisch sitzen – na ja, abgesehen von diesem hier. Sie platzen bei anderen Leuten ins Haus und knallen ihnen den Kopf aufs Waschbecken.» Behutsam betastete er seine Lippe. «Ich will das auch, draußen sein, ein bisschen leben, menschlich sein.»

«Um sich Ihren Kick zu holen.» Kett nickte. «Indem Sie Kaninchen töten. Mädchen entführen.»

«Wo sind sie?» Clare knallte beide Hände auf den Tisch, es klang, als wäre eine Bombe hochgegangen. Kett wusste nicht, wer heftiger zusammenzuckte, er selbst oder Stillwater. Der Chef war *laut*. «Sie haben hier noch eine Chance, eine einzige Chance, zu vermeiden, dass Sie den Rest Ihres Lebens im Gefängnis verbringen. Herrgott, vielleicht können Sie ja denselben Anwalt wie beim letzten Mal beauftragen und kommen wieder frei. Sagen Sie uns einfach, wo die Mädchen sind. Sie können sich das Leben sehr erleichtern.»

Es war die falsche Strategie, das war Kett sofort klar. Stillwaters Lächeln wurde breiter, er runzelte die Stirn.

«Sie reden von diesen Zeitungsmädchen, nicht wahr?» Er wandte sich wieder an Kett.

«Sie wissen genau, wen wir meinen», sagte Clare. Er klappte die Mappe auf, die er mitgebracht hatte, und zog drei große Fotos heraus. Die beiden von Maisie und Connie kannte Kett bereits. Das von Delia Crossan war neu – eine Vergrößerung eines Fotos, das sie als kleines Mädchen in ihrer Brownies-Aufmachung von den Pfadfindern zeigte. Sie lachte. Das Foto fiel Clare aus der Hand. Lächelnd verfolgte Stillwater, wie der Superintendent es aufhob und auf den Tisch knallte. «Maisie Malone. Connie Byrne. Und Delia Crossan. Diese Mädchen haben nicht verdient, was Sie ihnen antun.»

Stillwater streckte die Hand aus und strich auf eine Weise über Delias Wange, bei der es Kett schauderte. Er musste dem Drang widerstehen, das Foto wegzureißen, damit Stillwater es nicht beschmutzte.

«Süße Mädchen», sagte dieser. «Ich habe sie in den Nachrichten gesehen. Sie hier ist neu, oder? Mir war nicht klar, dass es drei sind.»

«Schwachsinn!», sagte Clare. «Wenn ihnen was passiert, mache ich Ihnen das Leben im Knast zur Hölle, das schwöre ich.»

«Reden wir über Emily Coupland», sagte Kett in dem Versuch, wieder etwas Kontrolle zurückzuerlangen. «Das letzte Mädchen, das Sie entführt haben.»

Stillwater lächelte ungerührt weiter.

«Ich wurde freigesprochen», sagte er schließlich. «Es war alles ein schreckliches Missverständnis. Ich machte mir Sorgen um sie und tat, was ich für richtig hielt. Später hat man den Eltern Emily ja auch weggenommen, weil sie ihr Wohlergehen aufs Spiel setzten. Ich hatte recht.»

«Ja», entgegnete Kett. «Sie haben Ihr Opfer gut ausgewählt. Sie waren nur nicht clever genug, deshalb hat es am Ende nicht funktioniert.»

Ganz kurz – so kurz, dass Kett sich nicht sicher war, ob er richtig gesehen hatte – entgleisten Stillwater die Gesichtszüge.

«Ich ...»

«Nein, verstehen Sie mich nicht falsch», fiel Kett ihm ins Wort. «Mir ist klar, was Sie vorhatten, aber Sie haben es vergeigt. Eine viel zu komplexe Angelegenheit für Sie, viel zu viel zu bedenken.»

Stillwater grübelte über etwas, was er anscheinend noch nicht recht aussprechen mochte. In seinem Kiefer arbeitete es.

«Kaninchen töten, das kann jeder», fuhr Kett fort. «Herrgott, ich habe es selbst mal getan, vor langer Zeit. Das ist Amateurkram. Aber Kinder zu entführen, das ist nicht so leicht. Das ist nichts für Amateure. Das hat es in sich, und die meisten Menschen sind nicht clever genug, um sich zu überlegen, wie man es macht, ohne geschnappt zu werden.»

«Sie glauben, Sie können mich ködern», sagte Stillwater. «Ist das alles, was Sie haben? Was denn, meinen Sie, ich knicke jetzt ein und heule und beichte meine Sünden?»

«So in der Art», sagte Kett. «Die Bühne gehört ganz Ihnen.»

Stillwater betrachtete seine blutfleckigen Fingerspitzen, dann biss er ein loses Stück Daumennagel ab. Er kaute einen Moment darauf herum und spuckte es auf den Tisch – ohne Kett aus den Augen zu lassen.

«Okay, also warum diese Mädchen?», fragte Kett. «Alle drei sind elf. Dünn wie Bohnenstangen. Sommersprossen. Stehen Sie darauf? Denn vergessen Sie nicht, wir haben Ihre Freundin kennengelernt.»

Wieder dieser Blick – die Maske verrutschte.

«O ja», fuhr Kett fort. «Sie ist … wie alt? Vierundzwanzig? Aber wenn man nicht genau hinsieht, könnte sie als viel jünger durchgehen. Lassen Sie sie eine Schuluniform tragen? Sehen Sie ihr vielleicht zu, wenn sie mit einer Zeitungstasche über der Schulter Fahrrad fährt?»

«Nein», sagte Stillwater, aber ganz offensichtlich hatte Kett einen wunden Punkt getroffen. «Das ist widerlich.»

«Finden wir so etwas auf Ihrem Laptop, *wenn* wir Ihren Laptop finden? Junge Mädchen?»

Stillwater lächelte immer noch, aber sein Blick war so schneidend, dass er Glas hätte durchdringen können.

«Ich bin keiner von *denen*», sagte er.

«Ein Pädo?», bearbeitete Kett den wunden Punkt weiter. «Warum betonen Sie das? Was verbergen Sie? Warum machen Sie einen solchen Aufstand darum?»

«Ich sage Ihnen gar nichts», entgegnete Stillwater mit einem Anflug von Panik in der Stimme.

«Sie wissen, was Männern wie Ihnen im Gefängnis passiert, oder?», warf Clare ein und stützte sich wieder auf den Tisch, damit er Stillwater seine Worte in sein ersterbendes Lächeln spucken konnte. «Das wissen Sie garantiert. Es gibt nur eine Möglichkeit, sicherzustellen, dass es dazu nicht kommt. Sagen Sie uns, wo sie sind.»

«Sie sollten vorsichtig sein.» Stillwater fasste sich wieder. «Sie beide.»

«Ach ja?», fragte Kett. «Warum das?»

«Sie haben beide Familie.»

Automatisch tastete Kett nach seinem Ehering.

«Sie haben beide Kinder», fuhr Stillwater fort. «Wie alt sind Ihre Drillinge, Superintendent? Vierzehn? Und Robbie, Sie haben drei kleine Mädchen, nicht wahr? Wo sind sie jetzt?»

Die Wut, die nun in Kett aufstieg, war so mächtig, dass er sie kaum unterdrücken konnte. Er ballte die Fäuste, atmete gleichmäßig ein und aus und versuchte zu ignorieren, dass er Stillwater am liebsten das selbstgefällige Grinsen aus dem Gesicht geprügelt hätte. Er konnte beinahe spüren, wie die Vernehmung kippte und sich das Kräfteverhältnis auf die andere Tischseite verschob. Clare sah aus, als würden ihm gleich die Augen aus dem Kopf fallen, und er hatte tatsächlich weiße Schaumflöckchen auf den Lippen. Gleich würde er explodieren, und das war genau das, was dieses Arschloch wollte.

«Wo waren Sie am Montagnachmittag?», fragte Kett so höflich wie möglich. Er spürte, dass Clare sich entspannte und seine Atmung sich normalisierte. «Zwischen halb sechs und, sagen wir, Mitternacht?»

Stillwater wirkte angefressen darüber, dass keiner von ihnen sich hatte provozieren lassen. Er tat demonstrativ so, als müsste er nachdenken.

«Am Montag, mal sehen.»

Kett sah an seinem Grinsen, dass sie gleich etwas Unerfreuliches zu hören bekommen würden.

«Ach ja, richtig, ich war verreist. Mit dem Zug, um genau zu sein.»

«Aha?», fragte Kett.

«Ich bin um halb vier aus Norwich nach London gefahren.»

«Geschäftlich oder zum Vergnügen?», fragte Kett.

«Ein bisschen von beidem. Aber sie werden mich auf Video haben, sowohl hier als auch an der Liverpool Street Station. Ich hatte ein Meeting in Whitechapel.»

«Jack-the-Ripper-Territorium», murmelte Clare, was Kett ungeschickt fand. Stillwater grinste nur spöttisch.

«Abendessen, ein, zwei Drinks. Ich habe den letzten Zug zurück genommen, war kurz nach eins wieder in der Stadt.»

Damit war nicht ausgeschlossen, dass er Connie entführt hatte, dachte Kett. Das Familienleben des Mädchens war nicht unbedingt schön gewesen. Sie konnte nach ihrer Tour noch zu einer Freundin und erst spät nach Hause gegangen sein. Stillwater hätte sie dann nach seiner Rückkehr aus London kidnappen können. Dieses Szenario war allerdings unwahrscheinlich.

«Wir prüfen die Überwachungsbilder», sagte Kett. Stillwater zuckte die Achseln und kaute wieder auf seinen verdammten Fingernägeln. «Und Dienstagnachmittag, wo waren Sie da? So gegen drei?»

Wieder ein Lächeln, und Kett seufzte.

«Das sollten Sie doch wissen», entgegnete er. «Ich war genau hier.»

«Was?», fragte Clare.

«Auf der Wache. Ich hatte einen Termin. Am Dienstag, um

Viertel nach drei, meine ich. Ich sehe nach. Oder tun Sie's doch. Sie haben mich stundenlang warten lassen.»

«Sie waren *hier*?», fragte Clare.

«Ich war als Zeuge hier. Vor ungefähr einer Woche ist auf der Straße vor meinem Büro eine Schlägerei ausgebrochen. Ein Junge ist im Krankenhaus gelandet. Ich habe das Ganze gesehen und angeboten, auf die Wache zu kommen und eine Aussage zu machen. Offen gesagt dachte ich, es würde eine Sache von fünf Minuten sein. Das hat man nun davon, wenn man den guten Samariter spielt, hm? Diese Welt scheint gute Menschen einfach nicht zu mögen.»

Kett trommelte mit den Fingern auf dem Tisch und suchte nach einer Schwachstelle in Stillwaters Geschichte. Clare hatte offensichtlich aufgegeben. Der Chef fluchte leise, dann stürmte er zur Tür und hämmerte zweimal dagegen. Das Schloss sprang auf, und er verließ den Raum. Obwohl die Tür sich sofort hinter ihm schloss, konnte Kett ihn noch fluchen hören, während er sich entfernte.

«Die Befragung endet um, äh, zwölf Uhr drei», sagte Kett und hielt die Aufzeichnung an, stand jedoch nicht sofort auf. Schweigend saßen die beiden Männer da und starrten einander nieder.

«Erheben Sie Anklage, wenn Sie wollen», sagte Stillwater. «Ich hole meinen Anwalt und bin im Handumdrehen wieder draußen. Keine kriminaltechnischen Beweise, jede Menge Zeugen, Überwachungsbilder aus einer Polizeistation und kein Grund auf Erden, warum ich drei junge Mädchen in meine Gewalt bringen sollte. Jede Jury würde es als genau das erkennen, was es ist: ein persönlicher Rachefeldzug. Denn das ist es ja auch. Ihr habt mich beim letzten Mal so richtig fertiggemacht, ich musste ewig Therapie machen, nur um wieder einen klaren Kopf zu bekommen, nachdem ihr mich beschuldigt hattet, Emily entführt zu haben. Ihr habt es auf mich abgesehen, um selbst besser dazustehen, um alte Fehler zu vertuschen, und jeder, der noch bei klarem Verstand ist, wird das erkennen.»

Er hatte recht, das wusste Kett. Stillwater war ein eiskaltes, berechnendes Arschloch. Er war ein böser Mann. Man musste nicht sein Leben lang Detective gewesen sein, um darauf zu kommen. Aber falls er nicht zaubern konnte, hatte er die Mädchen nicht entführt.

«Nehmen Sie sich von nun an besser in Acht», sagte Kett und stand auf. «Und machen Sie es sich bequem, wir haben noch dreiundzwanzig Stunden Zeit, um zur Wahrheit vorzudringen.»

«Ach, mir geht es bestens.» Stillwater verschränkte die Hände hinter dem Kopf, lehnte sich zurück und knallte die Füße auf den Tisch. «Sie sind es, die in der Scheiße sitzen, Detective.»

Da war es wieder, dieses arrogante Grinsen, und diesmal konnte Kett sich nicht zurückhalten. Er beugte sich über den Tisch, legte Stillwater die Hand auf die Brust und versetzte ihm einen kräftigen Stoß. Der Stuhl kippte um, und Stillwater gab all seiner bisherigen Lässigkeit zum Trotz einen Laut wie ein verängstigtes Huhn von sich.

«Huch», sagte Kett und klopfte an die Tür. «Wie gesagt: Nehmen Sie sich in Acht.»

KAPITEL EINUNDZWANZIG

«Ich fasse es nicht», sagte Porter und beugte sich zum Monitor vor. «Da. Das ist er.»

Trotz der schlechten Bildqualität war Stillwater deutlich zu erkennen. Er saß im Wartebereich der Polizeiwache im Stadtzentrum auf einem der Stühle an der Wand, hielt ein Buch in der Hand und ging hin und wieder zum Empfang, um mit dem diensthabenden Sergeant zu sprechen. Dem Zeitstempel zufolge war er um 14:43 Uhr eingetroffen und um 17:38 Uhr aufgerufen worden, um seine Aussage zu machen. Um vier Minuten nach sechs hatte er die Wache schließlich verlassen.

«Es ist nicht mal von ihm ausgegangen», fuhr Porter fort. «Wir haben ihn hergebeten.»

«Maisie ist etwas später als Viertel nach drei bei sich zu Hause losgefahren», sagte Dunst. «Der Alarm erging nicht mal eine Stunde später, als sie von ihrem Telefon aus 999 wählte und dann die Rückrufe der Notrufzentrale nicht annahm. Der Anruf wurde zurückverfolgt, und gegen fünf, plus minus, trafen die Kollegen am Tatort ein. Ihre Tasche wurde gefunden, lange bevor Stillwater die Wache verließ.»

«Er ist nicht unser Mann», sagte Clare, der hinter ihnen stand. «Verdammte Scheiße, was für ein Schlamassel. Diesmal haben Sie es sich wirklich so richtig besorgt.»

«Ich habe *was*?», fragte Kett. «Hören Sie, wir sollten ihn trotzdem hierbehalten, weil er ein Arschloch ist.»

«Damit Sie noch mal so eine Nummer abziehen können wie

da drin?», knurrte Clare. «Und wir eine Klage wegen Polizeigewalt am Hals haben?»

«Er ist einfach vom Stuhl gefallen», sagte Kett und hob gespielt unschuldig die Hände. «Hätte nicht kippeln sollen, das kann gefährlich sein. Ich wollte ihn bloß festhalten.»

Dann hielt er inne und wurde ernst.

«Er wusste von meinen Kindern, Sir. Von Ihren auch. Finden Sie das nicht sonderbar?»

Sonderbar war eine mögliche Bezeichnung. Beängstigend eine andere.

«Dann hat er eben Nachforschungen angestellt», gab Clare zurück. «Es ist nicht gerade ein Geheimnis. In meinem Profil auf der Website der Norfolk Constabulary steht, dass ich sechs Kinder habe, darunter Drillinge, und Sie waren überall im Fernsehen, als Ihre Frau verschwunden ist. Ich habe die Pressekonferenz mit Ihnen und den Mädchen gesehen. Sie haben recht, er ist ein übler Kerl, aber er ist nicht der Entführer.»

«Sir», wandte Kett ein, doch Clare knurrte ihn an.

«Lassen Sie ihn gehen. Die Kriminaltechnik ist noch nicht fertig, aber sie haben weder an ihm noch im Haus etwas gefunden, das nicht Tierblut wäre. Es gibt nicht einmal Kontaktspuren mit seiner DNA, die ihn mit den Mädchen in Verbindung bringen würden. Fürs Erste liegt unsere Hauptaufmerksamkeit auf dem anderen Verdächtigen, Lochy Percival.» Er verzog das Gesicht. «Er ist mit äußerster Behutsamkeit zu behandeln, ist das klar? Falls er unser Mann ist, müssen wir das zweifelsfrei beweisen. Falls er es nicht ist, wird uns der leiseste Anflug von Murks auf unserer Seite so tief in die Scheiße reiten, dass wir ein U-Boot brauchen. Ist er schon hier?»

«Er ist unterwegs», sagte Porter. «Spalding holt ihn her.»

«Bringen Sie ihn nicht in einen Vernehmungsraum», sagte Clare.

«Sir?» Porter runzelte die Stirn.

«Ich will nicht, dass er ausflippt. Er ist nicht verhaftet, und wir wollen nicht, dass er sich aufregt. Dunst, tun Sie mir einen Gefallen und räumen Sie die Kantine.»

«Zur Mittagszeit? Sie provozieren einen Aufstand.»

«Tun Sie's einfach», beharrte der Chef. «Und Kett, ich muss Sie um einen Gefallen bitten. Einen großen. Einen *ungewöhnlichen.*»

Kett hob eine Augenbraue und wartete.

«Holen Sie Ihre Kleine ab und bringen Sie sie her.»

* * *

Auf dem Weg zur Kita rief Kett Moiras Tagesmutter an. Es war nur eine fünfminütige Fahrt, aber zum Glück dauerte das Telefonat nicht lange.

«Meine Güte, so ein liebes Mädchen», sagte die Frau. «Sie hat überhaupt nicht gequengelt. Sie hat ein bisschen Toast mit Honig und einen Keks gegessen – Entschuldigung, ich hatte gar nicht gefragt, ob sie Kekse essen darf, aber ich bin davon ausgegangen, dass es okay ist. Sie hat mir praktisch die Finger abgerissen, als ich ihn ihr hingehalten habe.»

«Kekse sind okay», sagte Kett und überlegte, wie die Frau hieß. «Ich wusste bloß nicht mehr, ob wir eine Abholzeit vereinbart hatten.»

«Jederzeit bis drei Uhr», erwiderte sie. «Länger geht auch,

aber in der Zeit nach Schulschluss habe ich andere Preise, und es kommen auch ein paar ältere Kinder.»

«Ich hole sie bis drei ab. Und sie fühlt sich wirklich wohl?»

«Mr Kett, sie hat nicht ein einziges Mal nach Mummy oder Daddy gefragt.»

Einerseits war das eine Erleichterung, dachte Kett, als er auflegte. Andererseits war er enttäuscht. Es brauchte nur einen Vormittag, und Moira hatte ein neues Zuhause, eine neue Familie für sich gefunden. Es war auch herzzerreißend, denn so funktionierten Kleinkinder nun mal, ihre Erinnerungen prägten sich nicht allzu tief ein. Die entsetzliche Wahrheit war, dass Moira ihre Mutter bereits vergaß.

Er parkte auf den Zickzacklinien vor der Kita und ließ den Motor laufen. Sobald das Personal ihn einließ, stürzte Evie sich auf sein Bein und klammerte sich daran fest wie an einer Rettungsboje bei Sturm.

«Hey, Prachtmädchen», sagte er und zerzauste ihr das Haar. «War der Vormittag schön?»

«Sie war großartig», sagte Debbie und reichte Kett Evies Wasserflasche. «Still wie ein Mäuschen, aber heute hat sie mit einigen der anderen Kinder gespielt.»

«Du bist zu spät», murmelte Evie an seinem Bein.

«Bin ich nicht!», widersprach er. «Eigentlich bin ich zu früh.»

«Doch», sagte sie. Er versuchte, sie von seinem Bein zu lösen, doch sie weigerte sich loszulassen, sodass er eine Art Monty-Python-Gang hinlegen musste. Als sie am Auto ankamen, brüllte Evie vor Lachen und klammerte sich so fest an ihn, dass seine Hose Gefahr lief herunterzurutschen.

«Hey, Evie, das reicht.» Er packte sie unter den Achseln, zog sie von seinem Bein ab und hielt sie einen Augenblick fest, bis sie aufhörte zu zappeln. «Du musst mir bei etwas helfen. Offizielle Polizeiarbeit. Meinst du, du kannst das?»

«Fangen wir Gangster?», fragte sie.

«Ja», erwiderte er. Es war nicht durch und durch gelogen.

Er schnallte sie auf ihrem Kindersitz fest und überprüfte den Gurt zweimal, bevor er die Tür schloss und selbst einstieg. Er hatte sofort gewusst, worum Clare ihn bitten wollte, und war beeindruckt gewesen – teils weil es eine gute Idee war und teils weil er nicht gedacht hätte, dass der Chef sich so einfach über die Regeln hinwegsetzen würde. Er blickte über die Schulter und lächelte seine Tochter an.

«Ich brauche deine Hilfe, um mit einem Mann zu sprechen.»

* * *

Der Gegensatz hätte nicht krasser sein können.

Stillwater war gelassen, intelligent, auf alles gefasst gewesen. Im Vernehmungsraum mit seinen verschrammten Wänden hatte er blutverschmiert, wie er war, wie der Inbegriff des Gewaltverbrechers gewirkt.

Lochy Percival dagegen sah aus wie ein menschliches Wrack.

Er saß auf einem Stuhl in der hintersten Ecke der Kantine und hatte sich praktisch in sich zusammengefaltet, die Beine an die Brust gezogen, die Hände um die Knie geschlungen. Wie ein verletztes Kaninchen spähte er über seine Knie hinweg, und seine dunklen Augen unter der abgetragenen und schmutziggelben Norwich-City-Kappe zuckten hin und her, als wartete er nur darauf, dass jemand kam und ihn von seinem Elend erlöste.

Und dieser Jemand war DCI Kett.

«Denken Sie dran», sagte Clare und berührte mit den Lippen praktisch Ketts Ohr, während sie beide durch die schmutzige kleine Scheibe in der Kantinentür spähten. «Gehen Sie behutsam mit ihm um. Dieses Urteil wegen unrechtmäßiger Verhaftung gibt ihm eine Massenvernichtungswaffe und jede Menge Munition an die Hand.»

«Peng, peng!», sagte Evie mit ihrer durchdringenden Quietschestimme.

«Wollen Sie Evie wirklich dabeihaben?», fragte Kett. «Sie geht eigentlich mit niemandem behutsam um.»

«Er soll sich entspannen», sagte Clare. «Das Ganze soll möglichst wenig an eine polizeiliche Befragung erinnern.»

«Ihre Entscheidung», murmelte Kett und drückte die Kantinentür auf. Wie der Blitz war Evie hindurch und stürmte zu den Kühlvitrinen, als wäre Weihnachten. Percival sah aus, als wollte er schreien, als er Evie erblickte, doch dann beruhigte er sich und beobachtete mit weicher Miene, wie das Mädchen dies und das in die Hand nahm und wieder zurücklegte.

Die Kantine war komplett geräumt und dann teilweise wieder besetzt worden. Spalding und Dunst saßen zusammen an einem Tisch und gaben vor, in ein vertrauliches Gespräch vertieft zu sein, und Porter knabberte neben der Tür an einem Proteinriegel und war derart auf sein Telefon konzentriert, dass es eines Oscars würdig gewesen wäre. Alle hatten sie ihre Sakkos ausgezogen und die Krawatten gelockert.

«Kann ich das haben?», fragte Evie und hielt einen Becher mit orangefarbener Götterspeise in die Höhe.

Lächelnd betrat Kett hinter ihr die Kantine. Immer noch lächelnd nickte er Percival zu, dann ging er zu Evie.

«Wackelpudding zum Mittagessen? Wie wäre es mit einem Hotdog? Es gibt auch Sandwiches.»

«Wackelpudding», beharrte Evie mit einem Gesichtsausdruck, der ihm sagte, er brauche gar nicht erst zu argumentieren.

«Geh, hol dir einen Löffel.» Er beobachtete, wie sie an den Kassen vorbeilief, drehte sich zur Theke um und entdeckte zu seiner Überraschung DCI Pearson dahinter. «Kann ich das später bezahlen?» Sie nickte, und er wandte sich wieder Percival zu. «Hi. Entschuldigen Sie uns.»

Percival antwortete nicht, aber er stellte die Beine auf den Boden, stützte die Ellbogen auf den Tisch und spielte nervös am Schirm seiner Kappe herum. Er sah ganz anders aus als auf den Fotos, die sie bei Delia Crossan zu Hause gefunden hatten – auf den frühen Fotos, hieß das. Das schüttere Haar, das unter seiner Kappe hervorlugte, war ungewaschen und fettig, sein Gesicht mit Pickeln übersät. Seine Kleidung sah aus, als ob sie seit Wochen nicht mehr gewaschen worden wäre, und schon von hier aus konnte Kett ihn riechen – so penetrant, dass er die Idee, sich ein Sandwich aus dem Regal zu nehmen, verwarf. Percival massierte seinen linken Oberschenkel. Dort war er mit dem Messer verletzt worden, erinnerte sich Kett.

«Tut mir wirklich leid», fuhr er fort und ging ein paar Schritte auf Percivals Tisch zu. «Ich weiß, wie schwer das für sie sein muss. Ich möchte Ihnen versichern, dass ...»

«Das schmeckt nicht», sagte Evie, die hinter Kett an einem Tisch lehnte. Die Götterspeise war angebrochen, und Saft tropfte aus dem Becher auf den Boden.

«Ach Evie, mach doch nicht so eine Sauerei.»

Er nahm ihr die Götterspeise ab und stellte sie auf den nächsten Tisch, während Evie zurück zur Theke rannte, um nach etwas anderem zu suchen.

«Möchten Sie auch etwas?», fragte Kett Percival, doch der schüttelte den Kopf. Seinem Teint nach zu urteilen, hatte er seit Jahren nichts anderes als Knoblauchbrot gegessen. Kett tat einen weiteren Schritt auf ihn zu. «Darf ich mich setzen?»

Percival antwortete immer noch nicht, so als hätte er verlernt, wie man kommunizierte. Kett holte sich von einem der Nebentische einen Stuhl und stellte ihn so weit von Percival entfernt ab, dass dieser sich nicht bedroht fühlte, aber doch so nahe, dass sie sich in leisem Ton unterhalten konnten.

«Ich heiße Robbie», stellte er sich vor. «Ich bin Detective, aber nicht hier. Ich bin nicht offiziell im Dienst, wie Sie sehen.»

Evie versuchte, ein Kitkat aufzureißen, und sah immer wieder misstrauisch zu Kett, um sich zu vergewissern, ob er womöglich etwas dagegen hatte.

«Das ist meine Tochter Evie. Sie war in der Kita, nicht wahr, mein Schatz?»

Sie hatte den Mund voller Schokolade und bekam die Frage gar nicht mit.

«Ich habe es nicht getan», sagte Percival. «Ich schwöre es. Sie war meine … meine Schwester.»

«Niemand behauptet, Sie hätten Evelyn etwas angetan», erwiderte Kett so leise, dass Evie ihn nicht hören konnte. «Wir wollen bloß sicherstellen, dass wir alle Fakten kennen. Haben Sie sie in letzter Zeit gesehen? Delia und ihre Mutter?»

Percival schüttelte den Kopf und suchte die Tischplatte ab, als stünden dort Antworten geschrieben. Sein Körpergeruch war so unerträglich, dass Kett der Atem stockte.

«Ich habe sie ewig nicht mehr gesehen», sagte Percival und schniefte. «Oder diese anderen Mädchen. Ich meine, *die* habe ich überhaupt noch nie gesehen.»

«Wissen Sie etwas über sie?», fragte Kett. «Über Maisie und Connie?»

Percival zog sich in sich selbst zurück, als wäre er geschlagen worden, und schüttelte so nachdrücklich den Kopf, dass Speichel von seinen Lippen spritzte.

«Ich schwöre. Ich schwöre, ich weiß nicht, wo sie sind.»

«Kennen Sie jemanden, der Ihrer Schwester hätte schaden wollen? Irgendwelche Feinde? Ex-Freunde?»

«Nein», sagte Percival zum Tisch. «Alle mochten sie. Sie war so sanft.»

Dann blickte er hoch und wirkte zutiefst beunruhigt.

«Wer wird sich um Franklin kümmern?»

«Franklin?»

«Der Kater. Wer wird ihn füttern?»

«Wir», log Kett. «Bis wir Delia nach Hause bringen. Okay? Franklin wird es an nichts fehlen.»

«Ich mag Katzen», sagte Evie. Sie hockte am anderen Ende der Kantine und war beim zweiten Kitkat. Kett warf ihr einen warnenden Blick zu, aber sie drehte sich einfach weg, trotzig wie immer, und kämpfte weiter mit der Verpackung.

«Ja», sagte Kett, «sie mag *Kit*katzen.»

Da brachte Percival so etwas Ähnliches wie ein Lächeln zustande. Es war, als hätte jemand einen Halloweenkürbis zu lange draußen gelassen: Sein Gesicht war eigenartig schwammig, *aus der Form gegangen*. Kett fragte sich, ob er seit seiner Verurteilung damals Drogen nahm, Meth vielleicht. Das würde jedenfalls den Zustand seiner Zähne erklären. Aber er wirkte durchaus nüchtern.

«Lochy ist ein ungewöhnlicher Name», sagte Kett. «Wissen Sie, was er bedeutet?»

Percival schnaubte höhnisch. Sein Blick zuckte von Kett zum Tisch, dann zu Evie, ruhte nie länger als ein, zwei Sekunden auf derselben Stelle.

«Mum hat mir immer gesagt, es bedeutet Gottesgeschenk», sagte er. «Ich weiß nicht. Evelyn bedeutet Vogel. Das hat mir immer viel besser gefallen.»

«Tja, Lochy, hätten Sie etwas dagegen, dass ich Ihnen ein paar Fragen stelle? Bitte denken Sie daran, dass niemand Ihnen irgendetwas vorwirft. Wir unterhalten uns einfach, okay? Damit wir herausfinden können, wer das getan hat.»

Er sah sich nach Evie um und stellte fest, dass sie sich gerade den Viererriegel Kitkat in den Mund stopfte wie eine Schwertschluckerin ihr Schwert.

«Evie, das reicht», sagte er. «Keine Schokolade mehr.»

Denn sonst würde sie den Rest des Tages über unerträglich aufgedreht sein.

«Sie hat eine Schwäche für Zucker», erklärte Kett und drehte sich wieder zu Percival um. «Ich habe eine Schwäche für Tee, ich trinke viel zu viel davon. Und Sie?»

Na komm, sag's einfach, das spart uns allen Zeit: Mädchen entführen.

«Schwäche?», fragte Percival zögernd. «Ich … Ich weiß nicht. Ich trinke. Ich trinke zu viel. Hauptsächlich Wein. Wollten Sie das hören?»

«Ich will alles hören, was Sie mir erzählen wollen», erwiderte Kett und unterdrückte ein Gähnen. Stillwaters Festnahme und Befragung hatten ihn erschöpft, sein Verstand war wie in Watte gehüllt, so als hätte ihn jemand für einen Umzug verpackt. «Kein Druck. Haben Sie letztes Wochenende getrunken?»

Wieder schüttelte Percival sehr nachdrücklich den Kopf, so wie Ketts Kinder es taten, wenn sie nicht tun wollten, worum er sie bat, dermaßen übertrieben, dass es fast komisch aussah. Dann rieb er sich die Augen.

«Sie werden sagen, ich hätte es getan», klagte er. «Sie und *er*.»

Lochy sah zur Tür, und Kett tat es ihm nach – gerade rechtzeitig, um zu sehen, wie Clare den Kopf einzog.

Idiot.

«Er war beim letzten Mal auch dabei, damals, 2013, er hat mir immer wieder und wieder und wieder die gleiche Frage nach diesem Mädchen gestellt, das gestorben war, das Mädchen, das sie unter dem Boot gefunden hatten. Er war so wütend, er hat einfach nicht aufgehört, nie aufgehört. Das hier geht doch von ihm aus, er will, dass ich leide.»

«Vergessen Sie ihn.» Kett beugte sich vor und senkte die Stimme. «Ich habe im Moment das Kommando, und wenn ich sage, dass Sie nichts getan haben, dann muss er mir glauben. Okay?»

Percival nickte und beruhigte sich wieder, aber er kam Kett vor wie ein Pulverfass, das jeden Augenblick hochgehen konnte.

«Dann haben Sie also nichts getrunken? Am Sonntag?»

«Doch.» Mit zitternder Hand wischte er sich eine Träne weg. «Nur ein bisschen. Um … die ganzen schlimmen Sachen zu verdrängen. Die Schmerzen.» Wieder rieb er sich das Bein. «Es tut immer weh.»

«Von wie viel Wein reden wir hier, Lochy?», fragte Kett nach. «Ein Glas? Zwei? Eine Flasche?»

«Eine Flasche», antwortete er achselzuckend. «Genug, um zu wissen, was ich tue. Ich habe meiner Schwester nichts angetan.»

«Das behauptet ja niemand», sagte Kett. «Ich trinke auch gern mal was.»

«Um den Schmerz über den Tod Ihrer Frau zu betäuben?», fragte Percival.

Diese Frage fühlte sich wie ein Tritt in die Eier an, und eine Sekunde lang bekam Kett keine Luft. Er sah sich nach Evie um, die glücklicherweise außer Hörweite war und gerade versuchte, eine Flasche Cola zu öffnen.

«Woher wissen Sie von meiner Frau?», brachte er schließlich hervor. Percival zappelte auf seinem Stuhl herum und wich seinem Blick aus. «Lochy, woher wussten Sie das?»

«Ich weiß nicht», wimmerte er, und es klang unfassbar verzweifelt. «Ich habe nichts getan. Ich kann es Ihnen zeigen.»

Es war, als hätte jemand einen Schalter in seinem Kopf umgelegt. Jetzt lächelte er, doch es war ein verzweifeltes Lächeln.

«Genau, ich kann es beweisen. Ich kann beweisen, dass ich das ganze Wochenende zu Hause war. Ich kann beweisen, dass ich immer zu Hause bin, ich gehe nie irgendwohin.»

Percival steckte die Hand in die Tasche seiner stinkenden Trainingshose und zog ein iPhone hervor – brandneu, wie es aussah. Er entsperrte es mit dem Daumen, wischte ein paarmal übers Display und öffnete eine App. Dann reichte er Kett das Telefon, und der erblickte zu seiner Überraschung ein großes Wohnzimmer, zwei Sofas, jede Menge Müll und zwei Cops, die offensichtlich mitten in einer Durchsuchung waren.

«Das ist mein Haus.» Percival beugte sich vor und deutete aufs Display. «Das ist live. Ich habe denen gesagt, sie können sich umsehen, so viel sie wollen, ich habe nichts zu verbergen.»

Kett kniff die Augen zusammen und erkannte, dass eine der Uniformierten auf dem Display PC Savage war.

«Live?»

«Klar. Sie können mit ihnen reden, wenn Sie wollen. Drücken Sie auf dieses Mikrofondings.»

Kett tippte auf das Icon, und ein Läuten ertönte. Die beiden Constables blickten hoch.

«Savage?», sagte Kett.

Sie runzelte die Stirn und kam näher. Die Kamera war offensichtlich versteckt, denn ihr Blick wanderte von links nach rechts, von oben nach unten.

«Sie ist hinter einem Rahmen», sagte Percival. «Einem silbernen. Er ist leer.»

Savage hatte ihn offenbar gehört, denn mit einem Mal verschränkte sie den Blick mit Kett. Sie sagte etwas, aber der Ton funktionierte nicht.

«Nehmen Sie den Finger weg», sagte Percival. «Es ist wie ein Walkie-Talkie.»

«...da?», fragte Savage. «Porter?»

«Hier ist Kett», sagte er, nachdem er den Finger wieder auf das Mikrofon-Icon gelegt hatte. «Ich sehe Sie über Percivals Telefon.»

«Nest Cam, wie es aussieht», sagte Savage, nahm die Kamera aus dem Regal, und alles drehte sich.

«Es gibt in jedem Zimmer eine», erklärte Percival und lehnte sich zurück. «Außer im Bad.»

«Sie nehmen sich selbst auf?», fragte Kett. Er hörte ein Zischen und einen Jauchzer und drehte sich um. Evie hatte die Colaflasche am Mund. «O Himmel, Moment mal. Evie, nein!»

Er lief zu ihr und nahm ihr die Flasche ab. «Cola? Bist du verrückt? Du bist *drei*! Die behalte ich.»

«Nein!», schrie Evie. «Das ist meine! Hab ich selbst aufgemacht!»

«Setz dich einfach da hin», sagte Kett und deutete auf einen Tisch. «Und keinen Zucker mehr.»

Eine Sekunde lang dachte er, sie würde einen Wutanfall bekommen, aber dann setzte sie sich missmutig auf den Stuhl, verschränkte die Arme vor der Brust und funkelte ihn böse an, bis er sich abwandte.

«Pupskopf», murmelte sie.

«Klar.» Kett kehrte zu seinem Stuhl zurück. «Entschuldigung. Diese Kameras – Sie filmen sich also selbst?»

Percival nickte und drückte sich kurz die Handballen auf die Augen, wonach sie noch stärker gerötet waren als zuvor.

«Es war nicht meine Idee, jemand in der Gruppe hat es vorgeschlagen», erklärte er.

«In der Gruppe? Eine Selbsthilfegruppe?»

«Für Trauma. Ich bin da eine Weile hingegangen, nachdem ich, na ja, verhaftet worden war. Im Gefängnis war. Sie hat mir eigentlich nicht geholfen, aber jemand dort hat mich auf die Idee gebracht, mich selbst rund um die Uhr zu filmen. Wenn die Kameras mich bei diesem Norwich-Spiel nicht aufgenommen hätten, säße ich jetzt im Gefängnis. Ich wäre tot. Ich lasse nicht zu, dass das noch mal passiert, niemals.»

Unwillkürlich hatte Kett Mitgefühl. Er war Onkel L. gewesen, der gute alte Lochy Percival. Dann hatte eine Reihe beinahe unglaublicher Zufälle ihn zu *dem* hier gemacht. Paranoid, depressiv, schmutzig. Es hatte ihn innerlich aufgefressen.

Gleich darauf überkam Kett ein anderes, bohrendes Gefühl, eine böse Vorahnung, die Angst vor dem, was er gleich erfahren würde.

«Sie bewahren alle auf?», fragte er. «Alle Videos aus Ihrem Haus?»

«Daddy, mir ist schlecht», sagte Evie.

«Kleinen Moment», antwortete er, ohne den Blick von Percival abzuwenden. Er wartete auf eine Antwort. Percival nickte.

«Online wird es eine Woche gespeichert, aber ich bewahre alles auf Festplatten auf.»

«Wirklich alles?», fragte Kett nach. «Seit …»

«Seit fünf Jahren. Fast.»

«Daddy, mir ist langweilig», fuhr Evie fort. «Und mir ist schlecht. Und ich muss Aa.»

Kett wandte seine Aufmerksamkeit der App zu und navigierte durch die Benutzeroberfläche, bis er einen Haufen kleiner Ordner fand, die nach Wochentagen benannt waren. Er tippte den Sonntag an, dann spulte er im Schnelldurchlauf durch das Video. Die Kamera im Wohnzimmer hatte Percival den ganzen Tag über aufgenommen, und auch wenn er zuweilen hinausging und zurückkam, war klar, dass er in dieser Zeit nicht das Haus verlassen und quer durch die Stadt hätte fahren können, um seine Schwester zu töten und Delia zu entführen.

«Verflixt», sagte er leise.

«Daddy, mir ist wirklich schlecht.»

«Darf ich das ein paar Tage behalten?», fragte Kett. Percival wirkte verunsichert. «Nur wenn Sie einverstanden sind natürlich. Genau das war doch der Grund für die Kameras, oder? Wir sehen uns das an, und hinterher wissen wir dann genau, dass Sie nichts mit diesen vermissten Mädchen zu tun haben.»

Nach kurzem Zögern nickte Percival.

«Danke, Lochy», sagte Kett, stand auf und reichte ihm die Hand. Percival starrte sie an, als wüsste er nicht mehr, wie er darauf reagieren sollte. Schließlich ergriff er Ketts Hand mit Fingern, so feucht und schlaff wie Salatblätter. Von seinem Körpergeruch tränten Kett die Augen, aber er stand es durch. «Wir sind Ihnen wirklich dankbar dafür, dass Sie hergekommen sind und mit uns gesprochen haben. Und denken Sie daran, falls Sie irgendetwas brauchen, müssen Sie nur fragen. Die Situation hat sich geändert. Wir sind auf Ihrer Seite.»

Percival schluckte, seine Augen traten hervor. Er schwitzte, obwohl die Kantine klimatisiert war.

«Kann ich gehen?», fragte er.

«Ja, sicher.» Kett trat zurück, damit Percival aufstehen konnte. Er hinkte zur Tür und sah dabei zu Evie.

«Wiedersehen», sagte Evie und winkte ihm mit ihren Schokoladenfingern zu. Percival hatte schon die Hand auf dem Türgriff, da rief Kett ihm hinterher.

«Lochy, kann ich Sie noch eins fragen?»

Percival drehte sich nicht um, sondern stand einfach da und keuchte, die Augen vom Schirm seiner Kappe überschattet. Er umklammerte den Türgriff so fest, dass seine Knöchel weiß hervortraten.

«Sie schienen betroffen über den Tod Ihrer Schwester, und das ist nachvollziehbar. Aber nach Delia haben Sie gar nicht gefragt. Warum denn nicht?»

Percival leckte sich die Lippen.

«Haben Sie sie gefunden?», fragte er nach einem Augenblick.

«Nein», erwiderte Kett. Eine weitere Pause.

«Ich hatte zu viel Angst vor der Antwort», sagte Percival. «Deshalb habe ich nicht gefragt. Ich wollte nicht hören, dass sie auch tot ist.»

Reglos stand er da, nur seine Schultern hoben und senkten sich.

«Kann ich gehen?»

«Ja», sagte Kett. «Sie können gehen.»

KAPITEL ZWEIUNDZWANZIG

Das Großraumbüro der Polizeiwache im Stadtzentrum ähnelte jetzt eher einem Bestattungsinstitut als dem sonst üblichen Bienenstock. Zwei Dutzend Cops saßen auf Stühlen oder hockten auf Schreibtischen, die Hände in respektvollem Schweigen gefaltet, den Blick gesenkt. Superintendent Clare leitete die Zeremonie und marschierte mit einer Miene, die so finster wie die Robe eines Pfarrers war, von einer Seite des Raums zur anderen. Niemand wagte zu reden. Niemand wagte, auch nur das geringste Geräusch zu machen.

«Daddy? Was ist los? Wann können wir nach Hause? Mir ist langweilig.»

Niemand außer Evie, hieß das, die auf Ketts Knien saß und mit seinen Hemdknöpfen spielte. Clare gab vor, das Mädchen nicht zu bemerken. Seine Nasenlöcher blähten sich wie die eines angriffsbereiten Stiers. DI Dunst, der am Schreibtisch neben Ketts Stuhl lehnte, sah Evie mit zusammengekniffenen Augen an, als würde er nicht recht schlau aus ihr.

«Gestern war sie kleiner, oder?», sagte er leise. «Also, *viel* kleiner.»

«Es ist ein anderes Mädchen», erklärte Kett mit erhobener Augenbraue.

«Oh.» Dunst wirkte immer noch skeptisch.

«Sind Sie nicht Kriminalermittler?» Kett lächelte.

«Finden Sie das *witzig*?», fragte Clare, blieb stehen und hätte beinahe mit seinem kackbraunen Anzugschuh aufgestampft.

Er funkelte Kett an. «Wissen Sie, was ich denke? Ich denke, wir haben zwei verschiedene Männer beschuldigt, unsere vermissten Mädchen entführt zu haben. Beide haben bekanntermaßen eine Verbindung zu diesem Polizeibezirk, einer von ihnen hat uns erfolgreich auf eine knappe Million Pfund verklagt, und beide haben einwandfreie Alibis für die Tatzeiten. Wir haben *keine* kriminaltechnischen Spuren, wir haben *kein* solides Motiv, sondern bloß wilde Spekulationen, und beide Männer sind wieder auf freiem Fuß. Dafür tragen Sie, DCI Kett, in hohem Maße die Verantwortung, und wenn ich ganz ehrlich sein soll, Sie haben es sich, mir und der gesamten Abteilung so richtig besorgt.»

«Sir», sagte Kett, «ich glaube wirklich nicht, dass *besorgt* das ist, was Sie sagen wollen …»

«Ich besorge es Ihnen auch gleich!», brüllte Clare. Wieder lief er auf und ab. «Es ist eine Katastrophe. Wir haben keine Verdächtigen, keine Spuren, und drei junge Mädchen sind genau in diesem Moment irgendwo da draußen und haben eine Scheißangst – falls sie noch am Leben sind, heißt das.»

Kett versuchte Evie die Ohren zuzuhalten, aber sie entwand sich ihm und hörte aufmerksam zu.

«Hat vielleicht irgendjemand zur Abwechslung auch mal gute Neuigkeiten?», fragte Clare, und seine Stimme brach vor Verzweiflung.

«Percival ist als Verdächtiger ausgeschlossen», sagte Porter, der zwei Schreibtische weiter saß. «Seine Kameraaufnahmen belegen es eindeutig. Ich habe mit jemandem bei Nest gesprochen, und der hat gesagt, dass es unmöglich ist, den Zeitstempel zu manipulieren, ohne das gesamte System zu hacken, und das wüssten sie. Percival war während aller drei Entführungen zu Hause.»

«Das soll eine *gute* Neuigkeit sein?», fragte Clare.

«Ähm, für Percival schon», murmelte Porter achselzuckend.

«Und Stillwater», sagte Raymond Figg, der Opferbetreuer, und drehte seinen Stift wie einen Dirigentenstab zwischen den Fingern. «Alle seine Alibis kommen hin. Für Sonntag gibt es keine Überwachungsbilder, aber auf den anderen beiden ist er deutlich zu sehen. Er ist es nicht.»

«Irgendwelche anderen Spuren?», fragte Clare. «Irgendetwas?»

«Wir prüfen noch, ob es vielleicht doch eine Bandengeschichte sein könnte», sagte DS Spalding, während sie ihr Haar zurückband. «Wir haben ein paar kleinere Fische festgenommen, die dabei erwischt wurden, wie sie sich um die Vorherrschaft im Mousehold Heath gezofft haben. Haben ihnen ordentlich Druck gemacht, aber es gibt keine Anzeichen dafür, dass die Sache ernst genug sein könnte, um deswegen mehrere Mädchen zu entführen. Es ist zu riskant und ruft uns auf den Plan, was die Banden unbedingt verhindern wollen.»

Clare sah an die Decke und fluchte.

«Damit wollen Sie mir also sagen, dass auch Vater und Sohn Walker in diesem Punkt entlastet sind?», fragte er.

Alle schwiegen, doch die Antwort lag auf der Hand.

«Sie können sich nicht einfach in Luft aufgelöst haben», sagte der Chef. «Sie sind irgendwo da draußen. Jemand hat sie entführt. Ich will, dass hier von jetzt an keiner schläft, keiner sich zum Essen hinsetzt, ich will, dass sich keiner auch nur die Zeit zum Sch...»

«Chef?», fragte jemand von hinten. Kett sah sich um und entdeckte den Sergeant vom Empfang. Er wirkte nervös.

«Hoffentlich ist es was Positives», sagte Clare.

«Ähm …» Der Mann rang die Hände. «Es ist bloß, die Presse ist hier.»

«Welcher Teil der Presse?», fragte Clare.

«Die gesamte Presse», sagte der Sergeant. «Sie wollen wissen, warum Sie Lochy Percival wieder einmal verhaftet haben.»

«Scheiße!», brüllte Clare, dass der Speichel sprühte. Er trat gegen einen Stuhl, und alle verfolgten, wie er quietschend durch den Raum rollte, bis er gegen einen Schreibtisch prallte. «Lassen Sie die nicht rein, und reden Sie nicht mit denen, keiner von Ihnen – unter Androhung der Todesstrafe. An alle: Ich will bis zum Ende dieses Tages eine neue Spur, irgendetwas, das die Aufmerksamkeit von dieser Totalkatastrophe ablenkt, oder ich degradiere Sie alle zu Constables. Klar? Und Kett.»

Clares Stimme hallte durch den Raum. Kett sah Clare an, alle anderen ebenfalls.

«Sie haben hier mehr als genug getan. Wenn Sie nicht so unbesonnen gehandelt hätten, wenn Sie sich Zeit gelassen hätten, bevor Sie Stillwater festgenommen haben, hätten wir jetzt vielleicht nicht so ein totales Desaster am Hals. Nehmen Sie Ihre Tochter und fahren Sie nach Hause. Wir melden uns, falls wir Sie brauchen.»

«Sir», sagte Porter. «Das ist nicht wirklich fa…»

«Porter, falls Sie das nicht mit *ihm zusammen* aussitzen wollen», unterbrach ihn Clare und stach mit dem Finger nach Kett, «dann halten Sie jetzt die Klappe, und hauen Sie ab.»

Kett seufzte und stand mit Evie auf dem Arm auf. Er hätte

natürlich deswegen eine Diskussion anfangen können, aber Clare hatte recht. Er hatte Stillwater verhaftet, ohne alle Fakten zu kennen. Er hatte ihn aufgrund seines Instinkts verhaftet – eines *falschen* Instinkts.

«Tut mir leid, Sir», sagte er und wandte sich zum Gehen. Evie sah den Superintendent über Ketts Schulter hinweg böse an, und beim Rausgehen hatte sie das letzte Wort.

«Pupskopf!»

* * *

Der Sergeant hatte nicht übertrieben: Es sah aus, als hätte sich die gesamte Presse der Stadt vor dem Gebäude versammelt. Etwa dreißig Reporter, die um die beste Position rangelten, während der Sergeant versuchte, den Pass zu halten wie ein übergewichtiger Gerard Butler ohne dreihundert Spartaner. Schon durch die geschlossene Tür hörte Kett ihre Fragen.

«Sind Sie bei der Suche nach den Zeitungsmädchen vorangekommen?»

«Warum wurden zwei Männer festgenommen und dann wieder freigelassen?»

«Ist Lochy Percival schuldig? Verdächtigen Sie ihn jetzt doch wieder der Beteiligung am Tod von Jenny O'Rourke 2013?»

Der arme Kerl, dachte Kett und blieb in der Mitte des Empfangsbereichs stehen. Diesen Ruf würde Percival nie mehr loswerden.

«Ich würde den Seitenausgang nehmen, Sir», sagte der Sergeant. «Die fressen Sie sonst bei lebendigem Leibe auf.»

«Danke.» Kett machte kehrt und stieß auf dem Weg zum

Seitenausgang auf Porter und Figg. Sein alter Freund wirkte um zehn Jahre gealtert.

«Kümmern Sie sich nicht um den Chef», sagte Figg achselzuckend und strich seinen Kinnbart glatt. «Der sucht nur nach jemandem, an dem er es auslassen kann. Nach einer Weile wird er Sie wieder dazurufen. Es liegt an diesem Fall. Der Täter ist clever, und Clare fühlt sich ausgetrickst und überlistet. Er kommt sich dumm vor, und damit kann ein Mann wie er nicht umgehen. Mit der Zeit wird sich alles klären. Es wird genauso sein wie bei dem Khan-Fall in London.»

Kett blinzelte.

«Ich hoffe nicht», sagte er. «Der kleine Junge ist gestorben.»

«O Gott.» Figg schlug sich die Hand auf den Mund. «Tut mir leid. Stimmt. Na, Sie wissen, was ich meine. Nehmen Sie es sich nicht zu sehr zu Herzen. Tut mir leid.»

Kett wartete, bis Figg davongewieselt war, dann wandte er sich an Porter.

«Das eben tut mir leid», sagte der große DI. «Mich hat er auch ziemlich zur Sau gemacht, als du weg warst.»

«Es ist meine Schuld, Pete», erwiderte Kett. «Er hat ja recht. Seit Billie … ich weiß nicht. Ich bin dem Mann an die Kehle gegangen, als wollte ich ihn töten, ohne mir zuerst darüber klar zu werden, was mein Ziel war.»

«Nicht töten, Daddy», sagte Evie aufrichtig beunruhigt. Sie legte ihm ihre kleine Hand an die Wange und sah ihn tief besorgt an, und da war dieser Tag nicht mehr ganz so bitter.

«Mache ich nicht», erwiderte er. «Genau genommen werde ich heute nichts anderes mehr tun, als mit dir und deinen Schwestern nach Hause zu fahren und zu chillen.»

Wenn auch nicht ohne ein schlechtes Gewissen, denn irgendwo waren drei Mädchen, die jede Hilfe brauchen konnten. Aber was er Porter gesagt hatte, war nicht gelogen. Billies Entführung hatte ihn verändert. Seitdem war er verzweifelt, und das machte ihn gefährlich. Das Team hier in Norfolk war gut, die Kollegen waren klug, sie wussten genau, was sie taten. Es würde für alle besser sein, wenn er ihnen nicht weiter in die Quere kam.

«Tja, wir sind hier», sagte Porter. «Falls dir irgendwas einfällt, lass es mich wissen. Und danke, Robbie. Egal, was der Chef sagt, es war gute Polizeiarbeit.»

Kett schüttelte die Hand, die Porter ihm zum Abschied reichte, dann suchte er sich seinen Weg durch den Kaninchenbau der Flure, bis er den Seitenausgang gefunden hatte. Hier war niemand. Er setzte sich Evie auf die Schultern, dann ging er seitlich am Polizeigebäude entlang und zurück in die Stadt. Es war glühend heiß, und die Hitze laugte ihn aus, aber der Umweg lohnte sich, denn als er sich durch die Scharen von Touristen und Kaufwilligen gekämpft hatte, war er außer Reichweite der Reporter. Sehen konnte er sie allerdings. Clare war schon draußen bei ihnen und gab vermutlich eine Erklärung ab, in der er Lochy Percival bestimmt ordentlich Honig ums Maul schmierte.

«Na komm», sagte Kett zu Evie. «Vergessen wir das alles und holen deine Schwestern ab.»

* * *

Es zu vergessen, erwies sich als gar nicht so einfach. Sobald er den Volvo aus der Betongruft der Bibliothekstiefgarage hinausgelenkt hatte, hatte das Radio wieder Empfang, und es liefen die Nachrichten. Die drei vermissten Mädchen aus Norwich waren jetzt auch der Aufmacher im landesweiten Radio. Der Mann, der gerade sprach, war nicht Clare, sondern der Chief Constable, der Polizeichef, und der versuchte nach Kräften, die diversen Fehler zu verschleiern. Kett betete, der Name Percival möge nicht fallen, doch da war er, laut und deutlich, genau richtig platziert, um eine zweite Klage zu provozieren.

«Vermaledeite Armleuchter», murmelte er, während er durch die schmalen Straßen fuhr. Es war erst kurz nach zwei, ein bisschen zu früh, um Alice abzuholen – obwohl er fast an ihrer Schule vorbeikam –, daher fuhr er zuerst zu Moiras Tagesmutter. Der Verkehr bewegte sich größtenteils in die Gegenrichtung, und so benötigte er nicht lange für die Fahrt. Er war fast enttäuscht, als Moira nicht mit ihm nach Hause kommen wollte.

«Das passiert ständig», sagte die Frau, an deren Namen Kett sich noch immer nicht erinnern konnte. «Daran erkenne ich, dass ich irgendetwas richtig mache.»

Oder dass ich etwas falsch mache, dachte Kett und hob das kreischende, zappelnde Etwas hoch, in das seine Jüngste sich verwandelt hatte.

«Mailen Sie mir eine Rechnung», sagte er. «Und danke.»

Auf dem Rückweg in die Stadt beruhigte sich Moira. Sie war so müde, dass er eine Zeitlang dachte, sie sei tatsächlich mit offenen Augen eingeschlafen. Für ein Mittagsschläfchen war es ein bisschen spät, aber zum Glück war Evie da, die sie anstupste, anschrie und überhaupt alles tat, um die Kleine zu ärgern. Kett konnte sich nicht dazu aufraffen, es zu unterbinden.

Er parkte den Volvo auf der Straße hinter Alice' Schule und ging mit den Mädchen für die verbleibende Wartezeit in den kleinen Park daneben. Evie war es zufrieden, das Gelände zu erkunden, und Moira wollte nur auf der Schaukel schlafen, also schob er die Kleine eine Weile an und versuchte, nach Möglichkeit nicht an seine Fehler zu denken. Aber wie sollte er nicht? Stillwater festzunehmen, war die Tat eines Amateurs gewesen. Kett war sich einfach so sicher gewesen, dass er es war, alles hatte zusammengepasst – beinahe zu gut, um wahr zu sein. Da war ein Mann, der schon einmal ein Mädchen entführt hatte und alle Merkmale eines echten Psychopathen aufwies, und dieser hatte mit einem Messer in der Hand und von oben bis unten voller Blut in einem verlassenen Haus gestanden. Falls er die Polizei hatte ködern wollen – besser hätte er es nicht anfangen können.

Doch Kameras logen nicht. Stillwater war unschuldig.

«Daddy, ich muss Aa», sagte Evie nach gefühlt fünf Minuten, die sich aber, als er auf die Uhr sah, als beinahe eine halbe Stunde herausstellten.

«Gibt es irgendeinen Augenblick am Tag, an dem du *nicht* Aa musst?», fragte er Evie, während er Moira von der Schaukel hob. Er ging mit den Mädchen in der Schule zur Toilette. Hinterher tobten die beiden über den Schulhof, während er darauf wartete, dass Alice' Unterricht endete. Den Blicken der anderen Eltern wich Kett nach Möglichkeit aus. Er war nicht in Stimmung für eine Unterhaltung.

Auch Alice war nicht in Stimmung für eine Unterhaltung. Als sie aus dem Klassenzimmer stapfte, hätte sie ihre Lehrerin fast mit dem Ellbogen weggestoßen. Mrs Gardner warf Kett einen Blick zu, der besagte: *Keine Sorge, wir befassen uns morgen damit*, und er nickte dankbar.

«Du und ich, Kleine», sagte er zu Alice, als sie durchs Tor auf die Straße gingen, «wir hatten wohl beide einen durch und durch schlechten Tag.»

* * *

Wie sich herausstellte, war dieser schlechte Tag noch lange nicht fertig mit ihnen.

Kett entdeckte sie bereits, bevor er den Wagen abgestellt hatte, zwei Männer und eine Frau, die auf der niedrigen Gartenmauer ihres Hauses saßen. Während er parkte, sprangen sie schon auf, rannten zum Auto, und die Frau klopfte ans Fenster.

«Daddy, wer sind die?», fragte Alice mit angstvoll aufgerissenen Augen. «Ich mag das nicht.»

Es brauchte nicht viel, um Alice aus dem Gleichgewicht zu bringen. Dennoch hegte Kett Mordgedanken, als er seine Tür öffnete und ausstieg.

«Da drin sind Kinder», zischte er. «Warum verpissen Sie sich nicht einfach und belästigen jemand anderen?»

«Da draußen sind auch Kinder», gab einer der Männer zurück. Er war zwischen fünfzig und sechzig, schätzte Kett, und trug ein kariertes Sakko, das aussah, als gehörte es in die 1970er-Jahre. Er richtete sein Diktiergerät wie eine Waffe auf Kett. «Unserer Quelle zufolge haben Sie einen Verdächtigen schikaniert und geschlagen, um ihn zu einem Geständnis zu bewegen, obwohl es einen Videobeweis für seine Unschuld gab. Ein *Polizei*video. Möchten Sie dazu etwas sagen, DCI Kett?»

Stillwater, dachte er. Der Scheißer musste sich direkt an die Presse gewandt haben.

«Wenn Sie eine Erklärung wollen, reden Sie mit der hiesigen Kripo», knurrte er. «Und jetzt machen Sie, dass Sie hier wegkommen, damit meine Kinder sich nicht anschauen müssen, wie ein Haufen mieser Arschlöcher aussieht.»

Er öffnete Evies Tür, hob sie heraus und schickte sie auf den Gehweg. Alice war wie der Blitz aus dem Auto und schlang die Arme so fest um Kett, dass sie ihm das Hemd aus der Hose zog. Er knallte die Tür zu und ging auf Moiras Seite. Die Journalisten kamen ihm hinterher.

«DCI Kett, was sagen Sie zu der Behauptung, dass Sie seit der Entführung Ihrer Frau nicht mehr arbeitstauglich sind?», fragte die Frau.

«Daddy?», sagte Alice an seinem Bauch.

«Sie mussten die Met verlassen», fuhr die Frau fort. «Und jetzt mischen Sie sich in eine laufende Ermittlung ein, die nicht offiziell in Ihre Zuständigkeit fällt. Ist das richtig?»

«Daddy!» Alice schrie jetzt, und Evie stand kurz davor, es ihr nachzutun. Die Wut, die in Ketts Innerem brodelte, war noch größer als die, die er Stillwater gegenüber empfunden hatte. Sie machte ihn beinahe blind; es war, als loderte die Welt so hell wie die Oberfläche der Sonne. Er holte Moira aus ihrem Kindersitz und versuchte, an den Reportern vorbeizugehen, ohne über Alice zu stolpern.

«Kein Kommentar.»

Der andere Mann – jung, in Anzug und Krawatte – trat vor und hielt ihm sein Telefon so dicht vor den Mund, dass es allen Ernstes Ketts Lippen streifte.

«Wenn Sie schon Ihre Frau nicht finden konnten», sagte er und lächelte fast, «wie kommen Sie dann darauf, dass Sie drei vermisste Mädchen finden können?»

Hätte Kett nicht Moira auf dem Arm gehabt und seine andere Hand auf Alice' Kopf gelegen, um sie zu beruhigen, er hätte dem Mann ins Gesicht geboxt, keine Frage. Er hätte den Scheißkerl zu Boden geschickt, ihm die Zähne ausgeschlagen und die Konsequenzen dafür tragen müssen. Aber es ging gerade nicht, und so tat er es auch nicht. Stattdessen senkte er den Kopf und drängte sich unbeirrbar an ihnen vorbei zur Haustür. Erst als er aufgeschlossen und die Kinder hineingeschickt hatte, sah er sich um.

«Auch Sie könnten nach ihnen suchen, wissen Sie», sagte er. «Kümmern Sie sich doch nicht um mich. Sie könnten jetzt da draußen sein, auf der Suche nach diesen Mädchen. Aber sehen Sie sich an.»

Und er sah sie an, sah sie *wirklich* an. Unter diesem Blick ließen alle drei ihre Geräte sinken. Die beiden Männer gingen irgendetwas vor sich hin murmelnd davon, während die Frau aufrichtig zerknirscht wirkte, als sie Ketts Blick erwiderte.

«Hören Sie, ganz unter uns», sagte sie, «glauben Sie, Sie werden sie finden?»

Ja, hätte Kett gerne gesagt. *Sie sind irgendwo, sie sind okay, wo sie auch sind, wer sie auch entführt hat, wir holen sie alle nach Hause.* Nichts wollte er lieber sagen.

Aber es stimmte nicht.

Er seufzte und ließ den Kopf hängen.

«Ich weiß es nicht», sagte er.

Dann schloss er die Haustür.

KAPITEL DREIUNDZWANZIG

An diesem Abend war er nicht nur ein mieser Cop.

Er war auch ein mieser Vater.

Kett war abgelenkt, hatte nur diesen Fall im Kopf. Hier im Haus warteten drei kleine Mädchen darauf, dass er aus seiner Arbeit auftauchte, die ihn wie ein Kokon einhüllte, aber die drei Mädchen, an die er ständig denken musste, waren Connie, Maisie und Delia. Er sah sie in jedem vorstellbaren Worst-Case-Szenario vor sich, und in den meisten waren sie tot – puppensteife Leichen, deren glasige Augen zum Himmel starrten, während ihr Mörder Erde auf sie schaufelte. Mittlerweile waren Tage vergangen, seit sie entführt worden waren, und nun, da alle Welt nach ihrem Entführer suchte, war es unwahrscheinlich, dass irgendjemand sie je wieder zu Gesicht bekommen würde.

Sie hatten ihr Zeitfenster verpasst. Sie hatten es vermasselt.

Er hatte es vermasselt.

Er schaltete den Mädchen das iPad ein, dann setzte er sich an den Tisch und wartete darauf, dass das Wasser kochte. Am liebsten hätte er Bingo unten in London angerufen und ihm dieselbe verdammte Frage wie immer gestellt – *irgendwas Neues?* –, aber es gelang ihm, es sich zu verkneifen. Der Tag war auch ohne einen weiteren vernichtenden Schlag schlimm genug.

Billie ist tot, sagte ihm seine Vernunft, doch er schüttelte den Kopf und weigerte sich, das zu glauben. Selbst jetzt noch, selbst nach all der Zeit rechnete er damit, ihre Schlüssel klirren zu hören, wenn sie aufschloss, und das leise «Puh!», das ihr Aufatmen begleitete, wenn sie zu Hause war; rechnete immer noch damit, dass sie die Arme um ihn legte und ihm die Lippen auf den Mund drückte.

Wie ist es ihnen ergangen?, würde sie fragen. *Den kleinen Monstern?*

«Ach, wie immer», erwiderte er. «Moira hatte ihren ersten Tag bei der Tagesmutter, das hat wirklich gut funktioniert. Alice gewöhnt sich ein, langsam, aber sicher. Und Evie hat mir bei unserem Fall geholfen. Sie wird bestimmt mal Detective.»

Und du? Wie geht's dir?

«Besser, jetzt, wo du zu Hause bist.» Beinahe konnte er ihr Parfüm riechen. «Wie immer.»

«Dad? Mit wem redest du?»

Da merkte er, dass seine Augen geschlossen waren, und öffnete sie. Alice stand an der Tür.

«Mit niemandem, Schatz», sagte er. «Ich bin nur müde. Magst du mir erzählen, wie es in der Schule war?»

Sie antwortete nicht, sondern hielt sich an der Tür fest und schwang vor und zurück.

«Hunger?»

Sie nickte, und Kett stand auf, schnappte sich eine Tasse und warf einen Teebeutel hinein.

«Was bestellen?»

«Oder könntest du kochen?», fragte sie. «Ich vermisse normales Essen.»

Mum-Essen.

«Mal sehen, was ich tun kann», sagte er. «Geh, schaut euch irgendwas an. Ich bin gleich bei euch.»

Sie rührte sich nicht vom Fleck.

«Alice», sagte er warnend. Sie sah ihn finster an, dann drehte sie sich um und latschte zurück ins Wohnzimmer.

Seufzend drückte er mit einem Löffel den Teebeutel aus. Er benahm sich mies ihr gegenüber, das wusste er. Nichts davon war ihre Schuld, und sie brauchte ihn jetzt mehr denn je. Aber heute Abend war zwischen ihm und den Kindern eine unsichtbare Barriere. Er fühlte sich nicht mit ihrer Welt verbunden, sondern versank immer tiefer in diesem Fall wie in einem dunklen, kalten Ozean. Dies war sein Schicksal, dies war die Gesellschaft, die ihm bestimmt war – die Vermissten und die Toten. Bis auch er so verloren war, dass seine Kinder ihn nie mehr wiederfinden würden.

Herrgott, sagte er sich und rieb sich die Augen. *Verbring einfach ein bisschen Zeit mit ihnen. Sei einfach bei ihnen.*

Zeit mit ihnen zu verbringen, war kein Problem. Er trug seinen Tee ins karg möblierte Wohnzimmer, quetschte sich aufs Sofa und ließ Moira und Evie auf seinen Schoß klettern. Widerstrebend hielt Alice das iPad so, dass alle etwas sehen konnten, irgendeine Netflix-Sendung, die ihm vage bekannt vorkam.

Aber er war nicht *bei* ihnen. Nicht richtig.

Wo waren die Zeitungsmädchen? Was verband sie miteinander? Was hatten sie gemeinsam? *Wen* hatten sie gemeinsam? Connie: während ihrer Zustelltour entführt und in das Haus einer toten Person gezerrt. Maisie genauso, nicht einmal vierundzwanzig Stunden später. Und Delia: aus ihrem eigenen Haus entführt, während ihre Mutter sterbend auf dem Küchenboden lag. Sie war das erste Opfer, und Kett war sich beinahe sicher, dass der Mörder diese Entführung verbockt hatte. Er hatte nicht vorgehabt, Evelyn Crossan zu ermorden. Deshalb hatte er seinen Modus Operandi geändert und den Mädchen auf ihren Touren in den Häusern von Toten aufgelauert, wo die Wahrscheinlichkeit einer Störung gering war. Warum sonst hätte sich seine Vorgehensweise so drastisch ändern sollen?

Aber wie hatte er die Mädchen aus diesen Häusern dorthin bekommen, wo er sie gefangen hielt? Alle drei waren zierlich, aber selbst eine Elfjährige konnte kräftig austeilen, wenn sie wollte – wenn Alice einen heftigen Tobsuchtsanfall hatte, stellte ihn das manchmal vor echte Probleme, und sie war erst sieben. Notfalls konnten sie die Welt zusammenschreien. Wenn ihr Entführer sie nicht sofort getötet hatte, und dafür gab es keinerlei Anzeichen, dann musste er ein Auto gehabt haben, was bedeutete, er hatte die vermutlich schreienden und um sich tretenden Mädchen bis zur Straße getragen, den Autoschlüssel hervorgeholt und die Mädchen in den Kofferraum gesteckt, und das alles am helllichten Tag. Und doch waren sie durch sämtliche Straßen und von Haus zu Haus gezogen und hatten die Anwohner befragt. Keine Zeugen.

Außerdem war da die Frage, warum der Entführer ausgerechnet *drei* Mädchen gefangen genommen hatte. Das ergab keinen Sinn.

«Dad!» Evie legte ihm die Hand auf den Mund und verdrehte seine Lippen. Er zog den Kopf weg.

«Was?»

«Moira kaut wieder auf dem Kabel», sagte Alice, die versuchte, der Kleinen das Ladekabel des iPads abzunehmen. Kett nahm es und riss es Moira aus dem Mund – ein bisschen grob. Moiras Augen füllten sich mit Tränen, und sie schob die Unterlippe vor.

«Tut mir leid», sagte er zu ihr, doch es war zu spät. Sie warf sich nach hinten und wäre ihm fast vom Knie gefallen, und als er sich hastig vorbeugte, stieß er Evie auf den Schoß ihrer älteren Schwester. Und dann schrien sie alle.

«Tut mir leid!», brüllte Kett. «Seid einfach still.»

Er hob Moira hoch und drückte sie sich an die Brust.

«Seid mal ein bisschen leise, okay?», bat er die beiden anderen und stand auf. «Ich will versuchen, sie eine Weile hinzulegen.»

Er ging aus dem Zimmer. Die Angst lag ihm wie Blei im Magen. Was würde er nicht dafür geben, seine Frau, ihre Mutter, hier zu haben? Was würde er nicht für ein zweites Paar Hände geben? Es war unmöglich, er schaffte das hier einfach nicht.

Während er die Kleine nach oben trug, suchte er mithilfe des Telefons nach Restaurants mit Lieferservice hier in der Gegend. Er entschied sich für ein chinesisches, das nicht weit von Walkers Laden entfernt lag, und bestellte Hühnerbällchen, Frühlingsrollen und Fritten – ob der Mann am Telefon ihn allerdings bei dem Geschrei, das Moira veranstaltete, überhaupt verstehen konnte, blieb dahingestellt.

Ohne sich darum zu kümmern, dass im Elternschlafzimmer immer noch keine Vorhänge an den Fenstern hingen, legte er Moira aufs Bett. Ihr die Windeln zu wechseln, war, als würde man mit einem wilden Pferd ringen, und einmal traf sie ihn mit der Ferse so wuchtig an der Nase, dass er befürchtete, sie könne gebrochen sein. Er unterdrückte seinen Ärger, legte sich neben sie, hielt sie fest und übersäte ihren verschwitzten Kopf mit Küssen, bis sie sich irgendwann beruhigte. Sie lag da, schniefte und atmete stockend. Sie lag da, und er sang ihr etwas vor.

«You are my sunshine, my only sunshine, you make me happy when skies are grey.»

Das war das Lied, das Billie der Reihe nach jedem Kind jeden Abend vor dem Einschlafen vorgesungen hatte. Er führte diese Tradition fort, obwohl es ihm unfassbar schwerfiel, obwohl jede Zeile eine Qual für ihn war.

«You'll never know, dear, how much I love you. Please don't take my sunshine away.»

Billies Magie wirkte jedoch, selbst wenn er das ausführende Organ war. Moira beruhigte sich und grapschte mit ihren pummeligen Fingerchen nach seinem Gesicht. So lag sie eine Weile da, halb eingeschlafen, halb wach, döste aber nicht vollends weg. Er ebenso wenig, obwohl er es in dieser tiefen Stille mühelos gekonnt hätte.

«Addy», sagte sie nach einer Weile. «Schuhe.»

«Ich dachte, du bist müde?»

«Nein, Schuhe», sagte sie und dann etwas, das nach «mach Erdnussbutterpferd auf» klang.

«Ich habe kein Erdnussbutterpferd», sagte er und strich ihr mit einem Finger über die Wange. «Tut mir leid.»

Sie seufzte, dann setzte sie sich auf und rieb sich mit den Fäusten die Augen.

«Sollen wir es nach dem Abendessen noch mal versuchen?», fragte er.

«Nana.»

«Das verstehe ich als ja.»

Als es an der Tür klingelte, war er mit ihr gerade auf halbem Weg die Treppe hinunter, und Alice und Evie stürmten aus dem Wohnzimmer, als ob das Haus angegriffen würde. Er drängte sich an ihnen vorbei, schnappte sich das Essen und dankte dem amüsierten Fahrer.

«Wer will Hühnerbällchen?»

«Ich!», schrie Evie, und dann rannten sie alle drei ins Wohnzimmer und kreischten dabei wie Banshees. Kett holte Teller aus der Küche, ging zu ihnen, öffnete die Essensbehälter auf dem Boden und erlaubte ihnen, sich selbst zu bedienen.

«Seid nur vorsichtig, es ist bestimmt heiß», warnte er, doch seine Worte gingen in dem nun folgenden Fressgelage unter. Lächelnd sah er ihnen zu und staunte darüber, dass diese seltsamen, wunderschönen Geschöpfe in irgendeiner Form von ihm ausgegangen waren. Er tat einen tiefen, zittrigen Atemzug und versuchte, sie zu sehen, sie *richtig* zu sehen, auf eine Weise, die es ihm endlich ermöglichte, sich die drei Zeitungsmädchen aus dem Kopf zu schlagen.

«Das war meine Pommes, Moo-Moo!», schrie Evie, als Moira ihren Teller plünderte. «Daddy, das war meine Pommes!»

«Es sind buchstäblich noch etwa hundert Pommes im Behälter», erwiderte er. Evie ignorierte sie und schnappte sich stattdessen eine Fritte von Alice' Teller, womit sie einen Ausbruch reinster Wut provozierte.

«Nein! Gib die zurück!»

«Dad!»

«Daddy!»

Kett nahm eine Fritte von seinem eigenen Teller und bewarf Evie damit. Es war ein guter Wurf, die Fritte traf sie sanft an der Stirn und fiel dann auf ihren Teller. Sie riss erschrocken die Augen auf und erstarrte. Kett nahm eine weitere Fritte und hob sie über den Kopf.

«Möchte noch jemand Theater machen?», fragte er.

«Aber Dad», begann Alice, und Kett warf die Fritte nach ihr. Sie prallte von ihrer Schulter ab, und Alice nahm sie auf und warf sie zurück.

Es war albern, das wusste er. Eine schreckliche Lebensmittelverschwendung. Aber im Augenblick war es genau das, was sie brauchten.

«Essensschlacht!», schrie er, und plötzlich schwirrten überall Fritten durch die Luft. Alice war außerordentlich treffsicher. Eine Fritte prallte von seinem Kinn ab, und eine weitere traf ihn am Nasenrücken. «Evie! Moira! Verteidigt mich!»

Evie gehorchte und warf eine Fritte nach Alice. Moira griff einfach nach allem, was sie zu packen bekam, und warf damit um sich. Alice lachte, und zwar richtig, so, wie sie es schon viel zu lange nicht mehr getan hatte. Und er auch, merkte er, es brach aus ihm hervor wie ein Sonnenstrahl durch eine dichte Wolkendecke.

«Nein!», schrie Alice lachend. «Alle auf Dad! Auf Dad!»

Alle drei wandten sich gegen ihn, und es hagelte Fritten auf sein Gesicht und seine Brust. Er duckte sich, zog sich auf allen vieren zur Tür zurück und warf blindlings seine letzte Munition in Richtung der Mädchen.

«Das ist unfair!», rief er. «Ihr dürft euch nicht gegen mich verbünden, Teams sind nicht erlaubt.»

Ein saftiges Hühnerbällchen traf ihn voll aufs Auge, und er hob die Hand und wollte ihnen sagen, sie sollten aufhören.

Aber er sprach es nicht aus, er *konnte* nicht, denn in seinem Kopf war etwas explodiert.

Teams sind nicht erlaubt.

Er stand auf und verließ das Wohnzimmer, damit er einen klaren Gedanken fassen konnte.

Ach du Scheiße.

Fritten kamen durch die Tür geflogen wie Pfeile, doch er ignorierte sie, rannte in die Küche und zog das Telefon aus der Tasche. Er wählte Porters private Nummer und lauschte dem Läuten.

«Dad! Pass auf, wir kommen jetzt!», brüllte Alice und streckte den Kopf aus dem Wohnzimmer.

Komm schon, komm schon.

«DI Porter.»

«Pete, hier ist Robbie. Ich glaube, ich weiß, warum Stillwater und Percival Alibis hatten. Ich weiß, warum es Überwachungsbilder von beiden gibt, die zufällig so gut mit den Tatzeiten übereinstimmen, dass es eigentlich zu schön ist, um wahr zu sein.»

«Ach? Weil sie unschuldig sind?»

«Nein, sie sind schuldig», erwiderte Kett. «Ich glaube, sie sind beide schuldig. Sie bilden ein Team. Sie arbeiten *zusammen*.»

KAPITEL VIERUNDZWANZIG

Die Schmerzen waren unerträglich. Solche Schmerzen hatte sie noch nie gehabt, nicht einmal, als sie damals in Sport den Basketball abbekommen und sich den Finger gebrochen hatte.

Es waren die schlimmsten Schmerzen ever.

Aber sie durfte nicht aufhören.

Maisie beugte die Handgelenke, drehte sie hin und her. Immer wieder. Ihre Hände waren klebrig, und obwohl sie sie nicht sehen konnte, wusste sie, dass das Klebrige Blut war. Doch der Draht, mit dem ihr die Hände auf den Rücken gefesselt waren, hatte sich eindeutig gelockert. Wenn sie die Arme auseinanderzog, spürte sie den Abstand zwischen ihren Handgelenken.

Aber es tat höllisch weh. Ihr pochte der Kopf davon, und sie befürchtete schon, dass sie sich übergeben musste.

Nicht übergeben, befahl sie sich, denn sonst würde das Monster kommen. Er würde sie wegbringen, genau wie das andere Mädchen, Connie. Maisie wusste nicht, wie lange das her war. Es konnte vor einer Stunde geschehen sein, aber auch vor einem Monat. Das einzige Fenster im Zimmer war mit Brettern zugenagelt, aber wenigstens brannte jetzt Licht – eine einzelne Glühbirne, die direkt über ihr hing –, und die Welt war so still, als wäre die Zeit ohne sie weitergelaufen. Sie wusste nur, dass das Monster das andere Mädchen rufen gehört und weggebracht hatte.

«Ohne deine Zunge kannst du nicht mehr schreien», hatte er gesagt, als er sie durch die Tür zerrte. «Du wirst es versuchen, aber du wirst es nicht können.»

Und dann waren sie nur noch zu zweit gewesen.

Maisie ruhte kurz aus, weil an den Rändern ihres Blickfelds Dunkelheit pulsierte. Sie sah zur Seite nach dem anderen Mädchen. Als Maisie hereingezerrt und gefesselt wurde, war sie schon hier gewesen. Damals – vor Tagen? Wochen? – hatte das Mädchen alles aus weit offenen Augen wachsam verfolgt. Jetzt aber war sie auf ihrem Stuhl zusammengesackt und hatte die Augen geschlossen, und ihr Atem ging so schnell und flach, dass sie Maisie an eine Maus erinnerte, die sie einmal in der Garage ihres Großvaters in einer Falle klemmend gefunden hatte. Es ging ihr nicht gut, ihre Haut war so blass, dass sie fast durchscheinend wirkte.

Maisie fragte sich, ob sie genauso aussah. Seit sie hier war, hatte sie nichts zu essen bekommen und zu trinken nur ein paar Schluck Wasser. Die hatte ihr das Monster gegeben. Er hatte so ekelhaft gestunken, dass sie zuerst nicht aus der Tasse, die er ihr hinhielt, hatte trinken können.

Das andere Mädchen hatte gar nicht getrunken.

Maisie atmete tief durch und machte sich wieder an die Arbeit, verdrehte die Arme, lockerte den Draht. Es knarzte bei jeder Bewegung, was in der Stille unglaublich laut klang. Sie wusste, dass das Monster jetzt jeden Augenblick hereinstürmen würde, mit blitzendem Messer, um ihr die Zunge oder die Finger oder die Augen zu nehmen. Und was dann? Er würde sie natürlich töten. Gingen solche Sachen nicht immer so aus? Sie hasste die Nachrichten, weil sie voller Mord und Totschlag, voller Terroranschläge und noch viel Schlimmerem waren. Auch wenn sie erst elf war, wusste sie doch genug über die Welt, um zu begreifen, dass man nicht drei Mädchen entführte, ohne damit einen

Zweck zu verfolgen. Und da sie sich ziemlich sicher war, dass sie nicht wegen eines Lösegelds hier war, konnte es nur mit ihrem Tod enden.

Das war nicht fair. Das war nicht fair. Das war nicht ...

Sie spürte, wie der Draht nachgab, sich löste und zu Boden fiel. Zuerst konnte sie die Handgelenke nicht voneinander lösen und dachte schon, sie wäre noch immer gefesselt. Aber dann zog sie mit einem Schmerzensschrei, den sie hinter ihren Lippen abfangen musste, einem Schrei, von dem sie schon dachte, dass er sie zerspringen lassen würde, die Hände in den Schoß.

Hör nicht auf, *befahl sie sich.* Hör nicht auf.

Es war, als hätte jemand Rasierklingen in ihr Rückgrat und ihre Hüften genäht, doch irgendwie schaffte sie es, sich hinunterzubeugen und die Finger auf den Draht zu legen, mit dem ihre Knöchel zusammengebunden waren. Das war leichter, auch wenn ihre Hände klebrig waren, und sie brauchte nicht einmal eine Minute, um den Draht zu lösen.

Sie wollte gerade aufstehen, da hörte sie Schritte.

Nein.

Sie kamen von unter ihr, und sie wurden lauter.

Maisie versuchte aufzustehen, doch ihre Beine gehorchten ihr nicht. Sie fiel auf den Stuhl zurück und schrie auf. Erschrocken schlug sie sich die Hand auf den Mund. Die Schritte hielten inne.

Hatte er sie gehört?

Kam er herauf?

Maisie rieb sich die geschwollenen Waden und probierte es erneut. Diesmal versuchte sie gar nicht erst aufzustehen, sondern ging auf alle viere und kroch über die nackten Dielen. Sie steuerte nicht auf die Tür zu, sondern schleppte sich zu dem anderen Mäd-

chen hinüber und versuchte, den Drahtknoten an ihren Beinen zu lösen. Es war zu schwer, ihre Finger waren taub und schlüpfrig vom Blut.

Tut mir leid, *dachte sie.* Ich hole Hilfe, versprochen.

Wieder Schritte unter ihr. War da auch eine Stimme?

Kleine Mädchen sollten tun, was man ihnen sagt, *würde er sagen.* Kleine Mädchen, die weglaufen, brauchen keine Zehen.

Jetzt war sie an der Tür und zog sich am Griff hoch. Garantiert war die Tür abgeschlossen. Bloß war sie das nicht. Der Türgriff quietschte, die Tür knarrte, und sie humpelte hinaus auf einen dunklen, kahlen Flur.

Maisie blieb stehen, dann tastete sie sich an der Wand entlang, bis sich ein Stück voraus eine Treppe aus den Schatten herausschälte. Es war eine laute Treppe. Knarzende Dielen, donnernde Schritte – dadurch hatte sie immer gewusst, wann das Monster kam. Sie senkte den Fuß auf die oberste Stufe und hielt sich dicht an der Wand. Ihre Finger hinterließen Blutflecken auf dem abbröckelnden Putz. Hier draußen war ein Gestank, den sie schon einmal wahrgenommen hatte – so widerlich, dass sich ihr der Magen umdrehte.

Sie ignorierte es und ging so schnell, wie sie es wagte, weiter. Zwei Schritte. Drei. Vier, fünf, sechs, bis sie die Biegung erreichte. Die Stimme kam von unter ihr, leise, aber eindringlich. Das Monster klang, als würde es mit sich selbst streiten. Oder vielleicht mit dem Mädchen, das er aus dem Zimmer geholt hatte.

«...nicht gut, wir müssen ...»

Sie verstand nicht, worum es ging. Aber das Monster war abgelenkt. Das war gut.

Maisie ging weiter und wäre gleich darauf fast gestolpert, als sie auf eine lose Stufe trat. Das Geräusch, das sie verursachte, hätte auch ein Kanonenschuss sein können.

Die Stimme verstummte.

Rasch lief Maisie weiter, ihre nackten Füße trampelten die letzten paar Stufen hinab und landeten auf kalten Steinplatten. Sie stand in einem geräumigen Flur, vor ihr befanden sich zwei Türen, eine auf jeder Seite. Aus einer fiel Licht heraus, deshalb drehte sie sich um und lief in die andere Richtung.

«Hast du das gehört?», hörte sie hinter sich die Stimme des Monsters. Sein Flüstern verwandelte sich in lautes Schreien: «Kleine Mädchen, die uns die Pläne versauen, bekommen ihre Hände abgehauen.»

Da, eine Küche. Maisie warf sich in die hochwillkommene Dunkelheit und drückte sich fest gegen die Wand. Im selben Moment kam jemand aus der Tür am anderen Ende des Flurs. Sie hielt den Atem an, aber ihr Herz war wie eine Abrissbirne, es schlug so laut, dass es bestimmt das ganze Haus zum Einsturz bringen könnte.

«Hast du sie auch wirklich gut gefesselt?», ertönte die Stimme des Monsters, jetzt wieder leise.

«Ja», antwortete eine andere Stimme, sanfter, zögerlicher. «Ich habe alles getan, was du mir gesagt hast. Ich habe alles richtig gemacht. Du musst ...»

«Du könntest dir ja nicht mal die Schuhe richtig zubinden», sagte das Monster.

«Doch», winselte die andere Stimme. «Bitte, ich gehe nachsehen.»

«Das mache ich. Ich schneide die beiden in Stücke.»

Das Monster lachte.

«Nein, bitte nicht!», sagte der andere.

Donnernde Schritte auf der Treppe. Er ging nach oben, was bedeutete, dass ihr nur noch Sekunden blieben, bis er merkte, dass sie frei war. Sie ging weiter in die stockfinstere Küche hinein und wedelte mit den Händen vor sich herum. War das ein Lichtschimmer da hinten? Eine Tür? Es musste eine Tür sein. Musste einfach.

So war es auch. Dahinter schien eine Speisekammer zu liegen, die von einer völlig verstaubten Glühbirne beleuchtet wurde. Die Tür stand nur einen Spaltbreit offen, aber das genügte, um das blutgetränkte Lumpenbündel zu sehen, die Hand, die, totenbleich und totenstill, darunter hervorlugte, als flehte sie um Hilfe.

Aber sie konnte nicht helfen. Es war zu spät.

Maisie wich zurück und stieß mit dem Bein an einen Stuhl, sodass er über den Boden schrammte. Sie rannte los, auf eine Tür am anderen Ende des Raums zu. Packte den Griff, zog fest daran, betete, dass die Tür offen war, betete …

Sie schwang nach innen auf, und da war die Nacht, die Luft. Sie rannte, stolperte, rannte, so ausgelassen, dass sie die vor ihr aufragende Gestalt mit dem Sack anstelle eines Gesichts nicht sah.

Das Monster packte sie und hob sie vom Boden hoch.

«Nein! Nein!», schrie Maisie und schlug nach ihm. Es war zwecklos, er war zu stark. Eine behandschuhte Hand wurde ihr auf den Mund gedrückt, der andere Arm wurde ihr wie ein Schraubstock um die Brust geschlungen. Dann trug er sie zum Haus zurück. Die Küchentür erschien ihr wie ein aufrecht stehender Sarg, voller Dunkelheit, bis ein weiteres Monster herausgerannt kam. Auch er trug eine Kapuze und starrte sie durch die kreuzförmigen Augenschlitze an, in der Hand ein fies aussehendes Messer.

«Scheiße», sagte das zweite Monster.

Dann war da noch ein drittes, so als würde das Haus böse Männer erbrechen. Dieser war noch dabei, sich die Kapuze über den Kopf zu ziehen, was ihm nicht gleich gelang. Das Monster mit dem Messer drehte sich zu ihm um.

«Du verdammter Idiot.»

«Genug», sagte das Monster, das sie festhielt. Er beugte sich vor und flüsterte ihr direkt ins Ohr. «Wohin denn so eilig? Weißt du denn nicht, dass mich alle lieben? Komm zurück zu mir, der Spaß fängt doch gerade erst an.»

«Nein!», schrie Maisie durch seine Finger. «Nein!»

Sie boxte, sie kämpfte, sie biss, sie trat um sich. Doch es half alles nicht. Sie waren schließlich zu dritt, da war ein ganzer Wald aus Händen, die sie packten und sie, ohne auf ihre Schreie zu achten, in die Dunkelheit zerrten.

KAPITEL FÜNFUNDZWANZIG

Samstag

Es war schon nach Mitternacht, als Kett in der Zentrale der Norfolker Polizei eintraf, und es war nur Superintendent Clares Frau zu verdanken, dass er überhaupt dort sein konnte.

«Sind Sie sicher, dass es für sie in Ordnung ist, auf die Kinder aufzupassen?», fragte Kett, als er den Lagerraum betrat. «Sie schien nicht allzu glücklich darüber zu sein.»

Fiona Clare, ihres Zeichens Kronanwältin, hatte vor fünfzig Minuten mit einem Gesicht wie drei Tage Regenwetter bei Kett vor der Tür gestanden. Die Mädchen hatten geschlafen, Gott sei Dank, und Fiona hatte sich, ohne viele Worte zu verlieren, aufs Sofa gesetzt. Vier dieser Worte waren: «Hauen Sie schon ab.»

«Alles in Ordnung», sagte Clare. «Das ist einfach ihr Gesicht.»

Der Chef knallte beide Fäuste auf den Tisch und fixierte Kett mit Augen, die mehr rot als weiß waren. Schon als Kett ihm zum ersten Mal begegnet war, hatte er nicht gerade wie das blühende Leben ausgesehen, aber jetzt war er wirklich grau im Gesicht.

«Ich will wirklich hoffen, dass Sie etwas für mich haben», sagte er.

«Habe ich», erwiderte Kett und nickte dem übrigen Team zu. Porter schlief halb auf seinem Stuhl. Dunst und Spalding saßen auf der anderen Seite des Tischs. DCI Pearson lehnte an der Wand und kaute auf ihrem Kuli, als wäre er eine Zigarre. Auch Savage war da, sie stand zusammen mit zwei weiteren Constables in einer Ecke und lächelte Kett zu. Er konnte in ihrem Gesicht lesen, als würde sie laut sprechen.

Schön, dass Sie wieder dabei sind.

«Also?», blaffte Clare. «Porter hat gesagt, Sie hätten eine Eingebung gehabt. Mir graut ja fast davor. Sie arbeiten *zusammen*?»

«Ich glaube ja.» Kett rieb sich die Schläfen, als könnte er damit die Erschöpfung lindern. «Wir waren davon überzeugt, dass wir es mit einem einzelnen Serienentführer zu tun haben, nicht wahr? So ist es ja normalerweise auch, außer man hat es mit Menschenhändlern zu tun. Ein Einzeltäter, das gleiche Verbrechen, immer wieder, bis er gefasst wird.»

«Nichts deutet darauf hin, dass es hier anders ist», sagte Clare. «Es sei denn, Sie jagen wieder einer Sphinx nach.»

«Ich …» Kett runzelte die Stirn. «Einer *Sphinx* nachjagen, Sir?»

«Fahren Sie einfach fort.»

«Okay. Stillwater und Percival hatten beide perfekte Alibis.» Kett ging zur Stirnseite des Raums. «Genau genommen könnte man sich kein besseres Alibi wünschen, als auf einer Polizeiwache gefilmt zu werden, während das Verbrechen verübt wird. Stillwater *wollte* am Dienstag hier sein, er wollte ein wasserdichtes Alibi.»

«Aber er hat den Termin nicht vorgeschlagen», sagte Spalding. «Das waren wir.»

«Ich wette mit Ihnen, um was Sie wollen, dass das nicht der erste Termin war, der ihm vorgeschlagen wurde», sagte Kett. «Sehen Sie nach, ob er andere Termine abgelehnt hat, bis er diesen akzeptiert hat. Er wollte hier sein, während Maisie entführt wurde, weil er wusste, dass wir nichts gegen unsere eigenen Kameras sagen können.»

«Also wusste er, dass Maisie genau dann entführt werden würde», sagte Clare. «Von wem? Percival? Der hatte auch ein Alibi.»

«Die Kameras bei ihm zu Hause.» Kett nickte. «Haben Sie sich die Videos alle angesehen?»

«Natürlich», antwortete Porter, ohne die Augen zu öffnen. «Dieses spezielle Vergnügen hatte ich. Der Mann läuft für meinen Geschmack deutlich zu oft mit der Hand in der Hose herum. Aber er war während aller drei Entführungen zu Hause.»

«Bist du sicher?», fragte Kett. «Zeig's mir.»

«Dafür muss ich das Telefon aus der Asservatenkammer holen.» Stöhnend stand Porter auf. «Moment.»

Er verließ den Raum, und Kett nahm sich einen Moment Zeit, um seine Gedanken zu ordnen.

«Ein Entführerteam ergibt Sinn», sagte er. «Zwei Männer können ein entführtes Mädchen leichter bändigen als ein einzelner Mann.»

«Das ist eine hoch spannende Spekulation», sagte Clare. «Aber bis jetzt stolpern Sie nur im Nebel rum. Ich brauche *Beweise*, Kett.»

«Dazu komme ich gleich. Gibt es irgendwelche Anhaltspunkte dafür, dass Stillwater und Percival sich kennen?»

«Nein», sagte Dunst. Er zog einen Notizblock aus der Tasche und blätterte darin, steckte ihn wieder ein und betrachtete kurz seine Fingernägel, bis ihm auffiel, dass die anderen ihn erwartungsvoll ansahen. «Oh, tut mir leid, das war's schon. Es besteht kein Grund zur Annahme, dass sie sich überhaupt kennen.»

«Genau», sagte Kett. «Außer dass sie ungefähr zur selben Zeit verhaftet wurden, nicht wahr? Percival wurde ... wann? Im November 2013 beschuldigt, Jenny O'Rourke ermordet zu haben. Stillwater wurde 2014 festgenommen.»

«Stillwater hat Emily Coupland im Frühjahr 2014 aus dem Park entführt», nuschelte Pearson, die immer noch den Stift im Mund hatte. Sie nahm ihn heraus und wischte ihn an ihrem T-Shirt ab. «Percival war gerade freigelassen worden, es war überall in den Nachrichten, dass er unschuldig war.»

«Nein, nein, das haben wir doch damals alles schon überprüft», warf Clare ein. «Wir haben Nachforschungen über die beiden angestellt, um zu sehen, ob es eine Verbindung gibt, weil ihre Straftaten sich so ähnelten. Es gab absolut gar nichts, was darauf hindeutete, dass sie sich kannten. Sie kommen aus unterschiedlichen Schichten und verschiedenen Gegenden von Norfolk. Überhaupt kein Kontakt über die sozialen Medien, keine Telefonate, keine Überwachungsbilder, nichts. Es war damals ein Schuss in den Ofen, und das ist es heute auch.»

«Das war *vorher*», widersprach Kett. «Ich denke, Sie haben recht, vor 2014 kannten sie sich nicht. Stillwaters Entführung dieses Mädchens aus dem Park und Percivals fälschliche Verurteilung wegen Mordes an einer vierzehnjährigen Touristin – zwischen diesen Ereignissen gab es tatsächlich keinen Zusammenhang. Aber was ist danach?»

«Danach?», fragte Clare.

«Es war etwas, das Percival gesagt hat», erklärte Kett. «Als er über die Selbsthilfegruppe sprach, zu der er nach der Aufhebung seiner Verurteilung als Teil seiner Therapie ging. Für Opfer von Polizeifehlverhalten oder so.»

«Richtig», sagte Clare. «Das war eine Traumagruppe für Menschen, die von Justizirrtümern betroffen waren – echten oder eingebildeten.»

«Musste Percival da hingehen?»

«Zur Gruppentherapie?» Clare schnaubte. «Natürlich nicht, er ist freiwillig hingegangen. Die ganze Gruppe ist mir auf den Sack gegangen.»

«Aber wir haben sie angeboten?», fragte Kett. «Also, wir, die Polizei?»

Clare nickte, dann schüttelte er den Kopf.

«Na ja, nicht direkt. Wir haben einen Raum zur Verfügung gestellt und ein paar Plätzchen, aber die Gruppe war ein Projekt der Öffentlichkeitsarbeit. Warum? Was hat das mit unserem Fall zu tun?»

«Vielleicht nichts», antwortete Kett. «Vielleicht alles. Auch Stillwater hat ja von Therapie gesprochen. War das dieselbe Gruppe?»

«Moment.» Clare runzelte die Stirn. «Moment mal, verdammt. Es *war* dieselbe Gruppe. Jetzt erinnere ich mich. Der Scheißer ist damit hausieren gegangen, dass wir ihn mies behandelt hätten. Er hat sich als Samariter hingestellt, der nur versucht hat, das Richtige zu tun. Der dieses Mädchen retten wollte. Er wollte alle auf seine Seite ziehen, deshalb hat er an dieser Gruppe teilgenommen. Einmal hat er Reporter mitgebracht, da gab es den totalen Shitstorm, weil die dann Fotos von den Leuten gemacht haben, die da hingegangen sind, dabei sollte es völlig anonym sein. Das war alles Teil der Show, die er abgezogen hat, alles darauf angelegt, ihn unschuldig aussehen zu lassen, obwohl wir alle wissen, dass er die Entführung nur verkackt hatte.»

«Also kennen sie sich», sagte Kett halb erleichtert, halb entsetzt.

«Nicht unbedingt», warf Spalding ein und trommelte mit den Fingern auf dem Tisch. «In dieser Gruppe waren zehn, zwölf Leute, und im Lauf der Jahre gab es noch Dutzende weitere Selbsthilfegruppen. Womöglich sind sie sich nie über den Weg gelaufen, geschweige denn, dass sie miteinander gesprochen hätten.»

«Das muss überprüft werden», sagte Clare. «Schaut nach, ob darüber was im Archiv ist.»

«Bin schon dran», sagte Savage und setzte sich an einen Computer.

Kett wollte fortfahren, doch da kam Porter zurück. Der DI trug einen Beweisbeutel mit einem Telefon darin und reichte ihn Kett.

«Der Akku hat nicht mehr viel Saft, aber wir haben ein Ladegerät, falls du es brauchst.»

«Danke.» Kett zog das Telefon aus der Tüte. «Passcode?»

«Rate mal», sagte Porter, und Kett tippte 123456 ein, entsperrte damit das Telefon und rief die Nest-App auf.

«Fangen wir mit Montag an.» Er sah sich den Verlauf an. Dann ging er im Schnelldurchgang durch den Nachmittag und wechselte jedes Mal, wenn Percival den Raum verließ, die Kamera. «Connie ist wann zu ihrer Zeitungstour aufgebrochen?»

«Um halb sechs», antwortete Savage. «Am nächsten Morgen haben sie gemerkt, dass sie nicht da war.»

«Er ist die ganze Zeit zu Hause», sagte Porter.

So war es. Percival in seinem stinkenden Trainingsanzug und mit seiner Baseballkappe beim Fernsehen. Percival in seinem stinkenden Trainingsanzug und mit seiner Baseballkappe beim Gaming. Percival, der sich in seinem stinkenden Trainingsanzug und mit seiner Baseballkappe ein Glas Wein nach dem anderen einschenkte. Percival, der in seinem stinkenden Trainingsanzug und mit seiner Baseballkappe pinkeln ging.

«Im Bad ist keine Kamera?», fragte Kett.

«Nein», antwortete Porter. «Gott sei Dank.»

Percival in seinem stinkenden Trainingsanzug und mit seiner Baseballkappe, wie er, eine Hand vorn in die Hose geschoben, noch mehr fernsah.

«Herrgott, der spielt wirklich *oft* Taschenbillard», murmelte Kett. Er wollte gerade vorspulen, da stand Percival auf und ging erneut ins Bad. «Zweimal in zehn Minuten. Und wir wissen, dass er sich da drin nicht wäscht.»

«Ich will gar nicht wissen, was er da drin treibt», sagte Porter erschauernd.

«Beeilung!», blaffte Clare.

Kett wartete, bis die Badezimmertür sich wieder öffnete. Da war Percival in seinem stinkenden Trainingsanzug und mit seiner Baseballkappe, der in die Küche ging. Percival, der sich in seinem stinkenden Trainingsanzug und mit seiner Baseballkappe ein Sandwich machte. Percival, der sich in seinem stinkenden Trainingsanzug und mit seiner Baseballkappe im Wohnzimmer auf einen Stuhl setzte.

«Ich kann sein Gesicht nicht sehen», sagte Kett und kniff die Augen zusammen. Der Mann war da, hielt aber den Kopf stets gesenkt oder von den Kameras abgewandt. Kett spulte noch ein bisschen vor, bis Percival um 19:43 Uhr in die Küche ging und sich etwas zu trinken holte. Daraufhin hinkte er zurück zu seinem Stuhl und blieb dort, bis er um 21:13 Uhr ins Schlafzimmer ging und sich ins Bett legte. Nie war das Gesicht unter der Kappe zu sehen.

«Aber das ist er doch, oder?» Porter sah Kett über die Schulter an. «Er muss es sein.»

«Wer geht denn mit Baseballkappe ins Bett?», fragte Clare, der sich von der anderen Seite über Kett beugte, sodass dieser zwischen den beiden großen Männern eingezwängt war. «Ist das Percival?»

«Ich weiß es nicht», erwiderte Kett. Beinahe Wange an Wange beobachteten die drei, wie Percival sich zur Seite beugte und die Nachttischlampe ausschaltete.

«Da», blaffte Clare so laut, dass Kett die Ohren klingelten. «Spulen Sie zurück!»

Er tat es und ließ dann die Einstellung, in der Percival das Licht ausschaltete, in Zeitlupe ablaufen. Die Kappe war tief über die Augen gezogen, außerdem verdeckte seine gespreizte Hand das Gesicht. Aber als er sich zur Lampe vorbeugte, hob er für eine Sekunde – für den *Bruchteil* einer Sekunde – den Kopf, um besser sehen zu können.

«Oh, Scheiße!», sagte Clare. «Das ist nicht Lochy Percival.»

«Und Stillwater ist es auch nicht», sagte Kett. Das Gesicht war unscharf, aber irgendwie vertraut. Man sah einen ordentlich getrimmten Bart, doch Kett konnte ihn nicht recht zuordnen.

«Sir?», rief Savage am anderen Ende des Raums. «Ich habe

gerade das Archiv für die Therapiegruppe gefunden. Sie haben recht. 2014 haben Percival und Stillwater ein paar Monate lang beide gleichzeitig daran teilgenommen.»

«Wer sonst noch?», fragte Kett, ohne die Augen vom Bildschirm abzuwenden. Er zermarterte sich das Hirn. Wer war das? Es war einfach nicht genug vom Gesicht des Mannes zu sehen, um ihn zu erkennen.

«Da steht ein ganzer Haufen Leute auf dieser Liste», antwortete sie. «Plus die, die ihren Namen nicht angegeben haben. Es wird Stunden dauern, die alle durchzugehen. Aber … Moment mal … es gab jemanden, der die Gruppe geleitet hat, alle Sitzungen, an denen Stillwater und Percival teilnahmen. Der ist bei der Polizei.»

Plötzlich machte es klick. Kett starrte den Mann auf Percivals Telefon an und wusste genau, was Savage gleich sagen würde.

«Heilige Scheiße», fluchte er.

«Raymond Figg», meldete Savage. «Er war Therapeut, bevor er Opferbetreuer wurde.»

«Und jetzt ist er Kidnapper.» Kett deutete aufs Display. «Das ist er. Das ist Figg. Es gibt *drei* von diesen Schweinen.»

KAPITEL SECHSUNDZWANZIG

Der Streifenwagen raste mit knapp achtzig Stundenkilometern über eine Bremsschwelle und hätte beinahe abgehoben. Kett quiekte, als sein Hintern sich vom Sitz löste. Er umklammerte den Haltegriff so fest, dass seine Knöchel weiß hervortraten. Savage schaltete einen Gang herunter, nahm mit quietschenden Reifen eine Kurve, trat wieder aufs Gaspedal, sodass der Motor aufheulte wie ein Flugzeugtriebwerk, und bretterte durch eine Wohnstraße.

«*Sie* haben das wohl auch schon mal gemacht», sagte Kett und wischte sich mit der freien Hand den Schweiß von der Stirn. «Aufpassen!»

Savage trat auf die Bremse und lenkte den Wagen geschickt um den Fuchs herum, der erschrocken mitten auf der Straße stand. Kett prallte mit dem Kopf gegen die Scheibe und zuckte zusammen.

«Tut mir leid», sagte Savage. «Halten Sie durch.»

An der nächsten Querstraße bremste sie, um das Straßenschild zu lesen, an der darauffolgenden bog sie ab und setzte den Wagen halb auf den Bürgersteig.

«Nummer sechs», sagte sie und stieg aus. «Ich nehme die Hintertür.»

Es war so ruhig und still auf dieser Straße, dass sie wie ein Foto wirkte; nur das Blaulicht belebte sie ein wenig. Der Himmel über ihnen war voller Sterne, aber der Mond war nur ein gelber Fingernagel und behielt sein Licht für sich. Hier unten herrschte eine so tiefe Finsternis, dass sie beklemmend wirkte. Die Straße war gesäumt von großen, modernen Häusern mit viel Glas und Stahl inmitten von Gärten. Kett rannte zu Percivals Haus und hämmerte an die Tür.

«Lochy Percival, hier ist die Polizei. Machen Sie auf!»

Nichts, und es brannte auch nirgendwo Licht. Er wollte gerade versuchen, die Tür einzutreten, da erschien ein leuchtend gelber Fleck hinter der Scheibe. Er hörte das Schloss klicken, dann öffnete Savage ihm die Tür.

«Er ist weg», sagte sie. «Die Hintertür stand sperrangelweit offen.»

Kett drängte an ihr vorbei und schaltete im Vorübergehen das Licht an. Im Haus stank es nach Percivals ungewaschenem Körper, so penetrant, dass er sich den Jackenärmel vors Gesicht hielt. Eine rasche Durchsuchung ergab, dass Savage recht hatte, das Haus war verlassen.

Ihr Telefon klingelte, und sie nahm das Gespräch an und legte es auf Lautsprecher.

«Habt ihr ihn?», ertönte Clares Stimme.

«Wie es aussieht, ist er getürmt», meldete Savage. «Stillwater?»

Clares Brüllen sagte Kett alles, was er wissen musste.

«Auch von Figg nirgends eine Spur», berichtete Clare. «Wie konnten wir nur so *blöd* sein?»

«Wir finden sie», sagte Kett.

«Wir *hatten* sie schon», knurrte Clare. «Wir hatten gestern beide Kidnapper auf der Wache, und Figg auch. Sie waren alle im selben gottverdammten Gebäude! In *unserem* Gebäude! Und wir haben sie gehen lassen!»

«Und sie wissen, dass wir ihnen auf die Schliche gekommen sind», sagte Kett und fluchte leise. Das waren schlechte Nachrichten für die drei Zeitungsmädchen. Aus seiner Erfahrung mit anderen Kidnappern wusste er, dass sie jetzt schnellstmöglich alle Beweise und Spuren vernichten würden, damit man ihnen nichts nachweisen konnte. Bei der Vorstellung, dass Stillwater, Percival und Figg diese drei Kinder ermordeten und sich dann grinsend in die Freiheit aufmachten, kochte er vor Wut.

«Kommen Sie zurück zur Wache», befahl Clare. «Wir müssen diese Mädchen finden.»

«Alles klar», sagte Kett, aber er schüttelte den Kopf.

Wir kommen zu spät, dachte er. *Wir kommen schlicht und einfach zu spät.*

* * *

«Verkehrskameras haben Stillwater um 22:17 Uhr aufgenommen.»

Als Kett den Lagerraum betrat, war Porter mitten in seinem Bericht. Clare und Spalding waren ebenfalls da, aber abgesehen davon war der Raum verwaist; alle anderen suchten die drei Verdächtigen. Porter nickte Kett zu, dann fuhr er fort.

«Er war im Osten der Stadt auf der Ringstraße nach Süden unterwegs und wurde geblitzt, weil er fünfundfünfzig fuhr, wo nur fünfzig erlaubt sind, also hatte er es offenbar nicht allzu eilig.»

«War er allein?», fragte Kett.

«Soweit wir sehen können. Niemand auf dem Beifahrersitz. Auf der Rückbank könnte wer weiß wer sein.»

«Oder im Kofferraum», sagte Savage neben Kett.

«Wir müssen sämtliche Kameras in der Gegend überprüfen», sagte Clare. «Wecken Sie notfalls die ganze Stadt auf, wir müssen herausfinden, wohin er unterwegs war. Figg?»

«Nichts», sagte Porter. «Ist nach der Besprechung gegangen und zu seinen Nachmittagsterminen nicht wieder aufgetaucht.»

«Er wusste, dass wir ihnen schon auf den Fersen waren», sagte Kett. «Das erklärt auch, was er gesagt hat, als ich euch beiden noch mal über den Weg lief. Ich fand es befremdlich. Erinnerst du dich, Pete?»

«Dunkel», erwiderte Porter. «Irgendwas von wegen, alles würde sich klären, und von diesem alten Fall, den du in London bearbeitet hast. Khan?»

«Der kleine Khan ist gestorben», sagte Kett. «Figg hat mir damit im Grunde alles gesagt, was ich über die Mädchen wissen musste. Dieses Schwein. Aber es erklärt, warum sie uns immer einen Schritt voraus zu sein schienen. Wie bei Stillwater und den Kaninchen. Figg hat ihm erzählt, dass wir kommen, er wollte, dass Stillwater sich schuldig verhält, damit wir ihn verhaften, dann in Panik geraten und ihn wieder gehen lassen. Aus seinen Therapiegruppen weiß Figg besser als jeder andere, welche Macht eine ungerechtfertigte Verhaftung jemandem geben kann.»

«Ich kenne Figg», sagte Clare und schüttelte den Kopf. «Ich kenne ihn seit Jahren. Hatte nicht den geringsten Verdacht.»

«Ich habe ihn selbst vor ein paar Jahren kennengelernt», gab Kett zurück. «Wobei ich mich eigentlich nicht daran erinnern kann. Er hat bei der Met seine Ausbildung bei einem anderen

Opferbetreuer absolviert und am Khan-Fall mitgearbeitet, hat er gesagt, und der war brutal.»

«Das muss dieser Scheißer so richtig genossen haben», warf Savage ein. «Wahrscheinlich war er nur dabei, um ein bisschen zu recherchieren.»

«Aber *warum*?», fragte Clare. «Warum diese Mädchen entführen?»

«Warum hat Dahmer siebzehn Jungen und Männer getötet?», fragte Kett. «Warum hat Shipman 250 Menschen getötet? Raymond Figg ist ein Monster, und ich gehe jede Wette ein, dass er die Therapiegruppen zur Rekrutierung von Leuten wie Stillwater genutzt hat. Er wusste, dass Stillwater 2014 dieses Mädchen hatte entführen wollen, er wusste, dass er genauso ein Monster ist, er musste ihm bloß die Hand schütteln, und *peng*, hatte er den Grundstock zu einer kleinen Bande. Dann hat er sich bei uns eingeschlichen, und alles stand ihm offen.»

«Bei Percival stehen die Dinge allerdings etwas anders», warf Savage ein. «Er war wirklich unschuldig.»

«Und ist daran zerbrochen», sagte Kett. «Was hat Percival am meisten Angst gemacht? Wovor hatte er in jeder wachen Minute panische Angst?»

«Noch mal eines Verbrechens beschuldigt zu werden», sagte Porter und nickte.

«Und das wussten Figg und Stillwater, und damit hatten sie ein wirksames Druckmittel gegen ihn in der Hand.»

Kett dachte kurz nach.

«Aber nicht so wirksam wie eine verschwundene Nichte», sagte er dann. «Deshalb wurde Delia Crossan als Erste entführt. Sie wussten, wir würden uns Percival vornehmen. So konnten sie sicher sein, dass er den Mund hält. Und vielleicht haben sie ihm auch versprochen, sie am Leben zu lassen, wenn er mit ihnen zusammenarbeitet.»

«Also hat Figg Delia Crossan entführt?», fragte Clare.

«Vielleicht», antwortete Kett. «Vielleicht war es aber auch Stillwater. Er hatte für den Sonntag kein wasserdichtes Alibi, aber das war ihm egal, weil er für die anderen beiden Entführungen welche hatte.»

«Also hat Stillwater Delia entführt, dann hat Figg sich in Percivals Haus als Percival ausgegeben, indem er seine Kleidung trug, sodass Percival sich am Montag Connie Byrne schnappen konnte.» Clare schüttelte den Kopf. «Das ist wahnwitzig.»

«Aber es ist gut», sagte Kett. «Sie wissen schon, nicht wirklich *gut*, aber wenn sie Delia als Druckmittel eingesetzt haben, damit Percival eine Straftat begeht, dann hat sie da noch gelebt. Sie könnte immer noch am Leben sein.»

«Und wer hat Maisie entführt?», fragte Savage. «Das muss dann Figg gewesen sein, richtig?»

«Weil Percival und Stillwater Alibis hatten.» Kett nickte. «Drei Männer, und jeder von ihnen hat ein Mädchen entführt. Sie haben das seit Jahren geplant. Es wirkt fast, als hätten sie einen Wettbewerb laufen.»

«Aber wie machen sie jetzt weiter?», fragte Savage. «Wenn sie sich gegenseitig dazu herausgefordert haben, jeder ein Mädchen zu entführen, was kommt dann als Nächstes?»

Alle im Raum kannten die Antwort, aber nur Kett mochte sie aussprechen.

«Sie gehen einen Schritt weiter. Sie werden sich gegenseitig dazu herausfordern, sie umzubringen.»

KAPITEL SIEBENUNDZWANZIG

«Was haben wir?»

Kett trank einen großen Schluck Tee und hoffte, damit die Erschöpfung in Schach halten zu können. Glücklicherweise hatte Savage diesmal den Tee gekocht, und er war um Längen besser als Porters. Jetzt saß sie neben ihm, einen Stapel Papier vor sich und ihr Telefon in der Hand.

«Figg hat kein Eigentum, er wohnt in der Nähe von Mousehold zur Miete, aber da ist niemand mehr.» Sie schnalzte mit den Lippen. «Bei der Durchsuchung haben sie zwei auseinandergenommene Laptops gefunden, deren Festplatten er zusammen mit einem Haufen Papieren verbrannt hat.»

«Mousehold», sagte Kett. «Also besteht die Möglichkeit, dass er mit den Mädchen in Kontakt gekommen ist. Wahrscheinlich hat er sie da ins Visier genommen. Hat er sich seine Zeitung liefern lassen?»

«Das überprüfen wir gerade. Falls ja, dann nicht von Walker.»

«Keine Familie in der Stadt?», fragte Kett.

«Nein.»

Frustriert stieß Kett die Luft aus und knallte die Faust auf den Tisch. Er wollte am liebsten sofort da raus und die Zeitungsmädchen und die Arschlöcher, die sie entführt hatten, finden, aber Figg hatte seine Spuren gut verwischt. Er plante das schon sehr lange.

«Irgendwas vom Chef?», fragte Kett, und Savage schüttelte

den Kopf. Clare war mit Porter, Spalding, Dunst, Pearson und sämtlichen verfügbaren Uniformierten in die Stadt gefahren, er hatte gelobt, so lange an Türen zu klopfen, bis sie etwas fanden. Kett stemmte sich hoch und lief auf und ab. «Komm schon», sagte er und meinte damit ebenso sich selbst wie irgendjemand anderen. «Komm schon, komm schon, komm schon.»

Das Team hatte bereits überall gesucht, wo es eine Verbindung zu Stillwater, Percival und Figg gab. Bei den Männern zu Hause, an ihren Arbeitsplätzen, in ihren Elternhäusern, auf ihren Lieblingswaldwegen. *Überall.* Wohin sie die Mädchen auch gebracht haben mochten, es musste etwas Neues sein.

«Bausand», sagte Kett.

«Hm?», machte Savage, die immer noch in den Dokumenten vor ihr blätterte.

«Stillwater hatte überall Bausand an seiner Kleidung, hat seine Freundin uns doch erzählt. Wir suchen immer noch nach einer Baustelle oder einem Privathaus, das renoviert wird.»

«Nadel im Heuhaufen, Sir», sagte Savage. «Ohne zu wissen, *wessen* Baustelle oder Renovierungsprojekt, ist das einfach unmöglich.»

«Jemand, der gestorben ist», sagte Kett und massierte sich die Schläfen. «Vor Kurzem. Und der Geruch. Stillwaters Freundin hat einen Geruch erwähnt. Irgendwie *unangenehm.*»

«Vielleicht hat er bloß nach Percival gerochen? Ich meine, der Mann stinkt widerlich. Ich habe den Geruch an *mir* wahrgenommen, nachdem ich sein Haus durchsucht hatte.»

«Vielleicht.»

Kett ging ans andere Ende des fensterlosen Raums. Die Neonröhren schienen innen in seinem Schädel zu summen.

Er fragte sich, ob seine Kinder damit zurechtkamen, wenn sie beim Aufwachen anstelle ihres Vaters eine Fremde mit einem Gesicht wie eine Bulldogge in ihrem Haus vorfanden. Was tat er hier? Er hatte versprochen, von diesem Fall abzulassen und sich auf seine Familie zu konzentrieren, doch er hatte sie schon wieder verlassen.

Tut mir leid, Billie.

Nachdem Billie entführt worden war, hatte man ihm selbstverständlich eine Therapie angeboten. Bingo hatte ihm die Flyer mit Angeboten zur Trauerbegleitung regelrecht in die Hand gestopft, bis er ihn fast angebrüllt hatte.

«Scheiße, Barry, sie ist nicht tot!»

Aber eines Nachmittags, als die Düsternis so übermächtig geworden war, dass er nicht einmal sicher war, ob er es schaffen würde, Alice von der Schule abzuholen, da war er mit Moira auf dem Rücksitz zum Victoria Embankment gefahren und hatte beobachtet, wie etwa ein Dutzend Personen zur Therapiesitzung gingen. Es hatte wie eine Prozession von Figuren in einem Schattenspiel auf ihn gewirkt – von ihrer Trauer ausgehöhlte Gestalten.

Ich werde nicht wie sie sein, hatte er sich gesagt. *Ich darf die Hoffnung nicht aufgeben.*

Und dann hatte er gemacht, dass er da wegkam.

Jetzt musste er an diese armen Seelen denken und fragte sich, wie viele von ihnen ihren Verlust überlebt und wie viele aufgegeben hatten.

«Moment mal», sagte er. «Die Therapiegruppe.»

Er kehrte zu Savage zurück.

«Haben Sie die Teilnehmerlisten?»

«Oh, ähm, sicher.» Sie durchsuchte die Akten vor sich und reichte ihm schließlich eine staubige Mappe. «Ausdrucke. Wie gesagt, manche Leute haben ihren Namen nicht angegeben.»

Andere allerdings schon. Kett blätterte durch die Verzeichnisse, bis er Figgs Trauma-Gruppe gefunden hatte, überflog die Namen und entdeckte sowohl Stillwater als auch Percival. Außer ihnen waren sieben weitere Personen aufgeführt, zwei davon als «anonym». Die übrigen fünf jedoch hatten ihren vollen Namen und ihre Telefonnummer angegeben.

«Wonach suchen Sie?», erkundigte sich Savage.

«Vielleicht ist es nichts», erwiderte er und setzte sich neben sie. «Aber Figg hat seine Therapiesitzungen doch als Anwerbungskampagne für Psychopathen benutzt, nicht wahr?»

«Ja.» Savage warf einen Blick auf die Liste vor Kett. «Glauben Sie, er hat vielleicht nicht nur Stillwater und Percival angesprochen?»

«Können wir diese Namen überprüfen?» Kett reichte ihr die Liste. «Markieren Sie alle, bei denen etwas verdächtig oder ungewöhnlich ist.»

Savage ging mit der Liste zum Computer und gab die Daten in die Datenbank ein. Sie tippte mit so viel Nachdruck, dass das Klappern durch den ganzen Raum hallte.

«Ähm, Mayhew ist oben im Norden», berichtete sie. «Gatward ist gestorben.»

«Hier in der Gegend?»

«Spanien. Sanford … Ja, Sanford ist noch in Norwich. Na ja, gleich außerhalb. Moment.» Sie gab etwas ein, und Kett ruhte seine Augen kurz aus. «Er nahm an der Gruppe teil, nachdem er bei einer Verfolgungsjagd von einem Polizeiwagen angefahren worden war. Sie hatten jemand anders gejagt, nicht ihn. Hat sich dabei den Oberschenkelknochen und das Steißbein gebrochen.»

«Autsch», sagte Kett.

«Ich sehe mir schnell seine Social-Media-Accounts an», fuhr sie fort und hackte weiter auf die Tastatur ein. «Er ist, ähm, sechsundfünfzig, arbeitet als Urheberrechtsanwalt draußen im Gewerbepark Broadland, allerdings ist er in Altersteilzeit. Geschieden, Frau und Kinder leben in Surrey.»

«Das ist alles auf Facebook?», fragte Kett.

«Wenn man weiß, wo man suchen muss.»

«Klingt nicht unbedingt wie ein Serienmörder», sagte Kett.

«Wer kommt als Nächstes?»

Als Savage nicht antwortete, drehte er sich zu ihr um. Ihr Gesicht klebte förmlich am Bildschirm, sein Leuchten spiegelte sich in ihren Pupillen.

«Savage?»

«Es ist …» Sie runzelte die Stirn. «Wie es aussieht, hat es seit zwei Monaten keine Updates mehr in seinem Social-Media-Profil gegeben.»

Kett stand auf und ging zu ihr. Auf dem Bildschirm war ein lächelnder Mann mit sich lichtendem Haar, Brille und Koteletten zu sehen. Auf seiner Seite ging es fast ausschließlich um Cricket.

«Die Ashes sind gerade zu Ende», sagte Kett. «So einen Länderkampf würde man als Cricket-Fan doch wohl erwähnen.»

«Dennoch ist da nichts», erwiderte Savage.

«Wo wohnt er?»

Savage hämmerte noch ein bisschen auf die Tastatur ein.

«In Trowse, Sir. Das ist ein Dorf südlich von Norwich. Nicht weit weg.»

«Ich erinnere mich. Da gibt es einen See, einen ziemlich großen. Boote und Kanus und was nicht alles.»

«Und eine Kunstschneepiste», ergänzte Savage. «Sonst nicht viel, abgesehen von Wald.»

Doch, da war noch etwas, dessen war Kett sich sicher. Er war einmal daran vorbeigekommen, als seine Mutter mit ihm am Fluss entlanggefahren und falsch abgebogen war. Auch Savage schien daran zu denken, denn unvermittelt drehte sie sich auf ihrem Stuhl zu ihm um.

«Die Kläranlage», sagte sie. «Die ist auch da unten.»

«Der Geruch.» Diese Offenbarung blies Kett den Nebel aus dem Kopf.

«Wir sollten dem Chef Bescheid geben.» Savage schob ihren Stuhl zurück und stand auf.

«Das mache ich», sagte Kett. «Sie fahren.»

Es war nicht das gerade vielversprechendste Bauchgefühl, das Kett je gehabt hatte. Er suchte nach dem Haus eines Mannes, der einmal an einer von ihrem Hauptverdächtigen geleiteten Gruppentherapie teilgenommen hatte. Ein Mann ohne Vorstrafen, der sein ganzes Leben nach Vorschrift geführt zu haben schien.

Aber Bauchgefühl ist Bauchgefühl, und im Moment hatten sie sonst nicht viel.

«Überprüfen Sie das», sagte Clare am Telefon. Kett hörte ihn unterdrückt gähnen. «Aus der Ferne. Falls Sie irgendwas sehen, was Sie annehmen lässt, dass unsere Männer dort sind oder die Zeitungsmädchen, dann rufen Sie sofort Verstärkung. Klar?»

«Klar, Sir.» Kett beendete das Telefonat. «Er klang nicht gerade beeindruckt.»

Savage murmelte irgendetwas, doch ihre Aufmerksamkeit galt der bergab führenden Straße, die sie mit fast hundert Stundenkilometern entlangraste. Als sie sich einer roten Ampel näherten, bremste sie ab, aber nur auf neunzig, und Kett musste die Augen schließen, als ein abbiegendes Taxi mit quietschenden Reifen zum Stehen kam.

«Ich werde Sie nicht fragen, wo Sie Auto fahren gelernt haben.» Kett spürte den Puls in seiner Zunge.

«Autoscooter.»

«Was?»

«Autoscooter. Als Kind bin ich ständig Autoscooter gefahren. Wir haben draußen in Hemsby gewohnt, und mein Opa ist immer mit mir hingegangen. Er meinte, ich sei ein Naturtalent.»

«Das finde ich nicht sehr vertrauenerweckend», sagte Kett. «Kreisverkehr!»

Diesmal bremste sie gar nicht ab, sondern raste einfach mittendurch. Die Feuerwache, die sie passierten, war nur ein verschwommener Fleck. Auf dem Scheitel der Brücke dahinter hob der Wagen beinahe ab. Kurz darauf bog Savage auf eine schmalere Straße ab, die durch Wälder und Felder führte.

«Ist es noch weit?», fragte Kett, dem allmählich die Pommes frites und die Hühnerbällchen wieder hochkamen.

«Drei, vier Kilometer», erwiderte sie.

«Schalten Sie das Blaulicht aus. Besser, man sieht uns nicht kommen.»

Sie tat wie geheißen, und das blaue Blinken erlosch. Zum Glück fuhr sie langsamer, während die Straße sich am See entlangschlängelte – in der nächtlichen Dunkelheit war das Wasser schwarz wie Tinte. Die Scheinwerfer verwandelten die Bäume in eine groteske Parade aus Formen und Schatten; unheimliche Gestalten schienen zwischen den Stämmen zu tanzen und von den Ästen herabzuhängen. Es war keine Menschenseele zu sehen, aber im Wald schrien Eulen, als wollten sie eine Warnung aussenden, und am Flussufer glühten die Augen nachtaktiver Tiere.

Gleich hinter der nächsten Kurve stieg ihm der durchdringende widerliche Gestank von Abwässern in die Nase. Sofort tränten seine Augen, und ganz kurz fürchtete er, das sei der letzte Tropfen und er müsse sich wirklich übergeben. Er schluckte und atmete durch den Mund.

«Ich hatte ganz vergessen, wie übel das stinkt», stöhnte Savage, eine Hand über der Nase. «Es ist wie das Moor des ewigen Gestanks. Und jetzt ist Nacht. Stellen Sie sich vor, wie es erst tagsüber sein muss, besonders jetzt im Sommer.»

«So schlimm, dass es sich in der Kleidung festsetzt? Und im Haar?»

«Wenn man nahe genug herangeht», erwiderte sie. «Und lange genug. Es ist … es ist definitiv unverwechselbar. Wie hat Stillwaters Freundin es noch beschrieben? Süßlich? Es riecht nicht gerade süßlich.»

Sie hatte recht, es roch nicht direkt süßlich. Aber es schwang etwas eigenartig Süßliches mit, eine florale Note – vielleicht die Chemikalien, mit denen die Abwässer behandelt wurden. Wieder schlug Kett das Herz bis zum Hals, und diesmal hatte es nichts mit Savages Fahrstil zu tun. Sie fuhren unter einer mit Graffiti besprühten Betonüberführung hindurch, die in dieser Landschaft total fehl am Platz wirkte. Über ihnen rasten Autos dahin.

«Die A47», erklärte Savage.

Ein Stück vor ihnen verwandelte sich die Straße in einen schmalen Streifen aus Schotter und Erde. Kett grunzte, als der Wagen durch ein Schlagloch von der Größe eines Gartenteichs holperte. Zu ihrer Rechten stand eine Scheune mit Silo und Anbauten. Sie wirkte verlassen, die Fenster waren mit Brettern zugenagelt oder zerbrochen. In den meisten Wänden waren Löcher, und eine Seite der Scheune war fast vollständig eingestürzt. Im Inneren war keine Spur von Leben zu sehen.

«Das da ist Alan Sanfords Haus», sagte Savage und deutete nach vorn. Die Scheinwerfer stemmten sich gegen die Dunkelheit und beleuchteten die Vorderseite eines imposanten Bauernhauses, das allerdings ebenfalls deutliche Anzeichen von Verwahrlosung aufwies. Der Mörtel bröckelte aus dem Mauerwerk, was an zurückweichendes Zahnfleisch erinnerte. Die Fenster waren dunkel.

«Schalten Sie die Scheinwerfer aus», sagte Kett. «Und fahren Sie ein Stück zurück.»

Savage betätigte einen Schalter, und sogleich wurde der Weg von der Dunkelheit verschlungen. Langsam setzte sie zurück bis unter die Überführung. Das Bauernhaus hob sich als dunkler Schatten von der Nacht ab wie ein Wal, der durch die Oberfläche eines bodenlosen Ozeans bricht. Doch als Ketts

Augen sich an die Finsternis gewöhnt hatten, entdeckte er an einem Fenster im Obergeschoss einen schwachen Lichtschein.

«Da ist jemand zu Hause», sagte Savage mit zusammengekniffenen Augen.

«Finden wir heraus, wer.» Kett öffnete seine Tür. Sofort flutete der Abwassergestank seine Nase und seinen Mund, bis er das Gefühl hatte zu ertrinken. Er hustete in die Armbeuge, stieg aus und schloss die Autotür. Savage war neben ihm, die Hand am Funkgerät.

«Wir sollten es melden», sagte sie.

«Es gibt noch nichts zu melden», entgegnete Kett, während über ihnen ein Lkw vorbeidonnerte. «Sehen wir es uns erst mal an. Beim geringsten Anzeichen von Ärger rufe ich Verstärkung. Versprochen. Ich habe keinen Bock darauf, dass mir ein zweiter Brandon Walker in den Arsch tritt.»

«Was ist passiert, Sir?», fragte Savage. Kett sah sie an und runzelte die Stirn. «Sie sagten, eines Tages würden Sie mir erklären, warum Sie nicht gern auf Verstärkung warten.»

Er seufzte, dann nickte er.

«Allerdings muss die Kurzversion reichen. Ich war brandneu als Detective, gerade frisch von der Kriposchule, und ging einer Meldung von häuslicher Gewalt oben in Elephant and Castle nach. Die Uniformierten waren im Einsatz, deshalb habe ich übernommen. Ein Mann war dabei durchzudrehen, er drohte, Frau und Kinder zu erschießen. Verstärkung war unterwegs, also habe ich gewartet.»

Kett senkte den Kopf und sah es wieder vor sich, hörte die Schreie, die dumpfen Schläge, das Schluchzen.

«Zehn Minuten, mehr war es nicht. Als die Verstärkung

eintraf und die Tür aufbrach, hatte er sie beide bewusstlos gewürgt. Keine Schusswaffe, nur mit seinen beschissenen bloßen Händen. Die Frau überlebte, aber der kleine Junge nicht. Er war erst drei.»

Im selben Alter wie Evie, dachte er.

Savage räusperte sich und schüttelte den Kopf.

«Es war nicht Ihre Schuld», sagte sie.

«Vergangen und vorbei», log er. «Aber jetzt wissen Sie es. Zehn Minuten, mehr braucht es nicht. Kommen Sie.»

Ohne das Licht der Scheinwerfer war der Weg tückisch, voller loser Steine, die sie zu Fall zu bringen drohten. Kett lief lieber auf dem trockenen Gras am Wegesrand. Brombeerranken zupften an seiner Hose wie die Finger eines Toten. Sie erreichten eine Wegkreuzung. Links ging es zur Kläranlage, vor ihnen ragte das Bauernhaus auf. Auch aus unmittelbarer Nähe war das Licht, das aus dem Fenster im Obergeschoss drang, kaum heller geworden, denn davor waren schwere Bretter genagelt, wie Kett jetzt sah. Er berührte Savage am Ellbogen und deutete zum Fenster. Sie nickte und flüsterte: «Eigenartig.»

Es wurde noch eigenartiger, als sie an der Vorderseite des Hauses entlanggingen. Die Haustür war alt und nur etwa eins fünfzig hoch. Außerdem hing ein monströses Vorhängeschloss daran. Neben dem Briefkasten klebte ein handbeschriebener Zettel: *Lieferungen und Baumaterial zur Rückseite.*

«Baumaterial», flüsterte Kett. Sein Spinnensinn kam auf Touren.

Er spähte um die Ecke. In der Schottereinfahrt zwischen Hauptgebäude und einer gemauerten Werkstatt parkte ein silberner Mercedes. Dahinter erstreckte sich das überdimensionierte Bauernhaus in die Dunkelheit. Es sah aus, als bestünde es aus lauter nicht zusammenpassenden Anbauten. Ein Stück weiter drang ebenfalls ein wenig Licht hinter den schweren Vorhängen an einem der Fenster hervor.

«Ist das Stillwaters Auto?», fragte Kett leise. Savage schüttelte den Kopf.

«Figgs ist es auch nicht, und Percival fährt nicht.»

«Dann also Sanfords. Er ist zu Hause.»

Sie gingen weiter um das Gebäude herum. Abgesehen von der Kläranlage und der verfallenen Scheune waren keine weiteren Gebäude zu sehen. Das Bauernhaus stand wie eine Insel in der Nacht, unfassbar still.

Allerdings nicht verlassen. Das spürte Kett.

Als sie an der Seitenwand entlanggingen, klärte sich ein weiterer Teil des Rätsels.

«Ein Gerüst.» Kett deutete mit dem Kopf zur Rückseite des Bauernhauses, wo ein Metallgerüst an der Hauswand emporklomm wie Efeu. Die massigen Formen am Boden darunter ließen Kett an große Wachhunde denken, und erst als sie näher herangingen, erkannte er, dass es in Wirklichkeit Baumaterialien waren – Big Bags mit Sand und Bruchstein.

«Okay», sagte Kett. «Ich habe genug gesehen. Geben Sie es durch.»

«Ja, Sir», erwiderte Savage und hob gerade die Hand zum Funkgerät, da zerriss ein Schrei die Stille der Nacht.

KAPITEL ACHTUNDZWANZIG

Im ersten Augenblick konnte Kett sich nicht rühren.

Der Schrei traf ihn wie ein Schlag in den Solarplexus, und beinahe hätte er sich zusammengekrümmt.

Dann übernahm das Adrenalin das Kommando, und er rannte los – an der Seitenwand des Bauernhauses entlang auf den Gerüstwald zu. Er hörte Savage seinen Namen rufen, aber er ignorierte sie und suchte das Gebäude nach einem Weg hinein ab. Die Fenster im Erdgeschoss waren mit Brettern zugenagelt, und eine Tür war nicht zu sehen.

Als er das Gerüst gerade erreicht hatte, gellte ein weiterer Schrei durch die Nacht. Es bestand kein Zweifel: Das war die Stimme eines jungen Mädchens. Kett fluchte und sah nach oben. Vor den Fenstern im ersten Stock flatterte eine Plane träge im Wind, aber er sah, dass die Fenster keine Scheiben hatten.

«…und kommen Sie *sofort!*», zischte Savage in ihr Funkgerät, als sie ihn eingeholt hatte.

Er packte eine Gerüststange, zog sich daran hoch und stützte den Fuß auf dem glatten Metall ab. Savage war jünger und besser in Form, und als er den Boden gerade erst verlassen hatte, war sie bereits eine Ebene höher. Sie reichte ihm die Hand und zog ihn hoch. Von hier aus führte eine Leiter weiter hinauf. Kett übernahm wieder die Führung und stieg zu der Plattform hoch, die unter den Fenstern verlief.

Jetzt konnte er Stimmen hören, Schreie – und war das Gelächter? Schrill und grausam. Das Mädchen schluchzte jetzt verzweifelt, was Kett zum nächsten Fenster trieb. Er hob die Plane an – und sah absolut gar nichts.

«Hier.» Savage reichte ihm ihre Taschenlampe. Er leuchtete ins Hausinnere und sah einen leeren Raum, dessen Tür nur angelehnt war.

Er zögerte, aber nur kurz. Einfach da hineinzustürmen, wäre unglaublich dumm. Es könnte ihn und obendrein womöglich drei Kinder und eine junge Police Constable das Leben kosten. In zehn Minuten würde die gesamte Norfolker Polizei vor Ort sein, mit Schusswaffen, Hunden und hundert Leuten, bereit, Figg und seinen kleinen Trupp auszuschalten.

Doch er hatte schon einmal gewartet. Er hatte zehn Minuten gewartet, und jemand war gestorben.

Kett kletterte durchs Fenster – die schwere Plane flatterte ihm ins Gesicht, als wollte sie ihn nicht einlassen. Er hatte keine Waffe, aber Savage kam gleich hinter ihm, den Teleskopschlagstock fest in der Hand. Sie merkte, wohin er blickte.

«Wollen Sie ihn nehmen?», flüsterte sie und bot ihm die Waffe an. Er schüttelte den Kopf.

«Sie sind damit besser als ich.»

Wieder Gelächter irgendwo im Hausinneren, gedämpft, aber von hier aus hörte Kett, dass es nicht nur eine Person war.

«Bitte nicht, bitte nicht.»

Das Flehen des Mädchens zerriss Kett das Herz und schürte eine beinahe übermächtige Wut. Er marschierte zur Tür und zuckte zusammen, als die Angeln quietschten.

Das Gelächter brach ab.

Kett hielt inne, das Herz schlug ihm bis zum Hals, bis in die Fingerspitzen.

«Lassen Sie mich gehen.» Die Stimme des Mädchens. «Ich sage auch nichts, das verspreche ich, Sie müssen mich nicht töten. Bitte. Ich will nicht, dass Sie das tun.»

Hinter der Tür lag ein Flur, der Boden war kahl, an den Wänden bröckelte der Putz ab. Kett schlich so leise wie möglich in die Richtung, aus der die Stimme gekommen war. Es war kein Lachen mehr zu hören, dafür schwere Schritte irgendwo unter ihm.

Ein weiterer Flur kreuzte ihren Weg. Links ging es zur Vorderseite des Hauses, der rechte Gang führte zu einer Tür. Kett sah sich zu Savage um und deutete mit der Taschenlampe auf die Tür. Er selbst ging nach links. Der alte Boden unter seinen Füßen gab ein Konzert. Nicht lange, und er erreichte eine Abzweigung nach rechts. Kett blieb stehen und wagte kaum zu atmen.

Vor ihm befand sich eine weitere Tür, durch den Türspalt fiel Licht.

Er sah sich nach Savage um. Sie betrat gerade den Raum am Ende des anderen Gangs. Er ließ sie machen, schlich gebückt auf die offene Tür zu und entdeckte einen mit Draht umwickelten Holzstuhl. Er schlich noch ein Stück weiter – ein zweiter Stuhl, mehr Draht, der Boden hier war mit frischem Blut getränkt.

Wir kommen zu spät.

Er atmete tief durch und spähte um die Tür herum, um den Rest des Raums überblicken zu können.

Ein weiterer Stuhl.

Auf dem noch jemand saß.

Scheiße.

Kett rannte hin und ließ sich neben dem Stuhl auf die Knie fallen. Die Taschenlampe rollte über die Dielen. Auf dem Stuhl saß ein Mädchen. Hände und Füße waren mit Draht gefesselt. Sie saß reglos da, das strähnige Haar klebte ihr an der Stirn, die Fingerspitzen waren blau, weil der Draht ihr das Blut abgeschnürt hatte. Der Raum stank nach Urin und Fäkalien, nach Erbrochenem und Blut – und auch nach Fäulnis.

Zu spät, dachte er erneut, strich ihr das Haar aus dem Gesicht und legte ihr zwei Finger an den Hals.

Die Haut des Mädchens war warm – und da, ein Puls, so zart wie der Flügelschlag eines Schmetterlings.

Sie stöhnte, ihr Mund öffnete sich. Ihre Lippen waren rissig, ihre Zunge geschwollen. Obwohl ihr Gesicht schmutzig und voller Blut und Tränenspuren war, erkannte Kett sie.

«Delia», sagte er. «Delia, ich bin Polizist, du bist in Sicherheit.»

Wieder stöhnte das Mädchen. Hinter sich hörte Kett Savage leise den Raum betreten.

«Es ist Delia Crossan», sagte er. «Sie lebt, aber sie braucht ...»

Etwas traf Kett am Hinterkopf, und eine Sekunde lang spürte er sein Bewusstsein schwinden. Die Welt blitzte weiß auf, dann wurde alles schwarz, dann blitzte es wieder weiß, und Schmerzen fluteten seinen Kopf wie kochendes Wasser. Er lag am Boden, merkte er, und als er sich mit puppenstörrischen Gliedern auf den Rücken gedreht hatte, sah er einen Mann über sich aufragen. Sein Blick war verschwommen, sodass er ihn nicht erkennen konnte – er schien keine Gesichtszüge zu haben, nur zwei Kreuze anstelle von Augen –, aber was er in der Hand hielt, war unverkennbar.

Eine Brechstange.

Der Mann hob sie hoch, und es war sein Lachen – so kalt wie nur etwas –, das ihn verriet.

«Christian», sagte Kett und schmeckte Blut. Einfach nur zu sprechen, sorgte dafür, dass der Raum sich um ihn drehte. «Christian, Sie müssen das nicht tun. Es ist noch nicht zu spät.»

Stillwater stand stumm da. Seine Kapuze blähte sich bei jedem Atemzug, und er hielt die Brechstange wie ein Henkersbeil erhoben.

«Wir wissen, dass Figg Sie dazu gezwungen hat», sagte Kett schwer atmend. «Wenn Sie eine Du-kommst-aus-dem-Gefängnis-frei-Karte wollen wie beim letzten Mal, dann wissen Sie ja, was Sie zu tun haben. Helfen Sie uns, ihn festzunehmen.»

«Sie sind ein Nichts», sagte Stillwater. «Ein Mann wie Sie könnte das niemals verstehen.»

Stillwaters gesamter Körper spannte sich an und entspannte sich wieder, als die Brechstange niederfuhr.

Unvermittelt kam Savage herein und schlug Stillwater blitzschnell von hinten ans Bein. Man sah nur einen verschwommenen Fleck, dann hallte ein lautes Knacken durch den Raum, und Stillwater klappte zusammen und fiel auf den Rücken. Es war, als beobachtete man, wie ein alter Baum vom Blitz getroffen wurde. Die Brechstange flog Stillwater aus der Hand, er schnappte nach Luft und stieß ein grausiges, schrilles Jaulen aus.

«Alles in Ordnung, Sir?», fragte Savage und reichte ihm die freie Hand. Kett nahm sie und ließ sich hochziehen. Der Raum drehte sich noch immer, und er war sich fast sicher, dass er sich jeden Moment erbrechen musste, aber er brachte ein Nicken zustande.

«Fesseln Sie ihn», sagte er. «Bleiben Sie bei dem Mädchen.»

«Nichts für ungut», erwiderte sie, während sie ihre Handschellen hervorholte. «Vielleicht sollten lieber Sie bei ihr bleiben, und ich nehme mir die anderen vor.»

Kett schüttelte den Kopf und ging an Savage vorbei zur Tür. Er blieb kurz stehen und hob die Brechstange auf, dann drehte er sich zu ihr um und kniff vor Schmerzen die Augen zusammen.

«Danke», sagte er.

«Schnappen Sie sich die Schweine.» Sie zog ihre kleine silberne Polizeipfeife aus der Tasche und reichte sie ihm. «Wenn Sie mich brauchen, pfeifen Sie einfach.»

Er nickte und verließ den Raum. Links entdeckte er eine Treppe, die nach unten in die Dunkelheit führte. An den Wänden waren Blutflecken, trocken, aber noch nicht alt. Kett umklammerte die Brechstange und stieg die erste Stufe hinab. Das alte Holz protestierte lautstark. Im Verein mit Stillwaters Kreischen eben dürfte damit jegliche Hoffnung, die anderen Entführer zu überraschen, zunichte sein.

«Figg», rief er, und seine Stimme brach. «Percival. Wir wissen, dass Sie hier sind. Das Haus ist umzingelt. Kommen Sie auf der Stelle raus, dann schlage ich Ihnen auch nicht Ihre beschissenen Schädel ein.»

Nichts. Er hörte weder Gelächter noch weitere Schreie der Mädchen – nur das Klingeln und das ohrenbetäubend laute Rauschen des Bluts in seinen Ohren.

«Ihr habt es so gewollt», knurrte er, als er unten ankam. Hier war ein weiterer Flur mit zwei Türen vor ihm und einer dritten Tür hinter ihm, die in eine Küche zu führen schien. Von dort kam ein deutlich spürbarer Luftzug, daher sah er zunächst in diesen Raum.

«Figg?», schrie er. «Wir wissen alles. Wir wissen von der Gruppe, wir wissen, dass Sie Stillwater und Percival angeworben haben und auch Sanford. Wir wissen, dass Sie diese ganze Operation geplant haben. Sie haben nicht die Spur einer Chance, aus dieser Sache halbwegs ungeschoren rauszukommen, es sei denn, Sie händigen uns sofort die Mädchen aus.»

In der Küche war es fast völlig dunkel, nur unter einer Speisekammertür sah er einen hellen Schimmer. Kett tastete die Wand ab, bis er einen Lichtschalter fand, betätigte ihn, und eine Schiene mit nackten Glühbirnen leuchtete auf. Zum Vorschein kam eine Bauernhausküche, an der nichts Außergewöhnliches war.

Bis auf das Blut.

Es war überall, hatte auf den Steinplatten Pfützen gebildet, die Arbeitsflächen bespritzt, verklebte den AGA-Herd. Es war dunkel, geronnen, alt. Wessen Blut das auch sein mochte, er oder sie war längst tot.

«Percival», brüllte Kett und ging auf die Speisekammer zu. «Wir wissen, dass die Sie gezwungen haben. Wir wissen, dass das nicht Ihr Werk ist. Kommen Sie her, helfen Sie uns, die Mädchen zu retten, und ich versuche, Sie da rauszuhalten.»

Mit der Brechstange öffnete er die Tür zur Speisekammer und verzog das Gesicht bei dem Gestank, der ihm in die Nase stieg. Keine Abwässer diesmal. Kein ungewaschener Körper.

Dies war der Gestank der Toten.

Nein.

Da war eine Leiche, unter einem Haufen Decken begraben. Kett sah bloß einen fast blutleeren Arm und eine zur Klaue gekrümmte Hand. Er schnappte nach Luft.

War das Maisie?

War es Connie?

Oder lagen beide Mädchen dort und umklammerten einander unter diesem stinkenden Leichentuch?

Er blickte sich kurz um, dann bückte er sich, packte die oberste Decke und zog sie weg. Ein Gesicht, wächsern und maskengleich im Tod.

Das Gesicht eines *Mannes.*

Er erkannte es von dem Foto wieder, das er vor nicht einmal einer Stunde betrachtet hatte: Alan Sanford, der Eigentümer des Hauses. Sie hatten ihm die Kehle durchgeschnitten. In seinem Hals klaffte eine ausgefranste Wunde, und von da an abwärts bedeckte geronnenes Blut seine Leiche wie eine Schürze.

Kett atmete tief durch und zog die übrigen Decken weg, um sich zu vergewissern, dass Sanford allein dort lag. Dann stand er auf und kämpfte mit einem Schwindelgefühl, während er aus der Speisekammer ging.

Sie waren gerade noch hier gewesen, er hatte sie doch gehört – Lachen, Schreie, Flehen.

Wo waren sie hin?

«Maisie?», rief er. «Connie? Falls ihr mich hören könnt, falls ihr euch frei bewegen könnt, dann folgt meiner Stimme. Ich bin hier, um euch zu helfen. Ich werde euch hier rausholen.»

«Nein, das werden Sie nicht.»

286

Die Stimme kam aus dem Flur, und Kett stolperte mit erhobener Brechstange darauf zu.

Figg stand an der Tür am anderen Ende des Flurs, hinter der Treppe, und grinste. In seinem Blick lag nichts mehr von der Wärme, die Kett bei ihrer ersten Begegnung wahrgenommen hatte. Seine Augen waren klein und dunkel und strahlten etwas Urtümliches, etwas *Gefährliches* aus.

Mit einer Hand hatte er Maisie Malone an den Haaren gepackt.

Mit der anderen drückte er ihr ein Messer an den Hals.

«Sie kommen zu spät, Robbie», sagte Figg und drückte das Messer fester in Maisies Haut, sodass ein Blutstropfen austrat. Sie öffnete den Mund, aber es kam kein Schrei heraus, nur Speichelbläschen zeugten von ihrer stummen Panik. Figg lächelte, doch er war wütend. Das sah Kett an jeder seiner Bewegungen. «Ich weiß, dass das Haus nicht umzingelt ist, also tun Sie uns doch allen einen Gefallen und *verpissen Sie sich.*»

«Maisie», wandte Kett sich an das Mädchen. «Bleib ganz ruhig, es wird alles gut.»

«Sie sagen das so, als würde es stimmen. Aber die Sache ist die: Ich gehe jetzt. Sie kommen auch nur einen Schritt näher, und ich lasse sie ausbluten wie Sanford, diesen Schlappschwanz, und wie diese andere kleine Schlampe.»

Connie, dachte Kett, und finstere Wut durchfuhr ihn.

Figg wich in das Zimmer hinter ihm zurück. Maisie stolperte mit ihm und flüsterte in einem fort: «Neineineineinein.»

«Ein Schritt, Robbie, bedeutet das Ende für sie.»

Wieder lächelte Figg, dann bewegte er sich unvermittelt zur Seite, und die Schatten verschluckten die beiden.

KAPITEL NEUNUNDZWANZIG

Ein Schritt würde ihr Ende bedeuten.

Aber ein Schritt konnte sie auch retten.

Kett zählte bis fünf und lauschte. Er hörte einen leisen Schrei im Raum vor sich, ein Grunzen, dann nichts mehr.

Mit der Brechstange in der schweißnassen Hand lief er so schnell er es wagte zur Tür und stürmte hindurch. Ein Blick zeigte ihm, was er wissen musste: Der Raum war ein Wohnzimmer, doch es war leer, und das Erkerfenster am anderen Ende stand offen.

Kett lief zum Fenster und erreichte es gerade rechtzeitig, um zu sehen, wie Figg sich mühsam vom Haus entfernte. Er stieß die schluchzende Maisie vor sich her, und zwar so wuchtig, dass sie schließlich zu Boden stürzte. Dann blickte er zurück zum Haus.

Kett duckte sich und versuchte, Ordnung in seine sich überschlagenden Gedanken zu bringen. Figg war wahnsinnig, er würde Maisie töten, sobald sie keinen Nutzen mehr für ihn hatte. Und falls er Kett durchs Fenster klettern sähe, wäre Maisie auf der Stelle tot.

Er musste klug vorgehen.

Kett machte kehrt und lief wieder hinaus auf den Flur. Er befand sich im hinteren Teil des Hauses, doch selbst hier konnte er in der Ferne die Sirenen der Verstärkung hören.

Er stolperte über einen Hof voller Bausand und Ziegelsteine. Einmal stürzte er, und die Brechstange klirrte beim Aufprall auf dem Boden so laut wie eine Kirchenglocke. Keuchend hob er sie auf, atmete in großen Zügen die stinkende Luft ein und stieg über die bröckelnden Überreste einer Mauer. Dahinter sah er nichts, nur dunkle Nacht.

Idiot! Er hatte sie verloren. Falls Figg fliehen konnte, dann ...

Nein, da vor den Bäumen zeichneten sich zwei Silhouetten ab, die in Richtung Kläranlage liefen. Kett hoffte, die Nacht werde ihn wie einen Mantel umhüllen, und jagte ihnen hinterher. Jetzt hörte er das Knattern eines Hubschraubers, der in seine Richtung flog, und weitere Sirenen.

Sie würden nicht rechtzeitig hier sein.

Er kämpfte sich weiter, stolperte über Brombeerranken und Grasbüschel. Dann war er auf der unbefestigten Straße, die zur Kläranlage führte. Vor sich hörte er Figg, der Maisie anbrüllte, sie solle sich beeilen.

Zur Antwort ertönte eine andere Stimme – nicht Maisie. Es war ein Mann, auch wenn seine Stimme nur ein klägliches Winseln war.

«Nein, Raymond, nein!»

Lochy Percival.

Die Straße machte einen Bogen nach rechts. Jetzt sah Kett eine Gruppe von Gebäuden vor sich. Hier war der Gestank so penetrant, dass er ihm wie eine Flüssigkeit vorkam, durch die er schwimmen musste, um den beiden Männern und ihrer Beute hinterherzujagen. Er sah gerade noch, wie sie über einen Maschendrahtzaun kletterten. Maisie kam hart auf und schrie. Zum Glück für Kett war das Gelände beleuchtet, und er sah Figg und Maisie so deutlich wie im Scheinwerferlicht einer Theaterbühne. Percival hinkte ihnen hinterher.

Allmählich ging ihnen die Puste aus. Kett ebenfalls, doch er senkte den Kopf und lief weiter, kletterte über den Zaun und stolperte durch eine niedrige Hecke auf einen Rasen. Vor ihm lagen die gewaltigen runden Belebungsbecken. Figg stand keuchend am Rand des nächstgelegenen. Als er sich umblickte und Kett entdeckte, packte er Maisie am Hals und drückte sie an sich. Percival stand direkt neben ihm. Die Hände auf die Knie gestützt, versuchte er, wieder zu Atem zu kommen.

«Soll es so enden?», schrie Figg und drückte Maisie die Spitze seines Messers an die Wange. «Sie sind ein verdammter Idiot, Kett. Sie haben noch nie gewusst, wann Sie auf jemanden hören müssen.»

«Hey», sagte Kett und ging langsamer. Er packte die Brechstange fester und wünschte, er könnte die zwanzig Meter zwischen ihm und Figg mit einem einzigen großen Schritt überwinden. Er hatte hämmernde Kopfschmerzen, und bei jedem Herzschlag flimmerte es vor seinen Augen. «Legen Sie einfach das Messer weg, Figg. Es ist vorbei.»

«Für sie hier ist es vorbei», erwiderte Figg. In dem gewaltigen Becken hinter ihm drehte ein Metallarm träge seine Runden und wirbelte den Gestank der Abwässer auf. Der Hubschrauber kam näher, und zwischen den Bäumen hinter Kett wimmelte es von Blaulicht. Figg warf einen Blick darauf und leckte sich die Lippen. Kett jedoch konzentrierte sich auf Percival.

«Für Sie ist es auch noch nicht zu spät, Lochy», sagte er. «Das alles ist nicht Ihre Schuld.»

«Doch.» Percival schluchzte laut. «Doch. Sie ist tot, und das ist meine Schuld.»

«Delia?», fragte Kett. «Sie lebt. Ihre Nichte lebt.»

Percival sah auf und gab einen erstickten Laut von sich.

«Sie lebt?», fragte er. «Stillwater hat gesagt ...»

«Stillwater trägt Handschellen», sagte Kett. «Delia ist dehydriert und steht unter Schock, aber sie wird es überleben.»

«Christian hat versagt», höhnte Figg und rang mit Maisie, die versuchte, sich loszureißen. «Was für eine Überraschung. Große Klappe, und nichts dahinter. Aber für Connie kommen Sie zu spät. Dafür hat Lochy gesorgt.»

Figg grinste, und Kett hätte ihm gern die Visage poliert. Aber Percival schüttelte den Kopf.

«Ich konnte nicht», sagte er. «Ich konnte das nicht tun. Sie war so ... so jung. Tut mir leid. Tut mir leid. Tut mir leid.»

«Connie Byrne *lebt*?», fragte Kett. Percival nickte.

«Ich habe sie im Keller versteckt. Ich habe ihr gesagt, sie soll ganz still sein.»

«Du mieser Feigling», sagte Figg. Er nahm das Messer von Maisies Gesicht, hieb damit nach Percival und kam ihm so nahe, dass er ihm fast ein Auge ausgestochen hätte. Percival wich zurück, bedeckte das Gesicht mit den Händen und winselte. «Du mieser Feigling! Ich wusste, dass du es nicht draufhast.»

Kett achtete nicht auf Percival. Er fixierte Maisie – und sie ihn.

«Ich sollte dich jetzt sofort kaltmachen, du *Wichser*», fuhr Figg Percival an, und sein Griff um den Hals des Mädchens lockerte sich.

Kett nickte Maisie zu, und sie wusste genau, was sie zu tun hatte. Mit einem trotzigen Schrei riss sie sich los und rannte über den Rasen.

«Lauf!», brüllte Kett und stürmte seinerseits auf sie zu. «Lauf! Lauf! Lauf!»

Figgs Gesicht war eine Karnevalsmaske des Wahnsinns – ein krankes Grinsen zog sich von einem Ohr zum anderen. Er stürzte sich auf Percival, und das Messer versank im Hals des Mannes wie in Butter. Percival griff sich an die Kehle, seine Augen traten hervor, und sein Mund bildete ein perfektes O, während zwischen seinen Fingern das Blut hervorquoll. Figg sah schon nicht mehr hin, sondern rannte Maisie hinterher; seine Arme und Beine pumpten wie Kolben.

«Lauf!», schrie Kett noch einmal.

Maisie hatte etwa den halben Weg zurückgelegt. Sie sah sich immer wieder um. Kett senkte den Kopf, bereit, Figg seinen Schädel ins Gesicht zu rammen. Er rechnete damit, dass das Mädchen an ihm vorbeilaufen würde, aber das tat Maisie nicht. Sie warf sich ihm entgegen, schlang die Arme um ihn und nahm ihm die Sicht.

«Bitte!», schrie sie ihm ins Ohr und klammerte sich so fest an ihn, dass er kaum atmen konnte. «Bitte!»

Er wirbelte herum, reckte den Kopf und stellte fest, dass Figg nur wenige Schritte von ihnen entfernt war.

Da stieß er Maisie so wuchtig von sich, dass sie durch die Luft flog. Gleich darauf bohrte Figgs Klinge sich in seine linke Schulter.

«Du blöder Wichser!», kreischte Figg, dass der Speichel nur so sprühte. Er zog die Klinge wieder heraus, und Blut schoss aus der Wunde. Kett wurde eiskalt. Figg stieß erneut zu, aber diesmal drehte sich Kett weg und hob den anderen Arm – den mit der Brechstange. Ungestüm schlug er nach Figg, verfehlte ihn jedoch und drehte sich einmal um sich selbst. Wieder stürzte sich Figg auf ihn und zog ihm das Messer quer über die Brust.

Kett wollte ihm mit der linken Hand einen Hieb versetzen, aber seine verletzte Schulter ließ es nicht zu. Stattdessen hob er das Bein und trat Figg gegen das Knie. Es knackte laut, und Figg taumelte rückwärts und fiel dann auf den Hintern.

Die Erde drehte sich nicht mehr um ihre Achse, sondern trudelte davon in den leeren Weltraum. Figg robbte auf dem Hintern rückwärts und stach immer wieder mit dem Messer in die Luft wie ein Skorpion mit seinem Schwanz. Es bestand kein Zweifel daran, dass sein Bein gebrochen war, Wade und Knie standen in einem unnatürlichen Winkel zueinander ab.

«Du Wichser», grunzte Figg. «Du blöder Wichser!»

Kett ließ die Brechstange fallen und drückte die Hand auf seine Schulterwunde. Das Blut, das daraus hervorquoll, erschien ihm kochend heiß – und es war eine Menge. Er sah zu Maisie, die trotz allem, was sie durchgemacht hatte, immer noch aufrecht dastand.

«Siehst du die Lichter da hinten?», krächzte er und deutete mit dem Kopf auf die Bäume. Da drüben mussten jetzt sechs oder sieben Polizeiwagen stehen, und über ihnen hing der Hubschrauber mit eingeschaltetem Suchscheinwerfer. «Lauf da hin, bleib nicht stehen. Sag ihnen, wo wir sind.»

Maisie rührte sich nicht vom Fleck. Sie sah Figg an, und ihre Augen wurden schmal. Ihr Gesichtsausdruck war der eines Menschen, der etwas zutiefst Traumatisches durchlebt hatte, eines Menschen, der nie wieder der alte sein würde.

«Ich will es sehen», sagte sie. «Ich will ihn tot sehen.»

«Er wird nicht sterben», sagte Kett und hob die Brechstange auf – beinahe wäre sie ihm sofort wieder aus den blutigen Fingern gerutscht. «Er wird für sehr lange Zeit ins Gefängnis wandern.»

«Meinen Sie?», fragte Figg, der immer noch rückwärtsrobbte. Gleich hinter ihm befand sich das Becken mit dem rotierenden Metallarm. «Sie haben noch nicht gewonnen. Woher wussten Sie überhaupt, dass ich es war?»

«Kommen Sie mit, dann erzähle ich Ihnen alles», sagte Kett und ging auf ihn zu.

«Ich begreif's nicht, Sie sind so unglaublich dumm», sagte Figg. «Sie haben versagt.»

«Versagt? Sie sind der, der hier am Boden liegt. Ich bin der, der Sie gleich einkassieren wird. Drei Mädchen werden wieder in ihren Betten schlafen, drei Arschlöcher kommen hinter Gitter.» Er sah zu Percival, der auf dem Rasen zusammengesackt war und reglos wie ein Stein dalag. «Na ja, entweder hinter Gitter oder ins Grab. Ist mir beides recht. Jedenfalls bin ich der Sieger hier, würde ich sagen.»

Figg lachte, aber es klang brüchig. Er konnte nirgendwo mehr hin.

«Bei Ihrer Frau haben Sie versagt», sagte er. «Billie gegenüber haben Sie versagt.»

Wenn Maisie nicht wäre, würde er Figg mit Freuden gleich hier ein Ende bereiten und sich auf Notwehr berufen. Wobei – vielleicht konnte er es trotzdem tun, das Mädchen würde seine Geschichte wohl stützen. Er schluckte und umklammerte die Brechstange so fest, dass es wehtat. Irgendwie gelang es Figg, sich aufzurappeln, er legte das gesamte Gewicht auf das unversehrte Bein.

«Nicht», sagte Kett. «Lassen Sie das Messer fallen.»

«Sie sind so dumm», sagte Figg nochmals und schwankte wie ein Betrunkener. «Wie kann es sein, dass Sie nicht wissen, was mit ihr passiert ist? Es ist so scheiße einfach. Sogar ich bin drauf gekommen.»

«Was? Wovon reden Sie?»

«Sie wissen es wirklich nicht, was?» Figg versuchte, das gebrochene Bein zu bewegen, und verzog vor Schmerzen das Gesicht. Beinahe wäre er wieder gestürzt, nur seine Willenskraft hielt ihn aufrecht. «Sehen Sie, zuerst dachte ich, Sie stecken da mit drin, weil ich nicht glauben konnte, dass jemand so schwer von Begriff ist. Aber Sie wissen offenbar wirklich nicht, was Ihrer Frau passiert ist.»

Wieder lachte er, es klang hochvergnügt.

«Falls Sie irgendetwas wissen, prügele ich es auf der Wache gern aus Ihnen heraus», sagte Kett. «Aber ich nehme an, Sie sind einfach nur voller Scheiße.»

«Wenn das so ist, dann fragen Sie mich doch nach *ihm*», sagte Figg grinsend. «Fragen Sie mich doch, woher Billie den Pig Man kannte. Fragen Sie mich, was das mit dem Khan-Jungen zu tun hat. Ihr Cops, ihr glaubt, wir seien alle Jack the Rippers, die allein arbeiten. Ihr glaubt, wir reden nicht miteinander. Aber das tun wir, wir tauschen uns aus, wir konkurrieren miteinander, wir folgen einander auf diesem blöden Facebook. Sie glauben, ich weiß es nicht, aber ich weiß es, ich weiß, wo sie ...»

Da prallte Percival gegen Figg. Es ging so schnell, dass Kett zuerst nicht begriff, was geschah. Lochy war blutüberströmt und halb tot, aber irgendwie gelang es ihm, die Arme um Figg zu schlingen und ihn nach hinten zu stoßen. Figg schrie und versuchte mit schmerzverzerrtem Gesicht zu verhindern, dass Percival sein Messer packte. Die beiden taumelten in einem grotesken Tanz über den von Scheinwerfern angestrahlten Rasen und grunzten wie die Schweine.

«Nein!», schrie Kett und rannte auf sie zu.

Doch er kam zu spät. Percival bekam das Messer zu fassen, hätte es fast noch fallen lassen und rammte es Figg dann in den Hals. Figg schlug nach ihm, er rang mit seinem Angreifer, während aus seinem Mund bereits eine Blutfontäne schoss.

«Nein!», brüllte Kett erneut. Er hatte sie beinahe erreicht.

Percival stach noch einmal zu und noch einmal. Die beiden stolperten wild hin und her und stürzten schließlich unter erstickten Schreien in das Klärbecken. Kett kam schlitternd davor zum Stehen und streckte die Hand nach ihnen aus, dann zog der rotierende Metallarm vorüber, und sie waren fort.

«Nein!» Kett ließ sich auf alle viere fallen, legte die Stirn ins Gras und spürte, wie ihm das Blut aus der Schulterwunde über den Hals ins Ohr lief. «Bitte.»

Eine Hand auf seinem Arm, eine Mädchenstimme.

«Mister? Hey, alles in Ordnung?»

Es war nicht in Ordnung. Er verblutete. Schon jetzt fühlte er sich leer, sein Körper eine Schale so leicht wie die Luft, und schon die kleinste Brise konnte ihn davontragen. Er war sich nicht einmal sicher, ob seine Augen geschlossen waren oder bloß nicht mehr funktionierten. Da war nur Schwärze, und vor das Schwarz schoben sich die Gesichter seiner Töchter, die er nun nie wiedersehen würde.

Er klopfte seine Tasche ab, ertastete die Pfeife und versuchte, sie herauszuziehen. Maisie musste ihm geholfen haben, denn plötzlich hörte er ein Pfeifen – ein schriller Hilferuf.

Savages glückbringende Pfeife.

Doch ihm brachte sie kein Glück, nicht heute.

Auch Billie nicht. Oder seinen Töchtern.

Er lag am Boden und spürte, dass Maisie die Arme um ihn legte, er hörte sie die Pfeife blasen, und er hörte die Schreie von Leuten, die zu ihnen gerannt kamen.

Nicht genug Glück, dachte er.

Und das war's dann.

KAPITEL DREISSIG

Ihn weckte der Geruch von Tee. Heiß, aromatisch, köstlich stark.

Kett versuchte sich aufzusetzen und ließ es sofort wieder bleiben. Schmerzen strahlten von seiner Schulter in die Brust, den Hals, den Arm. Sie waren gedämpft – von schweren Schmerzmitteln gelindert, wenn seine Vermutung ihn nicht täuschte –, aber trotzdem quälend. Außerdem hatte er hämmernde Kopfschmerzen.

Doch bei diesem Duft fühlte er sich sofort besser.

Er begnügte sich damit, die Augen zu öffnen, erst eins, dann das andere. Die Reaktion waren schrille, beinahe ohrenbetäubend laute Jubelrufe. Er erkannte sie sofort und lächelte, auch wenn es wehtat. Als er endlich klar sehen konnte, waren Alice und Evie schon zu ihm aufs Bett geklettert und übersäten sein Gesicht mit Küssen.

«Halt, halt!», rief DI Porter. Der große Mann rang mit Moira, und es sah aus, als würde er verlieren. Die Kleine setzte gerade ihre Spezialbewegung ein, bei der sie die Arme über den Kopf hob, was es ihr ermöglichte, aus jedem Griff zu gleiten, als ob sie eingeölt wäre. Porter hätte sie beinahe fallen lassen. Hastig setzte er sie auf dem Boden ab, die reine Panik im Blick.

Kett lachte und bereute es sofort.

«Sachte», bat er die beiden älteren Mädchen keuchend, als ihr Knutschüberfall kein Ende fand. «Lasst euren Alten Herrn mal atmen.»

«Daddy! Ich dachte, du wachst nie mehr auf», sagte Alice aufrichtig bestürzt.

«Wie lange war ich weg?», fragte Kett und schob die beiden sanft mit dem unverletzten Arm beiseite, während er sich das umnebelte Hirn zermarterte.

«Nicht lange», antwortete Porter. «Sie servieren noch nicht mal das Frühstück. Die Mädchen sind gerade erst gekommen. Also, vor fünf Minuten. Clares Frau hat sie vorbeigebracht.»

«Aber es waren wirklich gruselige fünf Minuten», sagte Alice und vergrub das Gesicht an seiner unversehrten Schulter.

«Okay, das reicht wirklich», sagte eine Krankenschwester, kam herein und pflückte beide Mädchen gleichzeitig vom Bett. «Euer Vater ist ein sehr tapferer Mann, aber er muss sich ausruhen. Ich bin sicher, euer Freund hier geht gerne mal mit euch zum Snackautomaten.»

Porter riss die Augen auf.

«Mit *allen*?», fragte er. «Auf einmal?»

«Ja, und beeil dich lieber.» Kett deutete mit dem Kopf auf Moira, die bereits durch die Tür watschelte. Alice und Evie jagten ihr hinterher, und alle drei lachten sich kaputt – ihr Vater war bereits vergessen.

«Ach du Scheiße! Ähm, ich meine, Schiet, nein, *Scheibenkleister*», stammelte Porter und folgte ihnen. Er drehte sich noch einmal um. «Ach, ich habe dir Tee gemacht.»

«Im *Ernst*?» Die Enttäuschung war fast unerträglich. Kett sah zum Nachttisch und seufzte, als er die Tasse mit dem milchigen Etwas erblickte. Er tat sich sehr leid. Dieser Tee war weder heiß noch aromatisch noch köstlich stark.

«Ich habe drei Teebeutel genommen!», hallte Porters Stimme durch den Flur.

«Hat er die Beutel vorher ausgeleert?», fragte die Krankenschwester und hob eine Augenbraue. Sie lächelte Kett an. «Sie haben eine schwere Stichverletzung in der Schulter, aber er hat die Oberarmarterie deutlich verfehlt. Die Wunde an ihrer Brust ist nur ein Schnitt, allerdings musste sie genäht werden, und es wird eine Narbe zurückbleiben. Es wird eine Weile dauern, bis Sie Ihre Töchter wieder tragen können.»

Es klopfte an der Tür, und ein zorniges, nasenhaariges Gesicht lugte herein.

«Ich hoffe, das war es wert», sagte Kett zur Krankenschwester. Er wandte sich Superintendent Clare zu. «Sir.»

Clare kam ans Bett, und gleich hinter ihm erblickte Kett zu seiner Freude Savage. Keiner von ihnen schien geschlafen zu haben, wie es aussah, allerdings wirkte Clare deutlich angeschlagener als die junge Constable. Beide lächelten. Jedenfalls *glaubte* Kett, dass Clare lächelte. Sicher war er sich da nicht, denn der Superintendent sah trotzdem wütend aus.

«Die Zeitungsmädchen?», fragte Kett.

«Leben», erwiderte Clare. «Alle drei, Gott sei Dank. Sie sind dehydriert und deshalb in Behandlung. Diese Arschlöcher haben ihnen nichts zu essen gegeben, und etwas zu trinken haben sie nur von Percival bekommen – und auch kaum mehr als ein paar Tropfen. Delia Crossan hat es am schlimmsten getroffen, sie war fast eine Woche in diesem Zimmer. Ich weiß nicht, wie sie das überlebt hat.»

«Mädchen sind zäher, als man denkt», sagte Savage und hockte sich ans Fußende. Clare nickte.

«Connie haben wir mit einer Flasche Cola und ein bisschen Knoblauchbrot im Keller gefunden», erzählte er. «Wissen Sie, wie das kam?»

Kett versuchte, sich aufzusetzen. Clare half ihm und schüttelte ihm die Kissen auf.

«Ich glaube, jeder der Männer sollte eines der Mädchen entführen und dann töten», sagte Kett. «Figg hat Maisie ausgewählt, Stillwater sollte Delia ermorden. Connie gehörte Percival, aber er hat es nicht übers Herz gebracht. Er hat sie versteckt und Figg angelogen. Das war kurz bevor wir eintrafen. Ein bisschen später, und sie wären tot gewesen, denke ich.»

«Das ist krank», sagte Clare. «Total krank. In all meinen Jahren habe ich so etwas noch nie erlebt.»

«Es war alles Figg», sagte Kett. «Er hat sich die ganze Sache ausgedacht und vorangetrieben. Hat er überlebt?»

«Figg?» Clare lachte, aber es lag keinerlei Freude darin. «Nein. Wir haben sie beide aus dem Becken gefischt. Figg ist mit Scheiße in der Lunge gestorben, er ist darin ertrunken.»

Jetzt war es an Kett, bitter aufzulachen.

«Das Letzte, was ich zu ihm gesagt habe, war, dass er voller Scheiße ist», sagte er.

«Tja, ich glaube ja nicht an ausgleichende Gerechtigkeit», fuhr Clare fort. «Aber hey, in seinem Fall lässt es sich nicht leugnen. Percival ist auch tot. Ich weiß gar nicht, wie er das mit Figg noch geschafft hat. Maisie hat erzählt, er hätte Figg angesprungen und mit ihm gerungen, bis sie zusammen ins Becken gefallen sind?»

Kett seufzte, dann nickte er.

Sie glauben, ich weiß es nicht, aber ich weiß, wo sie …

Wo sie *was*? Hatte Figg Kett gerade sagen wollen, wohin Billie gebracht worden war? Er würde es niemals erfahren. Aber Figg hatte einen Namen erwähnt, nicht wahr? Den Pig Man? Oder hatte Kett das nur geträumt, nachdem er ohnmächtig geworden war?

Nein, er hatte es nicht geträumt. Es war eine Spur. Es bedeutete *Hoffnung*.

Ich finde dich.

Er kniff die Augen zusammen, und als er sie wieder aufschlug, sah er, dass Clare den Tee auf seinem Nachttisch angewidert ansah.

«Porter war also hier», stellte der Chef fest.

«Er kauft meinen Töchtern gerade Snacks», erwiderte Kett.

«Arme Socke», sagte Clare.

«Und Stillwater?», fragte Kett. «Was ist mit dem?»

«Der lebt», antwortete Savage. «Allerdings wird er nie mehr normal gehen können. Er ist in Gewahrsam und sieht einer langen Haftstrafe entgegen – nicht nur für die Entführungen, sondern auch für den Mord an Evelyn Crossan. Und kein Anwalt der Welt kann ihn diesmal da rausboxen.»

«Gut», sagte Kett. «Dann ist es also vorbei.»

«Es ist vorbei», bestätigte Clare. «Das haben Sie gut gemacht. Alle beide. Savage, ich sorge dafür, dass Sie die Fortbildung zum Detective machen. Je eher Sie das Gelb gegen Zivil eintauschen, desto besser.»

«Danke, Sir», erwiderte Savage und strahlte.

«Ich zweifle nicht daran, dass Sie in zehn, zwölf Jahren den ganzen Laden leiten», fuhr Clare fort.

«Und ich, Sir?», fragte Kett.

Ausgelassenes Gelächter antwortete ihm: Moira watschelte herein, flankiert von Alice und Evie. Jede hatte einen Schokoriegel in der Hand. Porter kam dicht hinter ihnen. Er wirkte völlig panisch.

«Sind sie alle hier? Wo ist die Kleine? Das ist so verpiepst stressig!»

Diesmal lachte sogar Clare. Er wandte sich an Kett.

«Nehmen Sie sich etwas Zeit. *Ungestörte* Zeit. Verbringen Sie sie mit den Mädchen. Sie haben es sich verdient. Und wenn es Ihnen besser geht, unterhalten wir uns.»

«Über einen neuen Fall?», fragte Kett, und Clare verzog das Gesicht.

«Du liebe Güte, nein! Wir unterhalten uns darüber, wie wir Ihren Einmischer-Arsch zurück nach London bekommen.»

Der Chef lachte und Kett ebenfalls, dann packte er sich an die Schulter, weil der Schmerz wieder aufflammte.

«So, ich muss den Papierkram erledigen, um die klaffenden Lücken zu füllen, die Sie zwei hinterlassen haben», sagte Clare und wandte sich zum Gehen. «Aber danke, Robbie. Ich danke Ihnen *beiden*. Sie haben diese Mädchen gerettet.»

Kett nickte ihm zu, dann schloss er die Augen, damit sein Hirn sich ausruhen konnte.

«Daddy, hast du sie gerettet?», fragte Evie, den Mund voller Schokolade.

«Das hat er», erwiderte Porter. «Er ist ein echter Held, euer Alter Herr.»

«Lass gut sein», murmelte Kett. «Wir alle haben die Mädchen gerettet.»

«Also, ich finde, du bist ziemlich cool», sagte Alice.

«Wow, danke.» Kett sah seine Töchter an. Gott, wie sehr er sie liebte. «Ziemlich cool genügt mir. Kommt her. Ich habe euch alle vermisst.»

Evie und Alice kletterten auf die Bettkante, und Moira setzte Porter bei Kett auf den Schoß. Kett drückte die Kleine an sich, doch die war zu sehr mit ihrem Schokoriegel beschäftigt, um es zu bemerken.

«Ich lasse euch nicht mehr allein, okay? Versprochen. Von jetzt an bleibe ich zu Hause. Keine Polizeiarbeit mehr. Nur noch ihr.»

«Yeah!», sagte Alice und beugte sich vor, um zu schmusen.

«Eah!», echote Moira.

«Yeah», fügte Evie hinzu. Sie verzog das Gesicht. «Daddy, ich muss Aa.»

«Natürlich», sagte er.

«Ich gehe mit ihr», bot Savage an, streckte die Hand aus und half Evie zu Boden.

«Danke», sagte Kett. «Und zwar nicht nur dafür. Danke für das, was Sie in Sanfords Haus getan haben. Sie haben mich gerettet.»

Savage lächelte, dann ging sie mit Evie zur Tür. Schon halb auf dem Flur, blickte sie sich noch einmal um.

«Bis gleich», sagte sie. «Und keine Sorge, auf dem Rückweg bringe ich Ihnen einen anständigen Tee mit.»